Isabel Holocher-Knosp

TATORT TEUFELSBRÜCKE

Schwabenkrimi

Oertel+Spörer

Die Grenze zwischen Verstand und Gefühl
ist das Jagdgebiet des Teufels

(Coventry Kersey Dighton Patmore,
englischer Dichter, 1823–1896)

Die Messerspitze drang mühelos durch die Haut und hinterließ einen klaffenden Schlitz, durch den die Fleischmasse hervorquoll. Augenblicklich verbreitete sich ein intensiver Lebergeruch. Rasch knotete Schuster einen Strick um den Köder und band ihn am Ast der jungen Buche fest. Hoch genug, damit der Fuchs nicht herankam. Diese Henkersmahlzeit war nicht für Reineke bestimmt. Nachdem er nochmals prüfend am Strick gezogen hatte, wischte Schuster die Klinge gründlich an einem Papiertaschentuch ab und schob das Jagdmesser in die lederne Scheide zurück. Mit geschultertem Rucksack und Gewehr stapfte er quer über die Wiese zum Hochsitz. Nun hieß es warten.

Ein Blick durch das Fernglas bestätigte ihm, dass der Köder noch an Ort und Stelle hing. Die Leberwurst baumelte sachte hin und her und verströmte ihren unwiderstehlichen Duft. Lockte. Komm, friss mich. Ich bin leichte Beute. Verlass deine Deckung. Es lohnt sich. Komm. Trau dich. Er war imstande, diesen Leckerbissen im Umkreis von zwei Kilometern zu wittern. Vorausgesetzt er war noch hier. Der Wolf. Natürlich konnte er schon längst weitergezogen sein. Sein Gespür sagte Schuster jedoch, dass das Raubtier noch hier war. Auf der Suche nach einem paarungswilligen Weibchen. Welches er in Baden-Württemberg derzeit aber nicht finden würde.

Der junge Wolf war blindlings in eine Fotofalle getappt und hatte somit den Beweis geliefert, dass die Wölfe im Südwesten auf dem Vormarsch waren. Der ausgestorben geglaubte Wolf würde ins Donautal zurückkehren. Die Aufnahme der Wildkamera stammte von vorgestern. Leider hatte er den Schnappschuss erst gestern Abend zu Gesicht bekommen. Aber die Spuren, die er heute Morgen im Morast entdeckt hatte, waren ganz frisch gewesen. Wenn sich der Jungwolf also tatsächlich noch in der Umgebung von Inzigkofen aufhielt, war dies vermutlich die letzte Möglichkeit, ihn zu erwischen. Handeln war das Gebot der Stunde. Und zwar unverzüglich! Da man in so einem Fall nicht allein auf das Jagdglück vertrauen durfte, hatte er sicherheitshalber den Köder ausgelegt.

Schuster zog den Flachmann aus dem Rucksack, klemmte ihn sich zwischen die Schenkel und schloss den obersten Knopf seiner Wachsjacke. Die Sonne hatte im Februar wenig Kraft. Kaum war sie untergegangen, wurde es eisig kalt. Doch was ein rechter Jäger war, der wusste mit der Kälte umzugehen. Warme Kleidung war das A und O. Wer fror, konnte nicht ruhig sitzen. Und wer nicht ruhig saß, konnte keinen sauberen Schuss abgeben. Handschuhe trug er allerdings prinzipiell nur bei Minusgraden. Dementsprechend klamm waren derweil seine Hände. Das war schlecht. Steife oder gar zittrige Finger konnten alles zunichtemachen. Er musste den Wolf beim ersten Schuss sicher treffen. Also hauchte er in seine Hände, rieb die Handflächen aneinander und knetete seine steifen Finger so lange, bis sie sich wieder warm und geschmeidig anfühlten.

Zumindest war es windstill. So konnte ihn der Wolf nicht so leicht wittern. Nachdem er den Waldrand nochmals mit dem Fernglas kontrolliert hatte, drehte Schuster lautlos die Kappe des Flachmanns ab und genehmigte sich einen tiefen Schluck aus der Flasche. Er liebte dieses Brennen in der Kehle und die sich ausbreitende Wärme in der Brust. Selbst Gebrannter schmeckte immer noch am besten. Man durfte nur nicht zu viel davon trinken. Sonst war es vorbei mit der Reaktionsfähigkeit. Bei Schnaps ging das verdammt schnell. Für viele Jäger war Alkohol auf dem Hochsitz deshalb tabu. Jene Kollegen hielten sich aber auch sonst akribisch an sämtliche Regeln und Unterregeln, ohne diese jemals kritisch hinterfragt zu haben. Spießer! Was doch wirklich zählte, war der gesunde Menschenverstand. Da die wärmende Wirkung des Obstlers bereits schon wieder nachließ, nahm er einen weiteren Schluck.

Es war doch Wahnsinn, den Wolf im dicht bevölkerten Deutschland wieder ansiedeln zu wollen! Das konnte nicht gut gehen. Und das wussten auch alle, die Ahnung von der Sache hatten. Ein einzelner Wolf war selbstverständlich keine Gefahr. Aber wenn sich ein Wolf niederließ, dann folgten weitere, gründeten Rudel und nach kurzer Zeit gab es dann so viele Rudel, dass man der Plage kaum mehr Herr werden würde. Der Bestand wuchs rasant. Was hatte er gelesen? 30 Prozent pro Jahr? Darum galt das Motto: Wehret den Anfängen. Und da dieser junge Wolf den Anfang gemacht und sich ausgerechnet in sein Revier vorgewagt hatte, musste er nun eben entnommen werden. So einfach war das.

Natürlich wusste er, dass der Abschuss nicht legal war. Schließlich war der Wolf international streng geschützt. Noch. Bald schon würden die Probleme durch umherstreunende Wolfsrudel so massiv werden, dass die Behörden den Wolf zum Abschuss freigeben mussten. Da war er sich sicher.

Er nippte an der Schnapsflasche und wischte sich anschließend mit dem Handrücken über die Lippen. Der Wolf tat gut daran, dortzubleiben, wo er artgerechte Lebensräume vorfand. In Russland. Oder Polen. Nicht ohne Grund hatte man den Störenfried in Deutschland ausgerottet. Mehr als 180 Jahre war es nun her, dass man den letzten Wolf in dieser Gegend erschossen hatte. Seitdem war Ruhe in die deutschen Wälder eingekehrt. Und er würde seinen Teil dazu beitragen, dass es dabeiblieb. Allerdings musste die Sache schnell über die Bühne gehen. Es war zwar unwahrscheinlich, dass ihn hier jemand um diese Uhrzeit beobachtete, aber ganz sicher konnte man nie sein. Deshalb hatte er den Wagen in der Nähe geparkt und vorsorglich schon ein entsprechend großes Loch ausgehoben. Somit wäre der Wolf schnell entsorgt und kein Hahn würde danach krähen, wo das Vieh abgeblieben war. Aus den Augen aus dem Sinn. Womöglich würden ihn einige Wolfsliebhaber vermissen. Aber letztlich mussten auch diese Leute akzeptieren, dass sich der Wolf offenbar nur auf der Durchreise befunden hatte und in eine andere Gegend weitergezogen war.

Schuster trank nochmals einen Schluck von dem wohltuenden Obstler. Hauptsache er setzte einen guten Schuss ab. Im Idealfall brach der Wolf an Ort und Stelle zusammen. Er hatte keine Lust, diesen schweren Brocken unnötig weit zu schleifen. Vielleicht hätte er das Loch doch erst später ausheben sollen. Wie viel so ein Jungwolf wohl wog? 30 Kilo? Oder 40? Wer weiß, wie weit sich der angeschossene Wolf schleppen würde … Wenn es dumm lief, musste er ein weiteres Loch graben. Er seufzte. Die Vorstellung gefiel ihm gar nicht.

Was ihm aber noch mehr Sorgen bereitete, war der aufkommende Nebel. Ganz allmählich waren die Schwaden aus der Donau aufgestiegen, kamen nun über die Wiese gekrochen und verdichteten sich zu einer undurchdringlichen Wolke, die Stück für Stück das Tal und die Felsen in ein mattes Grau einhüllte. Mist! Dämmerung und Nebel, diese Kombination war katastrophal.

Hm, sollte er die Sache doch lieber abblasen? Schuster tat einen weiteren kräftigen Zug aus der Flasche, behielt den Schnaps aber in der Mundhöhle, während er fieberhaft überlegte, was nun zu tun war. Es wäre äußerst unvernünftig, bei diesen miserablen Sichtverhältnissen zu schießen. Mehr als das. Es wäre unverantwortlich! Er schluckte den Schnaps hinunter. Also gut. Gegen Natur und Wetter konnte man nichts ausrichten. Er gab sich jetzt noch fünf

Minuten. Wenn der Wolf bis dahin nicht auftauchte, hatte er eben Pech gehabt. Und der Wolf Glück.

Als Schuster die Flasche an die Lippen ansetzte, stellte er erstaunt fest, dass sie leer war. Also schraubte er die Kappe wieder auf, verstaute den Flachmann im Rucksack, stützte dann die Ellbogen an der Fensteröffnung ab und blickte angespannt durch das Fernglas. Der Nebel hatte den Waldrand erreicht. Nicht mehr lange und die Leberwurst würde in der grauen Wolke verschwinden. Nervös strich er mit den Fingern über den Gewehrkolben.

Wenn er den Wolf tatsächlich erwischte, würde er sich eine Trophäe nehmen. Den Schwanz vielleicht. Oder einen Zahn. Oder doch lieber eine Kralle? Die Vorstellung, eine Trophäe von so einem seltenen Tier zu besitzen, ließ sein Herz für einen Moment schneller schlagen. Konnte es für einen Jäger ein größeres Erlebnis geben, als ein gefährliches Raubtier zu erlegen? Es befriedigte nicht nur den Jagdinstinkt des Mannes, sondern weckte ein Gefühl der Macht, das eine beflügelnde, ja beinah erregende Wirkung hatte. Dies war schon immer so gewesen. Ein Urinstinkt sozusagen. Nicht umsonst hatten in früheren Zeiten die Krieger ihre besondere Stellung und Macht durch das Tragen eines Wolfsfells demonstriert. Natürlich war es damals gefährlicher gewesen, einen Wolf zu erlegen. Die Jäger hatten Leib und Leben aufs Spiel gesetzt.

Aber auch wenn er an diesem Abend dem König des Waldes in einem sicheren Hochsitz auflauerte, brachte er dennoch seinen Einsatz. Er riskierte bei der Wolfsjagd zwar nicht sein Leben, aber dafür seinen guten Ruf. Schließlich war das Töten eines Wolfes streng verboten. Schuster rieb sich den Nacken und lauschte. Alles war still. Kein Motorengeräusch, auch sonst wies nichts darauf hin, dass jemand im Wald unterwegs war. Er durfte gar nicht daran denken, wie hoch die Geldstrafe ausfallen würde, falls man ihn dabei erwischte. Und wenn er in der Öffentlichkeit erst einmal als Wolfsmörder verschrien war, konnte er sich nicht einmal mehr dem Rückhalt seiner Jagdgenossen sicher sein. Hintenherum schimpfen und in der Öffentlichkeit eine unpopuläre Meinung vertreten, das waren zwei Paar Stiefel. Für dieses Risiko war eine Trophäe das Mindeste, was ihm zustand. Leider würde er sich nur im Stillen darüber freuen können. Schießen, schaufeln, schweigen. Er würde sich nicht einmal bei seinen engsten Freunden mit dieser Tat brüsten können. Man wusste nie, was einem blühte, wenn man doch einmal Streit mit einem Freund bekam. So ein brisantes Geheimnis konnte schnell gegen einen verwendet werden.

Die fünf Minuten waren um. Schuster verschränkte seine Finger ineinander und ließ sie knacken. Warum setzte er sich eigentlich so unter Druck? Der Wolf war groß genug, um ihn auch bei schlechten Sichtverhältnissen sicher erkennen zu können. Die Holzwand gab ein leises Knarren von sich, als er sich zurücklehnte und dabei die gefalteten Hände zwischen seine Schenkel schob. Ein Anflug von Müdigkeit ließ ihn kurz die Augen schließen. Als Schuster sie wieder öffnete, spürte er, dass sich etwas an der Szenerie verändert hatte. Mit einem Schlag war er hellwach. Hatte sich da nicht etwas bewegt?

Er beugte sich japsend nach vorn und angelte hektisch nach seinem Fernglas, ohne den Waldrand aus den Augen zu lassen. Tatsächlich! Ein großes Tier strich durchs Unterholz. Der Nebel war inzwischen so dicht, dass er es kaum erkennen konnte. Schuster drückte das Fernglas noch etwas fester auf seine Augen und drehte am Stellrad, um das Bild schärfer zu bekommen. Hm, es war definitiv kein Reh. Und auch kein Wildschwein. Der Gang war geschmeidig, kraftvoll und raumgreifend. Keine Frage. Das war er!

Der Wolf hatte die Witterung aufgenommen und bewegte sich zielstrebig auf den Köder zu. Nun kam es auf jede Sekunde an. Vor lauter Aufregung wäre ihm beinahe das Fernglas entglitten. Im letzten Moment hatte er es gerade noch am Lederband erwischt. Rasch deponierte er es unter der Sitzbank, griff dann nach dem Gewehr und legte an. Irritiert stellte er fest, dass seine Hände vor Erregung zitterten. Verflucht, er hatte zu viel Schnaps getrunken!

Um wieder einen klaren Kopf zu bekommen, atmete er tief durch und korrigierte die Ausrichtung des Gewehrs. Er musste ihn mit dem ersten Schuss treffen! Der Wolf hob den Kopf, richtete sich auf und versuchte, an die Leberwurst heranzukommen. Mehr als ein Umriss war nicht zu erkennen. Das Tier wirkte verhältnismäßig klein. Gut, es war ein Jungwolf. Aber für einen Jungwolf war er wiederum recht korpulent gebaut. Er hatte keine Zeit, sich länger darüber den Kopf zu zerbrechen. Im selben Moment, als der Wolf in die Höhe sprang, drückte Schuster ab. Der Schuss hallte durchs Tal. Kurz darauf zerriss ein schrilles, lang gezogenes Jaulen die Stille.

Schuster drückte rasch ein zweites Mal ab. Das Tier brüllte vor Schmerz auf. Zufrieden stellte Schuster fest, dass das Gebrüll sofort wieder erstarb. Vermutlich war der Schrei in ein lautloses Röcheln übergegangen. Schuster schnappte sein Gewehr, kletterte, so schnell er konnte, die Leiter herunter und rannte los. Hoffentlich hatte er ihn richtig getroffen! Sonst musste er nochmals nachsetzen und das konnte gefährlich werden.

Völlig außer Atem erreichte er die Buche. Die Leberwurst drehte sich immer noch am Strick hängend um die eigene Achse. Doch der Wolf war weg. Verflucht! Der Menge an Blut nach zu urteilen, hatte er ihn ordentlich erwischt. Weit würde er mit der Schussverletzung nicht kommen. Schuster folgte der Blutspur in den Wald hinein, das Gewehr im Anschlag. Wo steckte der Kerl? Hatte er sich im Unterholz verkrochen? Hier endete die Blutspur, verlor sich im Gestrüpp der Brombeeren. Er zog die Taschenlampe aus seiner Jackentasche und leuchtete zwischen die Ranken. Nichts. Er musste sich noch ein gutes Stück weitergeschleppt haben. Aber in welche Richtung? Er ließ den Lichtkegel der Taschenlampe nach links, dann nach rechts schweifen. Verflucht! Er musste ihn finden. Schuster rannte los. Aufs Geratewohl zwischen Buchen und Fichten hindurch. Völlig planlos. Zunehmend panisch. Er stolperte über eine Wurzel, fiel auf die Knie. Rasch rappelte er sich wieder auf, rannte weiter. Irgendwo würde der Wolf tot zusammenbrechen. Und wenn er ihn nicht fand, dann entdeckte ihn in den nächsten Tagen mit Sicherheit der Förster. Oder irgendein Spaziergänger. Mit einer Kugel im Bauch. Einer Kugel, die aus seinem Gewehr stammte. Ganz schlecht.

Schuster leuchtete mit der Taschenlampe unter jeden Busch, jeden Baum, doch der Wolf blieb unauffindbar. Völlig verschwitzt musste er sich schließlich eingestehen, dass die Sache gründlich schiefgegangen war. Es machte keinen Sinn mehr, weiterzusuchen. Es war inzwischen stockdunkel. Wer weiß, welche Energien der Wolf im Schockzustand entwickelt hatte. Im Fluchtmodus konnte er sicher trotz Schussverletzung noch eine weite Strecke zurücklegen. Das Tier war vermutlich längst außer Reichweite. Vielleicht war es ja nur ein Streifschuss gewesen, redete er sich ein. Im besten Fall überlebte der Wolf die Verletzung. Sein gesunder Menschenverstand sagte ihm jedoch, dass dies mehr als unwahrscheinlich war.

Während Schuster das ausgehobene Loch mit Erde zuschaufelte, stieg eine dunkle Ahnung in ihm auf. Er konnte zwar das Loch beseitigen und die Natur würde dieses leere Grab gewiss bald wieder überwuchern, aber seine Tat konnte er nicht ungeschehen machen. Irgendwann würde er sich womöglich noch einmal wünschen, diesen Schuss nie abgegeben zu haben.

Ein Glück, dass das Trockenfutter kaum Eigengeruch hatte. Das Zeug aus der Dose stank oftmals dermaßen zum Himmel, dass man Zweifel bekommen konnte, ob es sich bei diesen braunen, feuchten Klümpchen nicht in Wirklichkeit um genau das handelte, wonach es aussah. Uschi füllte den Messbecher bis zum Rand und schüttete die Pellets schwungvoll in den Napf. Obwohl das Klackern der kleinen Fleischbrocken nicht zu überhören war, lag Leopold wie versteinert in der Ecke und zuckte nicht einmal ansatzweise mit den Ohren.

»Fresschen, Leopold. Es gibt Fresschen«, versuchte ihn Uschi zu motivieren.

Als sich der Hund immer noch nicht rührte, nahm sie eines der Bröckchen aus dem Napf und hielt es dorthin, wo sie seine Nase vermutete. Die Fellkugel rührte sich nicht. Sie suchte nach seinem Ohr und zog sanft daran. Zumindest hatte dies den Effekt, dass ihr Pflegehund den Kopf hob und für einen kurzen Moment an dem Fleischbrocken schnüffelte, bevor er die Schnauze wieder unter seinem Bauch vergrub. Uschi seufzte. Der Hund brauchte dringend was zu fressen. Seit er gestern bei ihr eingezogen war, verweigerte er jegliche Nahrungsaufnahme. Er hatte zwar ein wenig Wasser geschlappert, aber gefressen hatte er seither nichts, keinen einzigen Happen. Dabei hatte ihr Clara extra eingeimpft, ihn täglich zweimal oder je nach Appetit auch dreimal zu füttern. Trauerte er womöglich so sehr um sein Frauchen, dass er nun in den Hungerstreik getreten war? Da hatte er schlechte Karten. Denn ihre Nichte würde erst in zwei Wochen von ihrer Irlandreise zurückkommen. Bis dahin musste er schon mit seiner Gastgeberin vorliebnehmen. Ein bisschen mehr Entgegenkommen seinerseits würde die Situation jedenfalls für beide Seiten deutlich erleichtern.

Warum Clara ausgerechnet im Herbst nach Irland reisen wollte, erschloss sich ihr immer noch nicht ganz. Irland war wunderschön. Kein Zweifel. Im Sommer. Und auch da musste man sich schon auf Regen und kühles Wetter einstellen. Uschi wusste das aus eigener Erfahrung, hatte sie doch schon zweimal ihren Sommerurlaub dort verbracht. Deshalb hatte sie ihrer Nichte davon abgeraten, im Spätherbst eine Reise auf die grüne Insel zu unternehmen. Aber Clara hatte argumentiert, dass ihr die Insel im Sommer viel zu überlaufen sei. Sie wolle Irland bewusst in der Nebensaison besuchen. Dann hätte sie die Insel quasi für sich allein. Wenn sie sich da mal nicht täuschte! Halloween stand vor der Tür und da Irland das Ursprungsland dieses Brauchs war, würde das Fest sicher eine Menge Touristen anlocken.

Inzwischen war dieses Gruselfest für die junge Generation ja auch in Deutschland nicht mehr wegzudenken und für manche Kinder war Halloween beinahe ebenso wichtig wie Weihnachten oder Ostern. Als sei diese irisch-amerikanische Tradition schon immer Teil des deutschen Brauchtums gewesen. Aber Pustekuchen! Uschi konnte sich noch gut daran erinnern, dass sich dieses Fest erst in den 90er-Jahren hierzulande etabliert hatte, angetrieben vom Handel, der durch den Verkauf von Kostümen, Kürbissen und allerlei Gruselzubehör einen beträchtlichen kommerziellen Nutzen daraus zog. Die Monster, Skelette und Vampire eroberten Deutschland daraufhin im Sturm und nach erstaunlich kurzer Zeit wurde Halloween in den Reigen der deutschen Feste aufgenommen. Davor wäre kein Mensch in Deutschland auf den Gedanken gekommen, außerhalb der Faschingszeit als Hexe verkleidet herumzulaufen und »Süßes oder Saures« zu rufen. Einen kulturellen Zugewinn konnte Uschi durch dieses Gruselfest allerdings nicht erkennen. Im Gegenteil. Sie konnte die Begeisterung für Halloween nicht im Geringsten nachvollziehen. Ihr waren diese hässlichen Verkleidungen zuwider. Und die Streiche, die sich manche Kinder ausdachten, waren keineswegs lustig, sondern grenzten an Sachbeschädigung. Mit ihrer kritischen Sichtweise stand sie in der Gesellschaft nicht allein da, aber in ihren letzten Dienstjahren an der Schule hatte sie zunehmend das Gefühl gehabt, dass die Mehrzahl der Eltern und Schüler anders dachte und den Kommerz gerne unterstützte.

Das Klingeln des Telefons riss Uschi aus ihren Gedanken.

»Lämmle?«

»Hallo. Ich bin's, Clara. Ich wollte mich erkundigen, wie es Leopold inzwischen geht.«

»Clara? Schon wieder? Ich dachte, du wärst schon längst weg. Wann geht denn dein Flieger?«

»In einer halben Stunde. Ich rufe vom Flughafen aus an. Ich hab nämlich vergessen, dir zu sagen, dass in der blauen Tasche noch Dosen. Leckerlis und Knochen sind. Du musst immer was zum Trockenfutter zugeben. Sonst frisst er es nicht.«

»Ach, so ist das«, murmelte Uschi, kramte die Tasche hervor und linste hinein.

Tatsächlich. Angefüllt mit Leckereien. Alles, was das Hundeherz begehrte. Als Leopold das Rascheln vernahm, erwachte er zum Leben. Er hob den Kopf, entrollte seinen Körper, streckte sich ausgiebig und trottete dann herüber, um seine Schnauze in der Wundertasche zu versenken. Zwei Sekunden später wedelte der Schwanz, kurz darauf kam sein Kopf wieder zum Vorschein, in der Schnauze ein überdimensional großer Kauknochen, den er beglückt von dannen trug.

»Hat er sich denn schon gut eingelebt?«, wollte Clara wissen.

»Ja, ja«, log Uschi und nestelte mit der freien Hand an ihrer Hochsteckfrisur herum. »Mach dir keine Sorgen. Wir kommen schon zurecht.«

»Prima. Ich bin echt froh, dass du ihn nehmen konntest. Weißt du, er ist leider immer noch so wild, dass ich ihn eigentlich nirgends lassen kann. Aber wenn es eine schafft, mit ihm fertig zu werden, dann du. Wer Jugendliche erziehen kann, der kommt auch mit einem pubertierenden Hund zurecht.«

»Dein Vertrauen ehrt mich. Erwarte aber nicht, dass du nach dem Urlaub einen perfekt erzogenen Hund zurückbekommst.« Sie hielt nach Leopold Ausschau und sah gerade noch, wie er seinen Knochen im Topf ihrer Palme ablegte und mit der Nase Erde aufhäufte. Sie seufzte. »Was du in einem Jahr nicht geschafft hast, kann ich nicht in zwei Wochen hinbekommen.«

»So ungezogen ist er dann auch wieder nicht«, verteidigte sich Clara. »Immerhin war ich mit ihm in der Welpenschule. Und durch Clickertraining hat er auch schon ein paar Kunststücke gelernt.«

»Aha. Was ist das denn? Clickertraining?«, fragte Uschi, während sie zusah, wie Leopold den Knochen mit einigen energischen Nasenstübern wieder ausgrub und die Erde dabei rund um die Palme verstreute. Sie ging in die Küche, um einen Kehrwisch zu holen.

»Oh, ich sehe gerade, dass das Boarding beginnt«, rief Clara. »Also, nochmals vielen Dank! Und streichle Leopold von mir. Ich vermiss ihn jetzt schon. Tschüss!«

Bevor sich Uschi verabschieden konnte, hatte ihre Nichte bereits aufgelegt. Rasch fegte sie die Erdkrumen zusammen und hielt dann Ausschau nach ihrem Pflegehund, um ihn wie geheißen zu streicheln. Im Wohnzimmer war er jedenfalls nicht mehr. Und im Schlafzimmer – auch nicht! Woher kam eigentlich dieser kalte Luftzug? Uschi ging in den Hausflur. Um Himmels willen! Die Tür stand ja sperrangelweit offen! Uschi streckte den Kopf aus der Tür.

»Leopold? Wo bist du denn? Komm! Komm hierher! Leopold!«

Gut, dass ihr Garten eingezäunt war. Weit konnte er nicht gekommen sein. Dennoch musste sie nachsehen, wo er abgeblieben war. Nicht, dass er doch noch irgendwo ein Schlupfloch gefunden hatte. Sie war gerade in ihre Straßenschuhe geschlüpft, als er angelaufen kam. Schwanzwedelnd, bestens gelaunt, in Hochstimmung, aber ohne Knochen.

»Wo hast du denn dein Knochele gelassen?«, fragte Uschi, als erneut das Telefon klingelte.

Das konnte nur Clara sein. Vermutlich hatte sie weitere Instruktionen auf Lager.

»Das ist schon wieder dein Frauchen«, sagte sie mit genervtem Unterton, nickte Leopold zu und langte nach dem Telefon.

»Du hast vergessen, mir zu sagen, dass Leopold Türen öffnen kann«, beschwerte sich Uschi ohne Umschweife. »Jetzt hat er den Luxusknochen irgendwo im Garten verbuddelt. Gibt es irgendwelche bevorzugten Plätze, wo er für gewöhnlich seine Knochen versteckt?«

Am anderen Ende der Leitung war es eine Weile still, dann vernahm Uschi ein Glucksen.

»Ist Leopold ein Hund? Also dann würde ich mal im Blumenbeet nachschauen. Hunde lieben es, in der weichen Erde zu graben.«

»Äh, mit wem spreche ich denn?«, fragte Uschi verlegen.

»Hier ist Danni. Danni Rapp. Die Schlossführerin aus Sigmaringen. Wir haben im letzten Jahr eine Zeit lang zusammen auf der Burg Hohenzollern gearbeitet. Ich war die Aushilfe. Erinnerst du dich an mich?«

»Natürlich erinnere ich mich an dich. Was für eine Frage! Wie läuft's bei Euch im Schloss?«

»Im Moment klemmt's bei uns leider an allen Ecken und Enden. Deshalb rufe ich auch an. Morgen beginnt unser Sonderprogramm für die Halloweenwoche. Und ausgerechnet jetzt liegt die halbe Mannschaft mit Magen-Darm flach.«

Uschi legte die Stirn in Falten. Sie ahnte schon, was nun folgen würde.

»Um es kurz zu machen: Wir brauchen ganz dringend jemanden, der einspringt.« Eine peinliche Stille trat ein. Danni räusperte sich, doch als Uschi daraufhin immer noch nichts erwiderte, holte sie tief Luft und fügte hinzu: »Nun ja, und da haben wir an dich gedacht.«

Uschi unterdrückte ein Seufzen und fragte zerknirscht: »Und wie habt ihr euch das vorgestellt? Nur weil ich Führungen auf der Burg mache, heißt das ja nicht automatisch, dass ich auch im Schloss führen kann.«

»Aber natürlich kannst du das! Das ist doch gar kein Problem. Die Geschichte des Fürstenhauses Hohenzollern kennst du doch aus dem Effeff. Und die Besonderheiten im Schloss habe ich dir schnell erklärt.«

»Ich fürchte, so schnell geht das bei mir nicht«, widersprach Uschi. »Ich kenne das Schloss ehrlich gesagt nur von außen. Es ist eine Ewigkeit her, dass ich die Innenräume besichtigt habe. Ich kann mich an rein gar nichts mehr erinnern. Tut mir leid.«

»Hm, ach so. Was machen wir denn da?«, sagte Danni. Sie klang enttäuscht. »Du warst unsere letzte Hoffnung.«

Uschi zog eine Schnute. Sie würde sich nicht weichklopfen lassen. Es genügte schon, dass sie nun diesen Hund am Bein hatte. Sie hatte überhaupt keine Lust darauf, täglich nach Sigmaringen zu fahren, auch wenn es nur eine halbe Stunde entfernt war. Und noch viel weniger Lust hatte sie darauf, sich eine neue Führung aufs Auge drücken zu lassen. Um eine Führung im Schloss kompetent ausüben zu können, musste man sich richtig reinknien. Da reichten zwei Tage bei Weitem nicht aus, ohne dass es in gewaltigen Stress ausartete. Dies musste Danni einsehen. Notstand hin oder her.

»Ach, jetzt habe ich eine ganz andere Idee«, meinte Danni plötzlich. »Du könntest die Mondscheinführung übernehmen. Da musst du so gut wie gar nichts über die Schlossgeschichte wissen. Dabei geht es ausschließlich um den Mond, Geister und Hexen.«

»Hexen?«, fragte Uschi zweifelnd und klaubte einige Hundehaare zusammen, die neuerdings büschelweise in jeder Ecke zu finden waren.

»Ja, unter anderem. Aber das habe ich schon alles vorbereitet. Zu jedem Thema gibt es eine Karteikarte. Da steht alles drauf. Du musst nur ablesen.«

»Nur ablesen«, murmelte Uschi.

Du meine Güte, wie kam sie nur wieder aus dieser Sache raus, ohne unhöflich zu sein. Schließlich hatte Danni letztes Jahr auch auf der Burg ausgeholfen. Aber das hieß noch lange nicht, dass sie im Gegenzug dem Sigmaringer Schlossteam verpflichtet war. Ihr Blick wanderte zu Leopolds dreckverkrusteter Nase. Seine ursprünglich weißen Pfoten waren nun braun gesprenkelt.

»Außerdem habe ich gerade ja auch noch einen Pflegehund zu betreuen. Den kann ich auf gar keinen Fall alleine lassen.«

Sie war froh, endlich ein Totschlagargument gefunden zu haben. Dagegen ließ sich nun wirklich nichts einwenden.

»Ach, das wäre das geringste Problem«, sagte Danni fröhlich. »Unsere Kassiererin hat auch immer ihren Hund bei der Arbeit dabei. Der ist ganz lieb, liegt den ganzen Tag unterm Tresen und schläft. Ich würde mich sogar dazu bereit erklären, mit Leopold zwischendurch mal Gassi zu gehen.«

Uschi richtete die Augen zur Decke. Himmel hilf, wie konnte man nur so hartnäckig sein?

»Leopold ist ein Wildfang«, startete sie einen letzten Abwehrversuch. »Er ist alles andere als lieb. Und er kann Türen öffnen. Wenn wir Pech haben, spaziert er im Schloss herum und legt sich ins Bett Seiner Hoheit.«

»Oho«, sagte Danni und kicherte. »So einer ist das also. Um welche Rasse dreht es sich denn?«

»Leopold ist ein Aussie.«

»Ein Aussie?«, fragte Danni belustigt. »Was ist das denn?«

»Ein Australian Shepherd. Weißt du, das sind diese hyperaktiven Hütehunde, die irrsinnig viel Auslauf brauchen und denen man dauernd irgendwelche Aufgaben geben muss.«

»Na, zumindest trägt er einen standesgemäßen Namen. Fürst Leopold wäre vielleicht ganz entzückt gewesen, einen Namensvetter als Hofhund zu besitzen. Ist er denn hübsch, dein Leopold?«

»Ja, das ist er«, gab Uschi zu. »Er ist kunterbunt. Schwarz, grau, braun, rot, gestreift, gefleckt, getupft. Mit weißer Schnauze und weißen Pfoten.« Sie schob die Unterlippe vor. Aus der Sache kam sie nicht mehr raus. Definitiv. »Also gut, Danni. Du hast mich überredet. Aber ich springe nur für diese Mondscheinführung ein. Hörst du?«

»Wirklich? Mensch, Uschi. Du bist ein Schatz! Du hast uns gerettet! Vielen, vielen Dank! Dafür bekommst du auch einen fürstlichen Glühwein zur Begrüßung. Und dazu einen selbst gebackenen Keks mit Krone drauf.«

»Schon gut«, sagte Uschi und lachte. »Bekommst du wenigstens eine Kopfgeldprämie, wenn du es geschafft hast, eine Dumme zu überreden?«

»Also hör mal!«, sagte Danni mit gespielter Empörung. »Du bist alternativlos! Schließlich eilt dir dein Ruf voraus. Deine Spontanität und Kollegialität sind in diesem Fürstentum einzigartig.«

Uschi schmunzelte.

»Ja, ja. Ich bin sogar so spontan, dass ich morgen mal kurz zu einer Vorbesprechung vorbeikommen würde. Wann findet denn diese Mondscheinführung eigentlich statt?«

»Das erste Mal am 31. Oktober, also an Halloween.«

Uschis Mundwinkel sanken nach unten. Das erste Mal?

»Aha. Na, Hauptsache ihr erwartet nicht, dass ich mich auch noch als Hexe verkleide …«

»Das wäre natürlich toll!«, sagte Danni prompt und lachte auf. »In der Woche nach Halloween findet die Mondscheinführung dann täglich statt. Beginn ist immer um 22 Uhr.«

»So spät?«, fragte Uschi verwundert.

»Je später es ist, desto mehr gruseln sich die Leute. Und du weißt ja, die Geisterstunde beginnt erst um Mitternacht.«

»Ihr habt doch gar keine Geister!«, sagte Uschi.

»Das wirst du dann ja noch sehen«, entgegnete Danni knapp.

Uschi wollte eigentlich nachhaken, wie sie das denn meine, doch da hatte Danni bereits das Thema gewechselt und erläuterte ihr nochmals den genauen Programmablauf in der Halloweenwoche.

Kaum hatte Uschi das Telefonat beendet, ärgerte sie sich schon über ihre mangelnde Standfestigkeit. Warum schaffte sie es nicht, einfach mal »Nein« zu sagen? Gruselführungen! Ihr genügte schon die weiße Frau, die auf der Burg Hohenzollern herumgeisterte. Auf weitere Geister konnte sie gut und gerne verzichten. Und dann auch noch Hexen. Nee!

Das letzte Stück bis zum Wanderparkplatz fuhr Robin ohne Licht. Im Mondlicht war der Feldweg gut zu erkennen. Auch wenn der Geländewagen für die holprige Strecke ideal war, bemühte er sich, die Schlaglöcher zu umfahren.

»Es ist noch zu hell«, stellte er fest.

Saskia und Volker schauten schweigend aus dem Fenster. Seit sie von der Landstraße abgezweigt waren, hatte keiner ein Wort gesprochen. Jeder hing seinen eigenen Gedanken nach.

Robin steuerte ans Ende des Parkplatzes, bog dort in einen grasbewachsenen Forstweg ein und stellte das Auto hinter einem Holzschuppen ab.

»So, da sind wir!«, sagte er leise und ließ die Scheiben herunter.

Kalte Nachtluft strömte herein.

Saskia lehnte sich aus dem Fenster, blickte zum Nachthimmel auf und ließ sich seufzend wieder in den Sitz zurücksinken.

»Je länger wir uns hier aufhalten, desto eher werden wir von jemandem gesehen«, sagte sie und schob schaudernd die Hände zwischen ihre schlanken Beine. »Wir sollten die Sache so schnell wie möglich über die Bühne bringen und dann wieder abhauen.«

»Jetzt zieht's glei zu«, sagte Volker.

Er beugte sich zu Saskia vor und hielt ihr das Smartphone unter die Nase. Nachdem sie einen flüchtigen Blick auf die Wetterapp geworfen hatte, ließ er sich wieder auf die Rückbank fallen und meinte gut gelaunt:

»Willsch a Bierle? Dann bisch vielleicht a bissle entspannter.«

»Ich muss mal«, sagte Saskia den Kopf schüttelnd und schlug die Beine übereinander.

»Bäume gibt es hier genug«, sagte Robin achselzuckend. »Da wirst du doch wohl ein Plätzchen finden, oder?«

»Ist mir zu kalt«, murmelte Saskia, warf ihren Zopf über die Schulter und ließ mit einem Knopfdruck das Fenster hochfahren.

»Also i muss scho lang«, sagte Volker und öffnete mit einem Zischen seine Bierdose. »Aber ich verheb's mir no a Weile.«

Er lachte, nahm einen Schluck Bier und rülpste.

»Muss das sein?«, beschwerte sich Saskia, schlug den Kragen ihres Mantels hoch und verließ mit einem empörten Schnauben das Auto.

Volker konnte manchmal ganz schön nerven. Aber was das Wetter anbelangte, hatte er recht gehabt. Da zogen tatsächlich Wolken heran. Nicht mehr lange, dann würden sie sich vor den Mond schieben.

Robin verließ nun ebenfalls das Auto, öffnete den Kofferraum und überreichte ihr kommentarlos eine weiße Plastiktüte.

»Es kann losgehen«, raunte er.

Saskia nickte und nahm die Sturmmasken aus der Tüte. Eine reichte sie Volker durchs Fenster, die andere zog sie sich selbst über den Kopf. Die Masken ließen nur die Augen frei. Nase und Mund wurden hingegen vollständig von dem schwarzen Stoff bedeckt.

»Cool!«, meinte Volker lachend. »Da könnta mir nochher eigentlich glei no d' Sparkass überfalla!«

»Mit einer Handsäge oder was?«, zischte Saskia. »Volle, du hast echt einen Knall!«

Der schmale Trampelpfad führte steil aufwärts, quer über eine Wiese. Obwohl Robin und Volker dicht vor Saskia hergingen, konnte sie die beiden in der Dunkelheit nur schemenhaft erkennen. Es war verblüffend, welchen Effekt die schwarze Kleidung hatte.

Saskia spürte, wie der Stoff vor ihrem Mund mit jedem Atemzug etwas feuchter wurde. Nach ungefähr 200 Metern trafen sie auf einen breiteren Wiesenweg, der in Kurven den Steilhang einer Obstbaumwiese hinaufführte. Immer wieder stolperte Saskia über kleine Kläräpfel, die überall verstreut auf der Wiese herumlagen. Obwohl es unwahrscheinlich war, dass um diese Uhrzeit noch jemand einen Nachtspaziergang unternahm, drehte sie sich alle paar Meter um und lauschte. Doch außer dem Geräusch ihrer eigenen Schritte war nichts zu hören. Sie nahmen die Abkürzung über einen schmalen Trampelpfad und erreichten kurz darauf ihr Ziel: die große Lichtung.

»Da steht er«, sagte Robin und deutete auf den Hochsitz am Waldrand. »Ist mal wieder total fies platziert. Die

Tiere kommen aus dem Wald heraus, wollen die herumliegenden Äpfel fressen und ›peng‹«, er imitierte mit der Hand eine Pistole, »hat es sie schon erwischt. Die haben gar keine Chance zu flüchten.«

»Schaut mal, da hat er sogar eine Kirrung angelegt!« Sie deutete auf einen Haufen Trester, eine Mischung aus pflanzlichen Pressrückständen und Getreide. »Um die Tiere anzulocken …«

»Schwätzet it so viel«, entgegnete Volker und setzte seinen Rucksack ab. »Mir müsset jetzt ran an die Sach. Dann hot sich des.«

Mit der Handsäge bewaffnet kletterte er auf den Hochsitz.

»I bin glei soweit«, raunte er. »Ihr könnt solang nomal eine raucha.«

Saskia blickte Robin an und rollte mit den Augen.

»Der hat sie doch nicht mehr alle«, flüsterte sie und schüttelte empört den Kopf.

»Jetzt lass ihm halt den Spaß«, meinte Robin achselzuckend und steckte sich eine Zigarette an.

Saskia kickte nervös einen kleinen Apfel zwischen den Füßen hin und her. Dann kramte sie aus ihrem Rucksack einen Block hervor und kritzelte mit Kugelschreiber in großen Druckbuchstaben ihre Botschaft darauf. Das war in der Dunkelheit gar nicht so einfach, da sie nur nach Gespür schreiben konnte.

»Hast du's jetzt endlich?«, zischte sie Volker zu.

»Glei«, kam es zurück. »Nur net hudla!«

Kurz darauf stieg Saskia ein übler Geruch in die Nase. Volkers hämisches Lachen bestätigte ihren Verdacht. Angeekelt wandte sie ihren Kopf ab.

»Wo isch jetzt der Zettel?«, fragte Volker und kletterte die Leiter ein Stück weit herunter.

Saskia stieg auf die unterste Sprosse und reichte ihm die Botschaft. Volker beleuchtete das Papier mit seinem Handy.

»Wenn Hochsitze krachen, vergeht euch das Lachen! Jäger, wir schießen zurück.« Er lachte auf, knüllte den Zettel dann zusammen und warf ihn auf die Holzbank. »It schlecht. Aber mir dät da no was Besseres eifalla: Du denkscht, du bischt ganz bsonders grissa, deshalb han i dir auf d' Hochsitz gschissa.«

Saskia schüttelte angewidert den Kopf.

»Volle, du bist so was von widerlich!«

»I woiß!«, sagte Volker und griente. »Und i mag di au!«

Dann machte er sich daran, die obersten Sprossen auf beiden Seiten anzusägen.

»Kannst du nicht ein bisschen leiser sägen?«, wies Saskia ihn zurecht. »Das hört man ja kilometerweit!«

»Wenn du denkscht, dass du leiser säga kannscht, darfsch es gern selber macha!«, entgegnete Volker. Er stieg etwas tiefer und sägte sicherheitshalber auch dort die Sprossen an.

»Pass auf, dass du dir den Ast nicht unterm Hintern absägst!«, raunte Robin.

Volker zog eine Grimasse und spuckte als Antwort auf seinen Freund hinunter. Die Spucke verfehlte Robin haarscharf.

»Hm, vielleicht hättest du nicht gerade die obersten Sprossen ansägen sollen«, gab Saskia zu bedenken. »Wenn der Typ von der Höhe aus runterfällt, kann er sich das Genick brechen!«

»Ah wa!«, widersprach Volker. »Die Sprossa brecha doch scho beim Hochklettre durch. Da passiert it viel.«

»Und wenn schon«, sagte Robin leise. »Wer da hochklettert, hat nichts Gutes im Sinn. Das feige Schwein sitzt da oben und tötet aus dem Hinterhalt. Das ist für mich nichts anderes als ein Mörder.«

»Ja, aber deswegen müssen wir ja nicht auch zu Mördern werden, oder?«, keifte Saskia.

»Verdammt!«, stieß Robin hervor und trat rasch seine Zigarette im Gras aus. »Da hinten leuchtet was! Ich glaube, da kommt ein Auto!«

»Heidenei!«, raunte Volker, der die Lichter nun auch gesehen hatte. »Du hasch recht. Da kommt tatsächlich einer. Nix wie weg!«

Er warf die Handsäge in den Rucksack und schulterte ihn.

»Nicht über die Wiese!«, schnaubte Robin. »Wir müssen durch den Wald und von hinten her ans Auto ran.«

Sie rannten los. Zwischen Buchen und Fichten hindurch, über umgestürzte Baumstämme, durch Gestrüpp und Unterholz.

»Aua!«, keuchte Saskia, als sie an den Dornen einer Brombeerhecke hängen blieb.

Irritiert sah sie sich um. Waren sie überhaupt noch richtig? In ihrer Panik war sie einfach drauflosgerannt. Kopflos. Orientierungslos. Aber wenn sie sich jetzt nicht ranhielt, verlor sie den Anschluss zu Volker und Robin. Sie lief weiter. Verdammt! Sie konnte nicht einmal mehr die Umrisse der beiden erkennen. Ihr blieb nichts Weiteres übrig, als nach Gehör zu gehen. Sie stoppte und versuchte, die Schritte zu orten. Ja, sie hörte etwas. Aber so leise, dass sie nicht sicher sagen konnte, aus welcher Richtung das Knacken kam.

»Wartet!«, jammerte sie. »Ich kann nicht so schnell! Wartet doch!«

Als sie keine Antwort bekam, beschleunigte sie ihren Schritt. In ihrer Hektik übersah sie allerdings einen Ast am Boden, stolperte und fiel der Länge nach hin. Einige Schrecksekunden lang blieb sie ausgestreckt liegen. Dann rappelte sie sich auf und untersuchte wimmernd ihre Gliedmaßen. Sie hatte sich nicht nur die Haut an den Händen aufgerissen, sondern auch noch ihr Knie aufgeschlagen. Brannte wie Hölle! Und wo, verflucht noch mal, ging es raus aus diesem Wald? Sie zog aus ihrer Jackentasche ein

Papiertaschentuch und putzte sich die Nase. Dann holte sie tief Luft und besann sich. Robin und Volker würden beim Auto auf sie warten. Egal wie lange sie brauchte. Sie musste nur die Nerven behalten und aufhören, wie ein verrücktes Huhn durch die Gegend zu laufen. Sie holte ihr Smartphone hervor und schickte eine Sprachnachricht an Robin.

»Wartet auf mich«, wisperte sie. »Ich hab mich verlaufen. Es kann noch ein bisschen dauern.«

Die im Smartphone integrierte Taschenlampe war so schwach, dass sie lediglich das Gestrüpp unmittelbar vor ihren Füßen erhellte. Du musst tendenziell immer bergab laufen, sagte sie sich. Nach wenigen Minuten hatte sie eine steile Böschung erreicht, die mit dichtem Gestrüpp bewachsen war. Es würde nicht einfach werden, sich hier einen Weg hindurch zu bahnen. Während Saskia über Totholz und Büsche hinwegstakste, hoffte sie inständig, dass Robin ihre Sprachnachricht abgehört hatte und nicht einfach losgefahren war, um sie zu suchen. Sie stieß einen tiefen Seufzer aus. Was war das doch hier für ein Mist! In diesem Moment flutete das Mondlicht durch die Baumwipfel hindurch. Es war ein Effekt, als hätte gerade jemand das Licht angemacht. Saskia atmete erleichtert auf, als sie unterhalb der Böschung zwischen den Bäumen hindurch den Feldweg erkennen konnte. Na also! Gleich, gleich hatte sie es geschafft!

Neu motiviert trat sie das Gestrüpp nieder, sprang über größere Steine und kletterte über den Baumstamm einer umgestürzten Fichte hinweg. Sie rutschte gerade auf der anderen Seite des Baumstamms herunter, als sie ein Motorengeräusch hörte. War das Robin? Suchte er sie bereits? Sie kauerte sich hinter einen Busch und spähte zwischen den Ästen hindurch – jederzeit zum Sprung bereit, um sich bemerkbar zu machen, falls es tatsächlich Robin war. Das Auto war noch nicht auf ihrer Höhe angelangt, da erkannte sie bereits die seitlichen neongelben Leuchtstreifen und die blaue Wagenfarbe.

Verflucht noch mal! Die Polizei! Rasch duckte sie sich etwas tiefer. Obwohl ihr Herz bis zum Hals schlug, wagte sie es, nochmals aufzuschauen. In der ersten Sekunde blendete sie das Scheinwerferlicht so stark, dass sie die Hand schützend vor die Augen halten musste, um etwas sehen zu können. Als sie dann jedoch die blassen Gesichter von Robin und Volker im Wagen erkannte, sackten ihr beinahe die Beine weg.

Du bleibst im Auto«, sagte Uschi bestimmt und ignorierte Leopolds Bettelblick. »Schlaf ein wenig. Ich bin bald wieder zurück.«

Sie war noch nicht außer Sichtweite, da kletterte Leopold bereits von der Rückbank auf den Fahrersitz und schickte ihr ein lautstarkes Protestgeheul hinterher. Klang beinahe wie von einem Wolf. Uschi zog die Schultern hoch und ging schnell weiter. Da musste er jetzt durch. Hoffentlich rächte er sich nicht für die Freiheitsberaubung. Sie durfte gar nicht daran denken, was er in der Zwischenzeit aus Frust alles anstellen konnte. Von Polster zerfetzen bis zu Handbremse lösen, war diesem Hund nahezu alles zuzutrauen.

Andere Hundebesitzer schränkten den Bewegungsradius ihrer Hunde im Auto durch spezielle Hundegurte oder Transportboxen ein. Doch Leopold hatte es geschafft, sich erfolgreich gegen Claras Reglementierungen im Auto zu wehren. Da er in der Transportbox im Kofferraum nichts sehen konnte, wurde ihm dermaßen schlecht, dass er sich noch während der Fahrt übergeben musste. Als keine Besserung in Sicht war, gab Clara schließlich nach und holte ihn zu sich in den Innenraum. Doch auch im Fußraum wurde ihm schlecht. Erträglich war es für ihn nur, wenn er während der Fahrt aus dem Fenster schauen durfte. Uschi unterstellte dem intelligenten Australian Shepherd, dass dies alles ausgeklügelte Taktik war. Der Versuch, ihn durch einen Hundegurt zu sichern, scheiterte daran, dass er sich während eines ausgiebigen Tobsuchtanfalls schier damit erwürgt hatte. Beim nächsten Versuch machte er mit dem Gurt kurzen Prozess und biss ihn einfach durch. So verfuhr er auch mit zwei weiteren Hundegurten in anderen Ausführungen.

Seitdem saß Leopold während der Fahrt auf dem Rücksitz, schaute aus dem Fenster und stieß hin und wieder ein lautstarkes Gebell aus, wenn er Fußgänger oder einen Artgenossen auf dem Gehweg entdeckte. Da Leopold nun uneingeschränkt auf allen Sitzen herumturnen konnte, verteilte er seine Hundehaare gleichmäßig im gesamten Auto, weshalb Clara ihren Wagen wesentlich häufiger innen reinigen musste als früher. Aber so wie Uschi diesen Hund einschätzte, konnte sie froh sein, wenn nach ihrer Rückkehr die Sitzpolster noch heil waren und das Auto an Ort und Stelle stand.

Der Weg zum Schloss führte stets bergauf. Vorbei an Cafés und hübschen Fachwerkhäusern, über Treppen, durch romantisch verwinkelte Gassen und unter Torbögen hindurch. Das Schloss thronte majestätisch auf einem Felsen oberhalb der Donau. Das sah man aber nur aus der Ferne. Wenn man sich von Westen aus näherte und den gemächlich ansteigenden Fußweg durch die Stadt nahm, wurde einem die exponierte Lage des Schlosses gar nicht so bewusst. Nichtsdestotrotz spürte Uschi jeden zurückgelegten Höhenmeter umso deutlicher in ihren Beinen. Wenigstens vertrieb die Anstrengung die feuchte Kälte aus ihren Knochen und sorgte für eine angenehme Wärme in Händen und Füßen. Eine letzte Steigung, dann hatte sie es auf einmal vor sich, das imposante Hauptportal des Sigmaringer Schlosses. Auf die Mauerreste zweier mittelalterlicher Rundtürme hatte man um 1500 einen neuen Aufbau mit einem Torwächterhaus gesetzt. Uschi machte eine Verschnaufpause und ließ den Anblick auf sich wirken. Ja, es glich wirklich einem Märchenschloss. Wie aus dem Bilderbuch!

Um nicht in Verlegenheit zu geraten, hatte sie sich gestern Abend doch noch ein wenig mit der Schlossgeschichte vertraut gemacht. Auch wenn sie bereits am Telefon angekündigt hatte, wenig über das Sigmaringer Schloss zu wissen, wollte sie sich ihren Kolleginnen gegenüber keine Blöße geben. Außerdem musste man immer damit rechnen, dass die Fragen der Gäste über das Schwerpunktthema der Führung hinausgingen.

Sie legte den Kopf in den Nacken und betrachtete die Reliefdarstellung aus Sandstein über dem riesigen Eingangstor. Das war also das Sühnerelief des Grafen Felix von Werdenberg, das er 1526 zur Buße für die Ermordung des Grafen Andreas von Sonnenberg hatte anbringen lassen. Felix hatte den Grafen von Sonnenberg erschlagen, nachdem sich dieser bei einer Hochzeit über seine geringe Körpergröße lächerlich gemacht hatte. Ein Mord aus Eitelkeit also. Es gab zwei unterschiedliche Versionen des Tathergangs. In manchen Quellen hieß es, Sonnenberg sei von Felix bei der Jagd erschlagen worden. Einer anderen Darstellung nach ließ der Graf dagegen in einem Zweikampf sein Leben. Wie auch immer. Graf Felix hatte die Tat hernach zutiefst bereut. Auf dem Relief sah man ihn deshalb demütig vor der Muttergottes knien. Uschi war beeindruckt. Nicht von dem Relief an sich, sondern von dem Platz, wo der Graf es hatte anbringen lassen. Jeder Besucher, der das Schloss betrat, hatte das Relief vor Augen. Und daran hatte sich auch fast 500 Jahre nach der Tat nichts geändert. Der Graf stellte sich selbst an den Pranger und bewies damit, wie sehr er den Mord an dem Grafen bedauerte.

Uschi beschloss, ihre Mondscheinführung mit dieser Geschichte zu beginnen. Wenn die Gäste sich gruseln wollten, war dies die perfekte Einstimmung. Wenn es nämlich um Mord und Totschlag ging, waren die Leute immer gleich ganz Ohr. Und dass in diesem märchenhaften Schloss einmal ein Mörder gelebt hatte, wussten gewiss nur die wenigsten Besucher.

Alles andere als gruselig, sondern einfach nur entzückend, war das angrenzende Schlosscafé. *Frische Torten und Kuchen* lockte ein Schild auf der kleinen vorgelagerten Terrasse. Gerne hätte sich Uschi in das heimelige Café locken lassen, aber sie hatte ja einen Termin. In den kommenden Tagen würde sie zudem genügend Gelegenheit haben, die verschiedenen Kuchensorten durchzuprobieren.

Der steile, überwölbte Aufgang zum alten Burgtor wirkte düster. Daran änderten auch die bronzeverzierten Lampen nichts, die in regelmäßigen Abständen an der weiß getünchten Decke dieses Ganges angebracht worden waren, um für mehr Helligkeit zu sorgen. Uschi beobachtete, wie eine Dame mit Stöckelschuhen am Arm ihres Begleiters über das Kopfsteinpflaster balancierte, und fragte sich, wie sie die abschüssige Rampe nach dem Schlossbesuch wieder herunterkommen wollte. Da blieb der Dame wohl nichts anderes übrig, als sich an dem eisernen Handlauf entlangzuhangeln oder sich erneut an den Arm ihrer männlichen Begleitung zu krallen. Uschi war froh, dass sie heute auf ihre hohen Schuhe verzichtet hatte. Die gefütterten Stiefel sahen zu ihrem knielangen Rock gar nicht mal so schlecht aus und würden ihr später beim Spaziergang mit dem Hund gute Dienste leisten.

Sie betrachtete die Dekoration an den Wänden, die den Gästen bereits einen ersten Hinweis darauf gab, welche Themenschwerpunkte in diesem Schloss von besonderer Bedeutung waren: mittelalterliche Waffen und die Jagd. Mächtige

Hirschgeweihe und silberglänzenden Rüstungen wechselten sich zu beiden Seiten ab und geleiteten den Besucher bis zum Eingang.

Uschi betrat den Museumsshop, der zugleich Kasse, Informationsschalter und Souvenirlädchen in einem war. Hinter einem lang gezogenen Tresen saß eine schlanke Frau mittleren Alters, die gerade einem Besucher das Audiosystem für die Waffenkammer erklärte. Auf ihrem Schoß lag ein flauschiges, weißes Fellknäuel, das Uschi bei näherem Hinsehen als Pudel identifizierte. Das musste die Kassiererin mit dem Hund sein, von der Danni am Telefon gesprochen hatte.

Da sie immer noch damit beschäftigt war, Instruktionen zu geben, sah sich Uschi derweil in den Verkaufsräumen um. Die Auswahl an Souvenirs war erstaunlich vielfältig. Neben diversen Büchern über die Schlossgeschichte wurden auch edel anmutender Schmuck, Servietten, Postkarten und noch allerlei anderer Krimskrams angeboten. In einem gesonderten Raum gab es alles, was kleine angehende Prinzessinnen und Ritter benötigten, um sich standesgemäß auszustatten. Uschi war von den schwarzen Bleistiften mit goldenen Krönchen fasziniert. Sie zog einen der Stifte aus dem Behälter, betrachtete ihn entzückt und überlegte sich, welche Freundinnen sie mit diesem Prachtstück beglücken könnte.

»Ja, bitte? Kann ich Ihnen helfen?«

Die Kassiererin lächelte sie ermunternd an und fuhr sich mit der Hand durch die kurzen blonden Haare.

»Ich bin mit Daniela Rapp verabredet«, sagte Uschi und steckte den Bleistift wieder in den Behälter zurück. »Mein Name ist Uschi Lämmle.«

Die Miene der Kassiererin hellte sich auf.

»Ah, schön! Danni hat dich schon angekündigt. Du bist die Burgführerin, die uns freundlicherweise aus der Patsche helfen wird, nicht wahr?« Sie streckte Uschi die Hand über den Pudel hinweg entgegen. »Ich bin Lena.«

In diesem Augenblick erwachte der Pudel zum Leben, richtete sich auf und schnupperte interessiert an Uschis Hand.

»Oh, der riecht wohl meinen Pflegehund, einen jungen Australian Shepherd«, erklärte Uschi.

»Du hast einen Aussie? Tolle Hunde! Brauchen aber viel Bewegung. Wo ist er denn jetzt?«

»Er sitzt im Auto und bellt sich gerade die Seele aus dem Leib.«

Lena lachte auf.

»Der Arme! Du kannst ihn beim nächsten Mal ruhig mit hereinbringen. Meine Peggy«, sie deutete auf den Pudel, »verträgt sich mit allen Hunden.«

»Oh, das ist lieb gemeint. Aber ich fürchte, dass Leopold den ganzen Laden hier auf den Kopf stellen würde. Er ist noch furchtbar verspielt.«

Ihre eigentliche Befürchtung, dass er nämlich beim nächstbesten Postkartenständer das Bein heben könnte, behielt Uschi lieber für sich.

»Dann wäre es vielleicht sinnvoller, wenn er Peggy erst einmal bei einem gemeinsamen Spaziergang kennenlernt. In einer Stunde bin ich hier fertig. Wenn du möchtest, könnten wir nach Josefslust fahren und noch eine Runde zusammen laufen.«

»Das ist eine gute Idee!«, sagte Uschi und strahlte. »Leopold wird sich freuen. Vor allem, wenn uns auch noch so eine hübsche Hundedame begleitet.« Sie schüttelte den Kopf. »Nur schade, dass ihr hier so einen Nebel habt. Ich bin bei strahlendem Sonnenschein in Albstadt losgefahren! Und dann kommt man plötzlich in diese trübe Brühe. Damit rechnet man gar nicht.«

»Ja, so ist das nun mal im Herbst im Donautal«, bestätigte

Lena. »Aber wenn wir Glück haben, kommt später doch noch ein wenig die Sonne durch.«

Sie erhob sich, setzte den Pudel behutsam auf den Boden und zog eine Jacke über. Dann geleitete sie Uschi nach draußen, um ihr das Tor zum Schlosshof zu öffnen.

»Danni will dich in der Kasematte treffen. Ich zeige dir, wo es langgeht.«

Als Uschi »Kasematte« hörte, musste sie sofort mit einigem Unbehagen an die dunklen Kellerräume und Geheimgänge auf der Burg Hohenzollern denken. Nachdem sie vor zwei Jahren in einem dieser Gänge stundenlang eingesperrt worden war, kannte sie das Gedärm des Zollerbergs nun besser als ihr lieb war. Dass das Sigmaringer Schloss ebenfalls solche ehemaligen Munitionslager besaß, hatte sie nicht gewusst.

»Seit dem Schlossbrand von 1893 weist der Schlosshof ganz verschiedene Baustile auf«, erklärte Lena, als sie die Portugiesische Galerie an der Südseite passierten.

Rote Fensterrahmen und Fensterläden kontrastierten mit dem hellen Gestein der Mauern, Balustraden und Säulen – das romantische Ambiente des Schlosshofs zog Uschi augenblicklich in den Bann und sie wusste gar nicht, wohin sie ihren Blick zuerst lenken sollte. Hier eine efeubewachsene Mauer, dort eine hübsche Topfpflanze oder eine filigrane Eisenlaterne. In jedem Winkel gab es neue nette Details zu entdecken. Sie legte den Kopf in den Nacken und betrachtete die Reiterskulptur, die mit ausgestreckter Lanze hoch oben auf einem Sockel am Böhmischen Treppenturm einen Ehrenplatz erhalten hatte. Hm, sollte vermutlich den heiligen Georg darstellen. Trotz der Mischung aus alten und neueren Gebäudeteilen empfand Uschi das Gesamtbild des Hofs mit den efeubewachsenen Wänden als ausgesprochen harmonisch.

»Siehst du die goldene Kugel oberhalb der Turmuhr?«, fragte Lena und wies auf den Turm. »Das ist die Monduhr, die Fürst Leopold anlässlich der Renovierung des Schlossturms vor 100 Jahren anbringen ließ.«

Uschi blickte zu der Turmuhr auf. Tatsächlich! Direkt über dem rot-goldenen Ziffernblatt war sie, die goldene Kugel. Am linken Rand der Kugel zeigte sich eine schwarze Sichel. Abnehmender Mond. Sofort musste Uschi daran denken, dass es die ideale Zeit war, um einen neuen Abnehmversuch zu starten. Sie gehörte zwar nicht zu den Leuten, die ihr Leben nach dem Mondkalender ausrichteten, aber sie war nichtsdestotrotz davon überzeugt, dass manche Dinge eher von Erfolg gekrönt waren, wenn man sie in einer günstigen Mondphase durchführte.

»Toll!«, sagte sie und strahlte übers ganze Gesicht. »So eine Uhr würde mir auch gefallen.«

»Die Monduhr musst du deinen Gästen bei der Mondscheinführung natürlich als Allererstes zeigen«, meinte Lena. »Die Mondphasen waren in früheren Zeiten vor allem auch für die Jagd von Bedeutung.«

»Inwiefern?«, fragte Uschi wissbegierig, immer noch die goldene Kugel im Blick.

»So genau weiß ich das auch nicht«, sagte Lena und zuckte mit den Schultern. »Da gehen die Meinungen bei den Jägern selbst wohl auch auseinander. Ich weiß nur, dass Vollmond auch heute noch eine beliebte Mondphase für die Ansitzjagd ist. Wegen der guten Lichtverhältnisse.«

Sie ging voran und führte Uschi quer über den Hof bis zum Eingang der Kanonenhalle.

»Und hier wirst du auch nicht ohne Erläuterung dran vorbeikommen«, sagte sie schließlich und deutete auf das fürstlich-hohenzollerische Wappen, das die Wand neben dem Eingangstor zur Kanonenhalle zierte.

Uschi trat etwas näher heran, um das Wappen genauer in Augenschein zu nehmen. Es bestand aus sieben Schilden und sieben Helmen, mittig befand sich das geviertelte schwarz-silberne Zollernschild. Verschiedene Symbole repräsentierten die Grafschaften. Fröstelnd schloss sie den oberen Knopf ihrer Wolljacke. Sie hätte gut daran getan, ihren Daunenmantel anzuziehen. Hoffentlich war es im Schloss etwas wärmer!

»Der goldene Hirsch auf rotem Grund steht für die Grafschaft Sigmaringen«, erläuterte Lena. »Das typische Wappentier der hohenzollerischen Schlösser ist aber der Bracke. Das ist eine alte Jagdhundrasse.« Sie deutete auf einen schwarz-silbernen Hundekopf mit heraushängender Zunge, der über einer goldenen Krone im Seitenprofil zu sehen war. »Der Bracke symbolisiert die Jagdgerechtigkeit.«

»Die Jagd scheint überhaupt ein vorherrschendes Thema hier im Schloss zu sein«, sagte Uschi, während sie Lena in die großräumige Kanonenhalle folgte.

Die erhoffte Wärme blieb leider aus. In der Eingangshalle war es nur geringfügig wärmer als draußen. Es gab zwar einen offenen Kamin, aber der diente nur der Zierde. Ebenso wie die Ritterrüstungen, Kanonen und die zahlreichen Jagdtrophäen an den weißen Wänden. Von Hirschgeweihen bis zu ausgestopften Rebhühnern gab es alles, was das Jägerherz höherschlagen ließ.

»Oh ja«, bestätigte Lena. »Es gibt bei uns deshalb sogar eine spezielle Themenführung zur Jagd. Waidmannsheil und Waidmannslust.«

Uschi drehte sich um die eigene Achse und bewunderte die prachtvolle Ausstattung des riesigen Saals.

»Beeindruckend, nicht?«, sagte Lena und nickte. »So soll es auch sein. Die Eingangshalle ist bewusst so ausgestattet worden, um bei den Besuchern Eindruck zu schinden.« Sie deutete auf die Treppen. »Die dreifache Abstufung des Saals erinnert an die drei Kirchenstufen, die zum Altar führen. Die Rüstungen und Waffen demonstrieren die politische und militärische Macht, die vielen Jagdtrophäen zeugen vom großen Landbesitz der Grafschaft in ganz Europa.« Sie wies auf den roten Teppich unter ihren Füßen. »Achte darauf, dass die Besucher immer auf dem Teppich bleiben. Das schont die Böden und es geht keiner verloren.«

Lena führte sie zu einer großen Holztür, die auf der rechten Seite der Kanonenhalle abging.

»So! Und hier ist unsere Kasematte.«

Bereits beim Betreten des Raumes bemerkte Uschi, dass diese Kasematte hier einen ganz anderen Charakter hatte als jene auf der Zollern-Burg. Es war hier weder dunkel noch gab es Geheimgänge. Nein, es handelte sich lediglich um eine Trinkstube in einem Gewölbekeller. Die holzgetäfelte Stube wirkte mit dem großen offenen Kamin und dem reihum führenden Holzgestühl sehr gemütlich. Auf einem der Stühle saß bereits Danni und grinste ihr entgegen. Sie hatte sich seit ihrer letzten Begegnung kaum verändert. Nach wie vor trug sie die roten, langen Haare zu einem Pferdeschwanz hochgebunden und betonte ihre braunen Rehaugen mit viel schwarzer Tusche. Lediglich die kurzen Hosen hatte sie nun gegen eine gut sitzende Röhrenjeans eingetauscht.

»Nur herein in die gute Stube!«, rief sie fröhlich. »Na, da staunst du, nicht wahr? Unsere Kasematte macht ganz schön was her. Hier saßen die Herren nach der Jagd zusammen und ließen sich ihr Bier und die Schlachtplatte schmecken. Nimm doch Platz.«

Sie wies auf das Holzgestühl. Uschi betrachtete die fürstlichen Wappen, die an den Rückenlehnen der Stühle angebracht worden waren. Offenbar hatte jeder Fürst seinen festen Platz in der Runde gehabt.

»Nett hier«, sagte Uschi und nickte anerkennend. »Aber wo bleibt das Bier?«

»Erst die Arbeit, dann das Vergnügen«, erwiderte Danni mit gespielter Strenge. Sie stand auf und musterte Uschis

Kleidung mit unverhohlener Missbilligung. »Zuallererst müssen wir mal über deine Arbeitskleidung sprechen«, sagte sie tadelnd und schüttelte den Kopf. Uschi sah amüsiert an sich herab. Schwarzer Rock, rote Jacke. Was gab es daran auszusetzen? »Wir erwarten von unseren Angestellten«, fuhr Danni fort und erhob den Zeigefinger, »dass sie sich standesgemäß kleiden. Schließlich befinden wir uns hier in einem Schloss! Für die Mondscheinführung ist eine adäquate Gewandung unabdingbar!«

Uschi zog die Augenbrauen hoch. Eine adäquate Gewandung? Dachte Danni dabei an ein Kleid im Stil des 19. Jahrhunderts? Woher sollte sie denn auf die Schnelle solch ein Gewand herbekommen? Sie seufzte. Am Ende würde sie womöglich doch noch notgedrungen auf ein Hexenkostüm ausweichen müssen. Diese Art von Gewandung gab es momentan nämlich an jeder Ecke zu kaufen.

Die beiden Rothirsche blickten mit hoch erhobenem Haupt aufmerksam in die Ferne. Die majestätischen Wächter thronten zu beiden Seiten des efeuberankten Eisentors auf ihren Säulen und jeder Besucher, der den Wildpark Josefslust betreten wollte, musste zuerst einmal den stolzen Tieren mit ihren mächtigen Geweihen Respekt zollen und zu ihnen aufschauen.

Uschi warf einen flüchtigen Blick auf das Schild, das an der Toreinfahrt befestigt war. Hunde waren im Wildpark an der Leine zu führen. Schlecht für Leopold, aber damit hatte sie eigentlich schon gerechnet. Ihr Blick blieb an der Abbildung eines Wildschweins hängen. Sie stutzte und ging etwas näher an das Schild heran. Was? Frei laufende Wildschweine? War das ein Witz? Stirnrunzelnd betrachtete

Uschi das Schild. Nein, das war wohl ernst gemeint. Ja, aber war das denn nicht wahnsinnig gefährlich? Uschi sah in Gedanken schon die aufgebrachte Bache auf sich zurasen, gefolgt von einer Schar kleiner Frischlinge. Wie reagierte man denn am besten auf eine Wildschweinattacke? Wegrennen? Bei aggressiven Hunden hieß es ja immer, man solle auf gar keinen Fall wegrennen, sondern stehen bleiben. Ob diese Regel wohl auch für eine Wildsau galt? Vermutlich würde sich so ein angriffslustiges Wildschwein an keinerlei Regeln halten und jeden gnadenlos über den Haufen rennen, der bei drei nicht auf den Bäumen war. Uschi linste durch die Gitterstäbe. Genügend hohe Bäume gab es im Park jedenfalls. Aber ob sie es in ihrem Alter noch schaffen würde, so schnell auf einen Baum zu klettern? Und dann hing ja auch immer noch Leopold am anderen Ende der Leine. Die Logik des Leinenzwangs erschloss sich ihr sowieso nicht. Sollte dadurch verhindert werden, dass der Hund das Wildschwein jagte oder wollte man den Hund vor dem Wildschwein schützen? Leopold hätte gewiss schlechte Karten im Kampf gegen einen ausgewachsenen Keiler. Uschi fasste die Leine etwas kürzer und zog Leopold zu sich heran.

»Tja, mein Lieber«, sagte sie bestimmt. »Hier gibt es Freilauf nur für Wildschweine. Also leider kein freies Laufen für dich. Mit Wildschweinen ist nicht zu spaßen.«

Leopold scherte sich im Moment überhaupt nicht um etwaige Wildschweine, sondern war ganz auf sein Riechorgan konzentriert. Ein wunderbarer Duft lag in der Luft und erfreulicherweise wurde er mit jedem Atemzug intensiver.

Uschi trat von einem Fuß auf den anderen. Lena musste jeden Moment kommen. Leider hatte sich der Nebel nicht wie erhofft aufgelöst. Im Gegenteil. Inzwischen konnte man kaum 100 Meter weit blicken. Schade! Lena hatte ihr den Wildpark als idyllischen Ort beschrieben. Nun verpasste der

Nebel der Landschaft allerdings einen düsteren Anstrich, der eine beinahe unheimliche Stimmung hervorrief. Die Welt wirkte unter dem grauen Schleier trostlos und kalt. Schaudernd schloss Uschi den obersten Knopf ihres Mantels und entnahm einem Glasbehälter am Tor einen der darin steckenden Prospekte. Aha. Zu bestimmten Terminen gab es hier einen Wildfleischverkauf. Hm, die Wildspezialitäten klangen verlockend. Es gab sogar Wildschwein-Landjäger und Wild-Leberwurst. Aber auch der angebotene Braten und das Gulasch von Rehwild, Wildschwein und Damwild waren sicher fein.

Es wurde damit geworben, dass das Fleisch frei von Hormonen, Tierarznei und Futtermittelbeigaben sei. »Besser als Bio« hieß der Slogan. Nun ja, dachte Uschi, immerhin hatten die Wildtiere frei gelebt und stammten nicht aus der Massentierhaltung. Dafür war Wildfleisch allerdings auch nicht ganz billig. Zumindest, wenn es als Keule oder Braten ohne Knochen verkauft wurde. Hier konnte man jedoch auch das ganze Wild kaufen. Das war wesentlich günstiger und kostete nur um die fünf Euro pro Kilo. Aber dafür hatte der Jäger das Wild auch lediglich aufgebrochen und die Innereien entfernt. Das »Aus-der-Decke-Schlagen«, also das Abhäuten, und das Entfernen der Knochen waren Sache des Käufers. Aber auch wenn Uschi Wildgerichte wie einen Rehbraten liebte, hätte sie sich nie vorstellen können, einem Reh das Fell abzuziehen. Wäre sie gezwungen, dies künftig selbst zu tun, würde sie augenblicklich zur Fraktion der Vegetarier überlaufen. So wie ihre Nichte Clara, die schon seit Jahren kein Fleisch mehr aß.

Leopold hatte derweil Peggy gesichtet, die in Begleitung von Lena die Landstraße überquerte und geradewegs auf ihn zukam. Da war sie ja, die Hundedame, die so verheißungsvoll roch! Nun gab es kein Halten mehr. Gespannt richtete er die Ohren auf, schwänzelte stürmisch und stieß ein ungeduldiges Freudengeheul aus. Uschi sah ihn erstaunt an. Leopold war völlig aus dem Häuschen!

»Hallo! Da sind wir. Hast du den Parkplatz gleich gefunden?«, erkundigte sich Lena.

Sie konnte sich ein Grinsen nicht verkneifen, als sie sah, wie Uschi mit dem liebestollen Australian Shepherd zu kämpfen hatte.

»Klar, ist ja nicht weit von Sigmaringen hierher«, sagte Uschi und zog Leopold, der seine Nase bereits im Hinterteil der Pudeldame versenkt hatte, zu sich heran. »Und der Wanderparkplatz Josefslust ist gut ausgeschildert. Wir haben nicht mehr als fünf Minuten gebraucht.«

»Lass ihn ruhig erst mal schnuppern. Peggy zeigt ihm dann schon, wenn es ihr zu viel wird.«

Sie hatte den Satz kaum zu Ende gesprochen, da fletschte die Pudeldame bereits die Zähne und stieß ein deutlich vernehmbares Knurren aus. Leopold verstand die Warnung sofort, legte die Ohren an und ging auf Abstand.

»So! Das hätten wir geklärt! Komm, lass uns reingehen.«

Das Tor gab ein leises Quietschen von sich, als Lena es aufdrückte und Uschi samt Hund durchließ. Leopold legte sofort ein gutes Tempo vor und schleifte Uschi auf seiner Entdeckertour hinter sich her. Erst ging es nach links an den Wegesrand, dann nach rechts und schließlich wieder nach links. Uschi folgte ihm im Laufschritt, den Arm weit ausgestreckt.

»Dein Hund geht mit dir spazieren und nicht umgekehrt«, stellte Lena fest und lachte.

Uschi blieb verärgert stehen, lehnte sich mit dem Oberkörper zurück und bemühte sich, dem Zug standzuhalten. Leopold stemmte sich mit aller Kraft dagegen. Wer würde das Seilziehen wohl gewinnen? Uschi hatte mehr Lebendgewicht, aber der Hund hatte eindeutig die bessere Technik und zudem Vierpfotenantrieb. Da half es auch nicht, die

Zähne zusammenzubeißen. Mit einem Ruck ging es weiter und Uschi blieb nichts anderes übrig, als erneut hinter dem Aussie her zu stolpern.

»Clara lässt ihn immer frei laufen«, rief sie Lena zu. »Deshalb hat er nie richtig gelernt, ordentlich an der Leine zu gehen.«

Lena rannte ein paar Schritte, um wieder auf eine Höhe mit Uschi zu kommen.

»Du solltest mit ihm in eine Hundeschule gehen.«

»Das ist Claras Aufgabe«, entgegnete Uschi und schüttelte den Kopf. »Ich werde schon irgendwie mit ihm zurechtkommen.« Im selben Moment zerrte Leopold wieder nach rechts, Uschi hinterher. »Donnerwetter! Jetzt zieh doch nicht so!« Sie drehte sich zu Lena um. »Es tut mir leid. Spazieren gehen funktioniert nicht mit ihm. Wir müssen schneller laufen. Walkingschritt.«

Während sie den Waldweg entlanghetzte, spähte sie immer mal wieder in den Wald hinein und hielt nach Wildschweinen Ausschau. Die Gefahr, dass so ein Viech urplötzlich aus dem Unterholz hervorbrach und sie in einem unvorsichtigen Moment eiskalt erwischte, bestand durchaus.

Sie zweigten nach links ab und erreichten schließlich ein umzäuntes, weitläufiges Grundstück, auf dem ein weißes Gebäude mit blaugrauen Fensterläden stand. Ein kleines Türmchen zierte das rote Dach, am Giebel war eine Uhr angebracht.

»Das ist das Jagdschloss Josefslust«, erklärte Lena. »Es wurde 1830 erbaut und diente früher als Fürstlich Hohenzollerische Revierförsterei. Inzwischen wohnt hier aber Prinz Albrecht Johannes von Hohenzollern mit seiner Familie.«

»Schön«, bemerkte Uschi und nickte beeindruckt.

»Vor ein paar Jahren gab es hier noch einen Schaukasten mit einem ausgestopften Wolf. Er wurde 1831 erschossen.

Es war der letzte Wolf, der auf hohenzollerischem Gebiet erlegt wurde.«

»Das wusste ich gar nicht«, sagte Uschi und schaute betroffen drein. »Irgendwie traurig. Der letzte Wolf…«

»Die Leute hier nannten ihn ›Isegrim‹. Er wurde inzwischen restauriert und steht jetzt in der Hubertushalle im Sigmaringer Schloss.«

»Wirklich? Dann muss ich Isegrim demnächst unbedingt mal einen Besuch abstatten!«

»So wie es aussieht, gibt es jetzt ja wieder einen jungen Isegrim im Donautal. Ich finde es ja unglaublich, wie viel Wirbel ein einziges Tier auslösen kann!«

»Ich kann das auch nicht nachvollziehen«, stimmte Uschi zu. »Die Baden-Württemberger sollten doch eigentlich stolz darauf sein, dass es ein Wolf bis zu uns ins Ländle geschafft hat und sich hier ansiedeln möchte. Stattdessen findet man in der Zeitung jeden zweiten Tag Negativschlagzeilen über die Zuwanderung der Wölfe. Ganz selten findet sich mal ein positiver Bericht dazwischen. Wo sind sie denn eigentlich, die ganzen deutschen Tierfreunde?«

»Das darfst du mich nicht fragen. Ich bin sowieso etwas extrem, was die Tierliebe angeht.« Lena hielt inne und suchte nach den richtigen Worten. »Ich war schon immer eine totale Hundenärrin. Aber seit meiner Scheidung vor fünf Jahren sind die Hunde in den Mittelpunkt meines Lebens gerückt. Kinder habe ich ja keine.« Sie lächelte verlegen. »Für mich haben Tiere den gleichen Stellenwert wie Menschen.«

»Das kann ich schon ein Stück weit nachvollziehen. Ich hatte zuletzt zwar nur einen Hamster, aber selbst so ein kleines Tierchen hat eine Seele wie wir. Es tat mir sehr leid, als es mit ihm zu Ende ging.«

»Als mein vorheriger Hund gestorben ist, hab ich um ihn genauso getrauert wie um einen Menschen. Ich hab tagelang geheult.« Lena blickte traurig ins Leere und schüttelte resigniert den Kopf »Bruno fehlt mir so …«

Noch während Uschi sich überlegte, was sie erwidern sollte, gab sich Lena bereits wieder einen Ruck. Ihr geklärter Blick richtete sich auf die Pudeldame an ihrer Seite. Lächelnd beugte sie sich zu dem Hundchen hinunter und kraulte es liebevoll hinter den Ohren.

»Und jetzt ist Peggy da. Und sie verdient alle Liebe dieser Welt.«

Sie gingen die gleiche Strecke wieder zurück, bogen dann nach links ab und fanden sich kurz darauf vor dem Landhaus Josefslust wieder. Im Gegensatz zum Jagdschloss, das frei einsehbar war, schützten hier ein elektrisches Zufahrtstor, ein Maschendrahtzaun und eine hohe Buchenhecke vor allzu neugierigen Blicken. Uschi beäugte die Hecke. Irgendwo musste es doch eine lichte Stelle geben, durch die man spicken konnte! Sie ging die Grundstücksgrenze entlang, linste zwischen dem dichten Geäst hindurch und fand schließlich tatsächlich ein Guckloch. Leopold gestattete sich und Uschi eine kurze Schnüffelpause und hielt ausnahmsweise mal still. Das schöne weiße Gebäude mit den grauen Fensterläden war von einer großzügigen, akkurat geschnittenen Rasenfläche umgeben. Menschen waren nicht zu sehen. Dafür lag ein großer brauner Hund auf dem Rasen und schlief. Alles war ruhig. Extrem ruhig. Vielleicht lag es auch am Nebel, der sämtliche Geräusche verschluckte. Nicht einmal die Vögel zwitscherten. Uschi fröstelte.

»Das Gebäude ist für die Öffentlichkeit nicht zugänglich«, flüsterte Lena, als ob bereits das Schauen einer Verletzung der Privatsphäre gleichkäme. »Das Landhaus wird von Fürst Karl Friedrich von Hohenzollern und seiner Frau bewohnt.«

Da der öffentliche Weg hier endete, machten sie kehrt.

»Leopold!«, keuchte Uschi. »Wenn du jetzt nicht aufhörst, so zu ziehen, mach ich dich von der Leine los. Und dann holt dich der Keiler!«

»Also, da würde ich nicht daraufsetzen. Ich war ja schon oft hier, aber ein Wildschwein hab ich noch nie gesehen.«

»Na, wenn man den Zeitungsberichten Glauben schenken will, dann wimmelt es doch inzwischen nur so von Schwarzwild«, sagte Uschi und rollte mit den Augen.

»Ja, scheint eine echte Plage zu sein. Klar, das Schwarzwild vermehrt sich rasant. Inzwischen knallen sie deshalb die Wildschweine auch während der Schonzeit ab.«

»Und den einzigen natürlichen Feind, den Wolf, hat man ja erfolgreich ausgerottet«, murrte Uschi. »Siehe Isegrim.«

»Irgendwo muss es hier übrigens auch noch einen Gedenkstein geben, der an Isegrim erinnert. Ich weiß aber nicht genau wo.«

In diesem Augenblick erschallte ein durchdringendes Gebell. Es kam von rechts. Und klang bedrohlich nah. Uschi kreischte auf und sprang erschrocken einen Schritt zur Seite. Herrgott noch mal! Was war das denn? Ein Wildschwein? Nein, es war lediglich der braune Hund, der plötzlich aus seinem Tiefschlaf erwacht war und nun mit flatternden Ohren angeflogen kam. Die gespannten Muskeln, die sich unter seinem glatten Fell abzeichneten, zeugten von einer enormen Sprungkraft. An diesem Wegabschnitt wuchs keine Hecke und Uschi fragte sich beim Anblick des mickrigen Maschendrahtzauns, ob ihn diese symbolische Grenze wohl zurückhalten konnte. Hing wohl davon ab, wie wütend er war. Und seinem Gesichtsausdruck nach zu urteilen, war er wahnsinnig wütend! Uschi stand wie angewurzelt da, hielt die Luft an und starrte dem Höllenhund mit weit aufgerissenen Augen entgegen. Mit hochgezogenen Lefzen und gefletschten Zähnen donnerte er an den Maschendrahtzaun und zeigte die ganze Bandbreite seines Repertoires an

Drohgebärden. Sein aggressives Auftreten hatte den gewünschten Effekt und führte dazu, dass die beiden Frauen schließlich samt ihrer Hunde ängstlich auf die andere Seite des Weges flüchteten.

»Komm!«, sagte Lena und zog Peggy rasch weiter. »Nicht, dass er doch noch über den Zaun springt.«

Dieses Mal waren sich Uschi und Leopold, was die Schrittgeschwindigkeit anging, ausnahmsweise mal einig. Als sie in sicherer Entfernung waren, atmete Uschi erleichtert aus.

»Hat der mich erschreckt! Der kam ja wie aus dem Nichts, war ganz plötzlich da.«

Lena lachte auf.

»Der war wahrscheinlich deshalb so sauer, weil er uns zu spät bemerkt hat. Ist ja auch ganz schön peinlich, wenn man es als gewissenhafter, fürstlicher Wachhund verpennt, rechtzeitig anzuschlagen. Nun hat er alles getan, um seinem Ruf wieder gerecht zu werden.«

Sie passierten mehrere weiß getünchte Ökonomiegebäude.

»Die könnten aber auch mal wieder einen Anstrich vertragen«, konstatierte Uschi beim Anblick der abblätternden Wandfarbe. »Wo ist denn nun dieser Gedenkstein für den Wolf? Den hätte ich ja schon noch gerne gesehen.«

»Vielleicht befindet er sich hinter den Gebäuden«, mutmaßte Lena und wies auf einen Durchgang zwischen den Gebäuden, der zu einem Innenhof führte.

»Meinst du, dass man den Hof betreten darf? Sieht irgendwie so privat aus.«

Uschi blieb zögernd stehen.

»Es gibt keine Absperrung und es steht nirgends ein Schild, dass das Betreten dieses Bereichs verboten ist. Komm schon, wir schauen ja nur mal kurz.«

Peggy trippelte voraus, Lena hinterher.

Uschi blieb unschlüssig zurück. Doch kaum war Peggy hinter der Hausecke verschwunden, nahm Leopold die Verfolgung auf und schleifte seine Begleiterin mit sich in den Innenhof. Es gab kein Schild, das den Zugang zu diesem Bereich untersagte. Dennoch fühlte sich Uschi wie ein Eindringling. Irgendwie behagte ihr die Atmosphäre hier überhaupt nicht. Die Gebäude, der Hof, alles wirkte verlassen. Sie ging noch ein paar Schritte weiter, blieb dann aber abrupt stehen. Leopold stand dicht neben ihr und sah zu ihr auf. Hier auf dem Hof hatte er aufgehört, an der Leine zu ziehen. Sie hatte ein ungutes Gefühl, hätte aber nicht sagen können, woran es lag. Am liebsten hätte sie auf dem Absatz kehrtgemacht.

Wo waren eigentlich Lena und Peggy abgeblieben? Leopold schien den gleichen Gedanken gehabt zu haben, denn im selben Moment streckte er seine Nase empor und nahm Witterung auf. Der aufgenommene Geruch gefiel ihm allerdings ganz und gar nicht. Plötzlich legte er die Ohren an, klemmte den Schwanz zwischen die Beine und wurde ganz steif. Uschi sah ihn verwundert an. In seinen gefleckten Augen spiegelte sich Angst. Große Angst. Einen Sekundenbruchteil später zog er das Hinterteil ein und preschte los. Der plötzliche Ruck kam so unerwartet, dass Uschi die Leine entglitt. Leopold flüchtete auf eine angrenzende Wiese und stoppte erst, als sie brüllend hinterherrannte.

»Leopold, was machst du denn!«, keuchte sie. »Bleib hier! Hiiiierher! Platz! Sitz! Fuß!«

Verärgert nahm sie die Leine vom Boden auf und führte Leopold, der nur äußerst widerstrebend mitging, zurück in den Hof. Doch je näher sie den Ökonomiegebäuden kamen, desto mehr bockte der Australian Shepherd. Uschi musste all ihre Kraft aufwenden, um den hysterischen Hund weiterzuziehen.

»Leopold!«, schrie sie. »Was ist denn los? Was hast du denn?«

Mit einem Mal blieb ihr Blick an zwei großen Eisencontainern hängen. Fürchtete er sich etwa davor?

Leopold führte sich derweil auf, als würde ihn dort der Leibhaftige erwarten! Uschi sah ein, dass sie den Hund keinen Millimeter in diese Richtung bewegen konnte. Also ging sie zurück zu der Wiese und machte ihn dort an einem Baum fest. Dann näherte sie sich den Containern. Nicht schnell. Sondern langsamen Schrittes. Sie ahnte, dass es etwas Schreckliches sein musste, was sie da erwartete.

Eigentlich wollte sie es gar nicht sehen. Und doch war die Neugier inzwischen so groß, dass sie zumindest wissen musste, worum es sich handelte. Mit jedem Schritt, den sie näher kam, fühlte sie sich unbehaglicher. Als sie die Container beinahe erreicht hatte, blieb sie stehen. Irgendetwas hielt sie davon ab, noch näher heranzugehen. Also stellte sie sich auf die Zehenspitzen und beugte sich vor. Um Himmels willen! Uschi drückte sich entsetzt die Hand vor den Mund. Das war ja widerwärtig! Entsetzlich!

Felle. Pfoten. Schwänze. Der linke Container war bis oben hin mit abgezogenen Tierfellen angefüllt. Oh nein! War das etwa ein Kopf? Uschi schloss für einen Moment die Augen, als sie erkannte, dass es sich um den Kopf eines Rehs handelte. Hastig wandte sie sich ab. Obwohl sie den Inhalt des rechten Containers nur flüchtig aus dem Augenwinkel heraus wahrgenommen hatte, drehte es ihr dennoch beinahe den Magen um. Kein Zweifel. Die zu einem großen Haufen aufgetürmte, rotbraune Masse bestand aus den inneren Organen der aufgebrochenen Wildtiere, die hier in dem Container entsorgt worden waren. Ein blutiges Durcheinander tierischer Abfälle.

»So was!«, schnaubte Uschi. »Das ist ja widerlich!«

Warum ließ man diese Container einfach so offen stehen? Sichtbar für jeden ahnungslosen Spaziergänger! Weil du hier eigentlich nichts zu suchen hast, sagte ihre innere

Stimme. Und weil man nicht in privaten Hinterhöfen herumschnüffelt! Und erst recht nicht in fremde Mülleimer schaut! Außerdem war es gerade mal eine Stunde her, dass ihr beim Gedanken an Wildschwein-Landjäger und Rehgulasch das Wasser im Mund zusammengelaufen war. Du bist so was von ignorant und naiv, schimpfte sie sich. Man konnte doch nicht Gulasch essen und gleichzeitig ausblenden, wo der Rest des Tieres abgeblieben war, den man nicht zu Gulasch verarbeitet hatte.

Sie stapfte zu Leopold zurück, der bereits in den höchsten Tönen winselte. Vor lauter Aufregung war er mehrmals um den Baum herumgelaufen und hatte es dadurch tatsächlich geschafft, sich selbst an den Stamm zu fesseln. Auf die Idee rückwärtszulaufen, war er trotz überdurchschnittlichen Hunde-IQs nicht gekommen. Sie ging vor Leopold in die Knie und streichelte ihm beruhigend über den Kopf. Er hatte es gerochen. Den Tod. Und das Leid dieser Tiere. Das hatte ihn so in Panik versetzt. Deshalb wollte er fliehen. Weg von diesem Ort.

Sie packte ihn am Schlafittchen und zog ihn in die entgegengesetzte Richtung um den Stamm herum. Da der arme Hund aber überhaupt nicht verstand, was sie nun schon wieder von ihm wollte, löste sie ihn seufzend vom Karabiner. Sie hatte die Leine gerade wieder abgewickelt, da kam Lena auf sie zugelaufen.

»Ach, da bist du ja!«, rief sie fröhlich. »Wir haben mal den Waldweg dort hinten erkundet. Aber den Gedenkstein hab ich dort auch nicht gefunden.«

Leopold nutzte seine neugewonnene Freiheit und setzte in großen Sprüngen auf Peggy zu, die erst einmal verängstigt zurückwich, dann aber doch einen kurzen Nasenkontakt zuließ.

Lena sah Uschi prüfend an.

»Ist alles in Ordnung?«

»Ja, ja«, versicherte Uschi und verzog den Mund zu einem Lächeln.

Sie hatte beschlossen, Lena nichts von ihrer Entdeckung zu sagen. Zum einen schämte sie sich für ihre Schnüffelei, zum anderen wollte sie ihr den grausigen Anblick ersparen. Lena schien eine große Tierliebhaberin zu sein und würde vermutlich nicht weniger empfindlich als sie selbst auf die blutigen Überreste der Wildtiere reagieren. Es genügte, wenn sie heute Nacht Albträume bekommen würde.

Sitz!«

Artus horchte auf und nahm rasch die geforderte Position ein.

»Und bleib!«

Ein roter Ball flog durch die Luft.

Artus verfolgte ihn gebannt mit den Augen. In gespannter Erwartung lehnte er sich leicht nach vorn, harrte der Dinge.

Der Ball landete auf dem Boden und hüpfte dann mehrmals auf und ab. Wie ein Kaninchen.

Artus fing an zu hecheln. Sein schwarzes Fell fühlte sich in der Sonne stets heiß an, auch wenn die Luft selbst kühl war. Wann kam endlich das Kommando?

Der Ball hatte aufgehört zu hüpfen und rollte nun über die Wiese davon. Seine Vorderpfoten waren bereits so angespannt, dass sich die Krallen ins Gras bohrten. Er schloss sein Maul, spitzte die Ohren. Immer noch nichts. Seine dunklen Augen fixierten den Ball, der nun still dalag und sich im Gras versteckte. Er verfiel wieder ins Hecheln.

»Und los!«

Das Signalwort »los« glich einem elektrischen Stromschlag. Kaum hatte Artus das Kommando vernommen, kippte er vornüber und preschte los. Zwei Sekunden später hatte er den Ball gepackt, schüttelte ihn ordentlich durch und brachte ihn dann eilig zurück.

»Gut gemacht!«

Er gab den Ball nach kurzem Zögern ab und bekam im Gegenzug einen kleinen Leckerbissen ins Maul geschoben. Kaum hatte er den Fleischbrocken hinuntergeschluckt, erhielt er bereits den nächsten Befehl.

»Platz!«

Die Art und Weise, wie Artus sich ablegte, entsprach genau den Vorgaben: der Körper gerade ausgerichtet, die Vorderpfoten parallel.

Dieses Mal gab es keine Belohnung. Er wurde lediglich über den Kopf gestreichelt. Enttäuscht schluckte er den Speichel herunter.

»Bei Fuß«, erklang das nächste Kommando.

Er sprang auf, nahm kurz Blickkontakt auf. Nun war Konzentration gefordert. Herankommen, ganz dicht an der Seite bleiben, immer auf derselben Höhe Schritt halten, sich der Schrittgeschwindigkeit anpassen.

Rechts um das Hütchen herum, links um das Hütchen herum, rechts, links, rechts.

Artus war so sehr auf die Übung konzentriert, dass er den Mann erst bemerkte, als dieser bereits hinter dem Busch hervorgetreten war. Schon wieder dieser grimmig dreinblickende Riese mit der dicken Jacke und dem gepolsterten Arm! Obwohl er kein Wort sprach, interpretierte Artus dessen Körpersprache sofort als Bedrohung. Kein Mensch stand breitbeinig und mit erhobenen Armen da, wenn er friedliche Absichten hatte. Das Fell gesträubt, die Ohren angelegt fixierte er den Riesen. Sein Instinkt gab ihm vor, in sicherer Distanz stehen zu bleiben und den Angreifer zu verbellen. Stattdessen war er nun gezwungen, geradewegs auf den Mann zuzulaufen. Denn nach wie vor galt das

Kommando »Fuß«. Artus hielt sich noch etwas dichter am Bein, streifte fast die Wade. Als sie nur noch wenige Meter von dem Mann entfernt waren, blieben sie stehen. Der Mann blickte ihm direkt in die Augen. Es war ein bohrender Blick, provozierend und voller Aggression. Artus fletschte die Zähne und knurrte.

»Ruhig!«

Er stieß nochmals ein lang gezogenes Knurren aus, verstummte dann aber. Dafür machte er zwei kleine Schritte nach vorn. Dies musste als Verteidigungshaltung genügen. Sein ganzer Körper stand unter Spannung. Zu allem bereit. Für ein paar Sekunden passierte gar nichts. Dann setzte sich der Riese auf einmal in Bewegung.

Er hätte das akustische Kommando eigentlich gar nicht mehr gebraucht. Längst hatte er den Schweiß gerochen, den beschleunigten Pulsschlag und das Adrenalin wahrgenommen.

»Spring!«

Ohne zu zögern, nahm er Anlauf, stieß sich dann mit aller Kraft vom Boden ab und flog mit weit von sich gestreckten Beinen auf den Mann zu. Der Riese schaffte es gerade noch, sich den gepolsterten Arm schützend vors Gesicht zu halten. Dann trafen ihn die Pfoten des Hundes an der Brust. Er hatte nicht den Hauch einer Chance gehabt, den Hund abzuwehren. 50 Kilogramm Lebendgewicht im Anflug. Dieser Stoß warf den stärksten Mann um.

Zwischen den Treppenstufen klafften riesige Lücken, die tief blicken ließen. Ganz schön luftig, dachte Uschi, klammerte sich mit der linken Hand an das Geländer und bemühte sich, ihren Blick nach vorn und nicht nach unten auszurichten.

Hoffentlich waren die Holzdielen nicht auch noch morsch! Langsam, ganz langsam tastete sie sich Schritt für Schritt die Holztreppe nach unten. Die Treppen und Stege führten meist dicht an der Felswand entlang, aber dieser Treppenabschnitt schien im freien Raum zu schweben und war dazu noch extrem steil. So wildromantisch hatte sie diesen Weg gar nicht mehr in Erinnerung gehabt.

Es war allerdings auch schon eine Weile her, dass sie das letzte Mal hier in Inzigkofen gewesen war. Sie dachte nach. Eine Weile? Es war mindestens 20 Jahre her! Sie war damals für zwei Jahre an eine Schule nach Krauchenwies abgeordnet worden und hatte in dieser Zeit im schmucken Städtchen Scheer gewohnt. An den Wochenenden hatte sie viele schöne Radtouren im Donautal unternommen und eines ihrer Lieblingsziele war das idyllisch gelegene Inzigkofen gewesen. Das Dorf lag nur wenige Kilometer von Sigmaringen entfernt, von Scheer aus war es dennoch kein Katzensprung gewesen. Deshalb hatte sie zwar bei jedem Besuch einen Abstecher in den Kräutergarten des Inzigkofener Klosters gemacht, für eine Wanderung im fürstlichen Park hatte ihr jedoch meist die Energie gefehlt.

Der Weg führte nun unterhalb der Felsen entlang. Wie bizarr die Auswaschungen der Felsenüberhänge aussahen! Auf einem Schild stand, dass die Grotten und Felsformationen vor etwa 150 Millionen Jahren aus Schwammriffen im tropisch-warmen Weißjurameer entstanden waren. Eine der Grotten hatte mit fünf Metern Höhe und zehn Metern Tiefe so beachtliche Ausmaße, dass Erbprinz Karl Anton sie 1840 mit Tischen und Bänken möblieren ließ. In der sogenannten Nebelhöhle feierte er dann den Abschluss der Jagd. Dort wurde das erlegte Wild aufgereiht und zum Zeichen, dass die Jagd vorbei war, das Halali verblasen.

Immer noch das Schild studierend, kramte sie aus ihrer Jackentasche ein Papiertaschentuch hervor und schnäuzte sich. Also, von tropisch-warmem Klima war das Donautal heute weit entfernt. Zwar schob sich hin und wieder die Sonne zwischen den Wolken hervor und tauchte den spätherbstlichen Wald in ein sanftes Licht, doch sobald man sich im Schatten aufhielt, wurde es empfindlich kalt. Uschi ertappte sich beim Gedanken, dass die Klimaerwärmung zumindest für das Donautal nicht nur Nachteile bringen würde, schämte sich aber sogleich wieder für den törichten Gedanken. Korallenriffe im Donautal? Lieber nicht! Sie stopfte das Papiertaschentuch wieder in ihre Tasche und ging weiter.

Leopold, der an der nächsten Biegung auf sie gewartet hatte, war sichtlich froh, dass sie sich endlich wieder in Bewegung gesetzt hatte. Schwanzwedelnd rannte er ihr entgegen, drehte dann zwei Meter vor ihr ab und preschte wieder voraus. Er genoss seinen Freilauf in vollen Zügen und rannte in Hütehund-Manier unermüdlich vor und zurück. Dadurch legte er die doppelte, wenn nicht gar die dreifache Strecke zurück. Uschi hatte ihn kurzerhand von der Leine losgemacht, als sie den Wegabschnitt mit den Treppen erreicht hatten. Es wäre viel zu gefährlich gewesen, den stürmischen Hund treppab an der Leine zu führen. Leopold nahm mehrere Stufen auf einmal und Uschi hatte den Eindruck, dass er mehr flog, als dass er ging. Er machte so große Sprünge, dass er die Holzplanken kaum mit den Pfoten berührte. Leopold musste das Gefühl haben, mit einer Schildkröte auf Tour zu sein. Hin und wieder traf Uschi ein beinah ungeduldiger Blick, wenn sie bei jedem einzelnen Schritt zögerte und sich erst noch einmal vergewissern musste, wo sie ihren Fuß am besten hinsetzte. Um sich die Zeit zu vertreiben, schnüffelte er an jeder Ecke und markierte wie ein Weltmeister. Dennoch behielt er Uschi stets im Blick und kam unverzüglich angerannt, wenn sie ihr »Hierher« verlauten ließ. Uschi machte sich nichts vor. Die Folgsamkeit, die er an den Tag legte, hatte natürlich mit den Leckerlis zu tun, die sie ihm zur Belohnung ins Maul schob. Sie war sich auch nicht ganz sicher, ob er es gelegentlich bewusst darauf anlegte, eine Belohnung zu bekommen, und mit Absicht gerade so weit vorauslief, dass er sich zwar nicht mehr in Sicht-, aber durchaus in Hörweite befand.

Der Weg führte unter einem großen Felsentor hindurch und endete schließlich beim Känzele, einem Aussichtsfelsen mit wunderschönem Panoramablick. Atemberaubend, dachte Uschi und stützte sich schnaufend auf das Geländer der Brüstung. Tief unter ihr schlängelte sich die Donau durch ein grünes Wiesental, das zu beiden Seiten von bewaldeten Anhöhen eingerahmt wurde. Die Bäume am Flussufer spiegelten sich auf der glitzernden Wasseroberfläche der Donau und schufen ein Bild herbstlicher Idylle. Uschi schloss für einen Moment die Augen und genoss die warmen Sonnenstrahlen auf ihrem Gesicht. Als sie die Augen wieder öffnete, wirkte das Farbenspiel der Natur sogar noch imposanter als zuvor. Die Sonne ließ den grün-braunen Flickenteppich der Wiesen und Äcker und das bunte Herbstlaub der Wälder in den kräftigsten Farben erstrahlen.

Ein Warnschild erregte ihre Aufmerksamkeit:

Bitte nicht mit Steinen werfen. Wanderer sind gefährdet!

Ein mulmiges Gefühl machte sich in ihrer Magengegend breit. Sie hatte es bereits am eigenen Leib erfahren müssen, wie es war, wenn man mit Steinen aus großer Höhe beworfen wurde. Es gehörte mit zu den schlimmsten Dingen, die sie in ihrem Leben bisher hatte erfahren müssen. Offenbar hatte es hier auf dem Känzele auch schon Steinewerfer gegeben. Sonst hätte man ja dieses Schild nicht aufgestellt. Verärgert legte sie ihre Stirn in Falten. Wie gedankenlos konnten Personen sein, von einer Aussichtsplattform Steine herabzuwerfen?

Apropos gedankenlos! Wo war eigentlich Leopold abgeblieben? Vor lauter Begeisterung über die Aussicht hatte sie den Hund ganz vergessen! Erschrocken sah sie sich um. Hier war er nicht. Dort auch nicht. Besorgt sah sie über den Felsvorsprung in die Tiefe. Er war doch wohl nicht abgestürzt? Aber das hätte sie doch mitbekommen … Gut, sie hatte die Augen eine Weile geschlossen gehabt. Aber zumindest hätte sie es ja wohl gehört, wenn er vom Felsen gestürzt wäre. Wobei, so ganz sicher war sie sich da nicht. Vermutlich würde ein Hund im freien Fall nicht jaulen oder bellen, sondern einfach nur schweigend fallen. Was für eine schreckliche Vorstellung!

»Leopold«, kreischte sie. »Leopold! Komm zu mir! Hierher! Hiiierher!«

Sie sah sich nach allen Richtungen um, aber Leopold war nirgends zu sehen. Um Gottes willen, dachte sie entsetzt, wenn er nun tatsächlich abgestürzt ist – wie soll ich das nur Clara erklären.

Uschi brach der Schweiß aus. Verflixt! Warum hatte sie ihn auch nicht an der Leine gelassen! Zumindest auf dem Felsvorsprung hätte sie ihn anleinen müssen. Völlig arglos war sie davon ausgegangen, dass ein Hund nicht abstürzen konnte. Wie kam sie denn zu dieser Annahme? Weil er zwei Beine mehr als sie hatte? So ungestüm wie sich dieser Hund manchmal benahm, musste man eigentlich mit allem rechnen. Nein, man musste mit dem Schlimmsten rechnen! Sie versuchte es erneut:

»Leopold? Komm, ich hab ein Leckerli für dich! Leckerli!«

Stille. Doch plötzlich vernahm sie ein Rascheln. Es kam aus dem Gebüsch etwas unterhalb des Felsvorsprungs. Eine Sekunde später kam der gefleckte Kopf des Australian Shepherds zum Vorschein. Er machte zwei große Sätze, saß dann schwanzwedelnd neben ihr und blickte erwartungsvoll zu ihr auf.

»Leopold«, stieß Uschi erleichtert hervor. »Da bist du ja!«

Sie ging in die Knie, nahm seinen Kopf in die Hände und

knetete seine Ohren. Sie war unendlich froh, den Wirbelwind wohlbehalten an ihrer Seite zu sehen.

»Du darfst doch nicht einfach so abhauen«, schimpfte sie ihn halbherzig und schob ihm dabei ein Leckerli in die Schnauze.

Während er schmatzend seine Belohnung genoss, ließ sie den Karabiner der Leine an seinem Geschirr klickend einrasten.

»So, nun bleibst du mir aber an der Leine«, sagte sie bestimmt. »Das nennt man in der Pädagogik ›logische Konsequenz‹. Hilft nicht nur bei überdrehten Kindern, sondern auch bei pubertierenden Hunden.«

Leopold fügte sich seinem Schicksal und akzeptierte seine Strafe. In den folgenden drei Minuten ging er auch recht ordentlich an der Leine. Dann aber war seine Geduld mit dem Bremsklotz am anderen Ende der Leine zu Ende und er beschloss, Uschis Tempo durch entsprechendes Ziehen und Zerren zu beschleunigen. Seufzend löste sie ihn wieder von der Leine. Leopold dankte es ihr mit einem kurzen Schwanzwedeln und stob beglückt von dannen. Es waren heute kaum Spaziergänger unterwegs. Warum sollte sie sich und dem Hund dann das Gezerre antun?

Nach ungefähr einem halben Kilometer erreichte Uschi den Eingang eines Felsentunnels. Auf der anderen Seite befand sich eine der wichtigsten Sehenswürdigkeiten des Parks: die Teufelsbrücke! Nach dem Tunnel ging es treppab, dann wieder treppauf und schon hatte man die steinerne Brücke erreicht. Uschi lehnte sich an die Brüstung, die ihr bis zum Oberschenkel reichte und blickte in die Tiefe. Oha, das waren bestimmt um die 20 Meter! Leopold fragte sich wohl, was es da so Interessantes zu sehen gab. Kurzerhand tat er es ihr gleich, stützte die Vorderpfoten auf der Steinmauer ab und streckte den Hals. Uschi griff nach seinen Pfoten und schob ihn energisch von der Mauer.

»Nein, mein Freund«, sagte sie entschieden. »Für junge Hunde gibt es hier nichts, aber auch gar nicht zu sehen.«

Tatsächlich war der Ausblick schön, wenn auch nicht ganz so spektakulär wie vom Känzele aus. Herbstwald, Donau und Felswände. Mehr gab es nicht zu sehen. Die Aussicht war allerdings auch sekundär. Die eigentliche Attraktion war die elegant geschwungene Brücke selbst, die mit auf- und absteigenden Treppen über die »Höll-Schlucht« hinwegführte. Uschi schlenderte über die Brücke und studierte dann das Schild, das auf der anderen Seite der Brücke angebracht worden war. Das klang ja interessant! Die 21 Meter lange Brücke existierte in ihrer jetzigen Bauweise seit 1895 und diente dazu, die als »Höll« bezeichnete Schlucht zu überqueren. Die Schlucht selbst hatte man früher durch eine Treppen- und Steganlage begehen können. Uschi war nicht traurig darüber, dass die Steganlage nicht mehr existierte. Da sie weder tollkühn noch halsbrecherisch veranlagt war, hätte sie dieser Himmelsleiter vermutlich nicht viel abgewinnen können.

Der Aspekt, der sie an der Brücke am meisten beeindruckte, war ohnehin die Sage, die um ihre Entstehung rankte. Demnach war die Brücke vom Teufel höchstpersönlich erbaut worden. Als Gegenleistung verlangte er von den Inzigkofenern eine Seele. Die erste Seele, die über die Brücke gehen würde, sollte ihm gehören. Offenbar waren die Bewohner von Inzigkofen gerissen genug, dem Teufel ein Schnippchen zu schlagen: Sie jagten kurzerhand einen Hund über die Brücke, bevor sie diese selbst betraten. Somit musste sich der Teufel notgedrungen mit der Seele des Hundes zufriedengeben.

Uschi betrachtete nachdenklich den Australian Shepherd, der völlig unbekümmert die Brücke überquert hatte. Das war mal wieder typisch. Der Mensch ließ sich für seine Klugheit feiern und keiner dachte an den armen Hund, der geopfert worden war und seine Seele für die Bevölkerung lassen musste. Sie trat an Leopold heran und streichelte ihm sanft über den Kopf. Nun ja, immerhin hatte man dem Hund überhaupt eine Seele zuerkannt. Die Erkenntnis, dass Tiere eine Seele besitzen, war vor 125 Jahren sicher kein weitverbreitetes Gedankengut gewesen. Selbst heutzutage wurden Tiere in Deutschland rechtlich gesehen ja immer noch den »Sachen« zugeordnet. Kam ein Tier zu Schaden, sprach man von Sachbeschädigung. Lediglich bei Vorsatz lag der Tatbestand der Tierquälerei vor. Uschi beugte sich zu Leopold hinab und blickte ihm in die gefleckten Augen. Da war sie. Seine Seele. Man musste nur hinschauen und das Herz einen Spalt breit öffnen. Uschi fischte ein Leckerli aus der Tasche und schob es Leopold ins Maul. Einfach so. Ausnahmsweise einmal ohne Gegenleistung.

Von nun an ging es stetig bergab, bis sie nach wenigen Minuten das Ufer der Donau erreichten. Uschi trat an die Uferböschung und lauschte. Wie das Wasser rauschte! Bunte Herbstblätter zogen an ihr vorüber, tanzten auf den Wellen der Donau, herangetragen von der Strömung. Uschi fixierte ein rotes Buchenblatt und versuchte, es nicht aus dem Blick zu verlieren. Dies war eine schöne Meditationsübung, die sie gerne an Flüssen durchführte. Wenn sie ein Problem hatte, stellte sie sich vor, dass der belastende Gedanke mit diesem Blatt davontrieb. Doch momentan hatte sie zum Glück kein Problem. Jedenfalls nichts Gravierendes, das sie über Gebühr beschäftigen würde.

Ein lautes Platschen am Flussufer riss sie aus ihren Gedanken. Was war das denn gewesen? Und wo steckte eigentlich dieser Hund schon wieder? Gerade eben hatte er doch noch neben ihr gesessen. Er wird doch nicht … Aus welcher Richtung war das Platschen denn gekommen? Von links? Uschi rannte los.

Wer weiß, ob dieser Hund schwimmen konnte. Aber waren dazu nicht alle Hunde von Natur aus imstande? So ein sportlicher Hund wie Leopold konnte gewiss schwimmen! Fragte sich nur, wie lange. Wenn er von der Strömung mitgerissen worden war, konnte selbst so eine Sportskanone wie Leopold an seine Grenzen kommen und irgendwann absaufen.

Während Uschi, den Blick fest auf den Fluss geheftet, das Ufer abrannte, machte sie sich schwerste Vorwürfe. Wie hieß dieser Spruch? Die Kunst besteht darin, nie zweimal denselben Fehler zu machen. Warum war sie nur so blöd gewesen und hatte ihn erneut frei laufen lassen? Dieser Hund war doch unberechenbar! Und wenn sie weiterhin so fahrlässig war, würde ihn das demnächst womöglich noch sein Leben kosten. Und soweit sie informiert war, hatten Hunde nur ein Leben und nicht sieben wie die Katzen. Im Wechsel schrie sie seinen Namen und rannte, schrie und rannte. Vor lauter Aufregung sah sie auch noch schlecht. Oder waren das die Tränen in ihren Augen? Sie meinte jedenfalls, einen Waschbär gesehen zu haben. Nanu? Der gefleckte Waschbär kam direkt auf sie zu.

»Leopold!«, keuchte Uschi. »Oh Gott, wie siehst du denn aus?«

Von wegen Waschbär! Leopold stand triefend vor ihr. Er war so durchweicht, dass sein Fell dicht am Körper klebte. Offenbar war er unter Wasser geraten, denn auch sein Kopf war nass. Ganz dünn und klein sah er nun aus.

Leopold tat das, was alle Hunde taten, wenn sie nass waren: Er schüttelte sich. Und zwar so heftig, dass das Wasser nur so aus seinem Fell spritzte. Kreischend machte Uschi einen Satz zur Seite, bekam aber trotzdem eine Dusche ab. Nun stand das Fell zerzaust in alle Richtungen ab. Doch noch war es nicht trocken. Deshalb rutschte Leopold mit hocherhobenem Hinterteil, Schnauze voraus durchs Dickicht, gelangte dann auf die angrenzende Wiese und wälzte sich durchs Gras. Dann führte er sich auf, als hätte ihn eine Hummel in den Hintern gestochen, und raste wie wild im Kreis herum. Seine Ohren flogen und seine Füße bekamen kaum die Kurve, so ein Tempo hatte er drauf. Erst in die eine Richtung, dann in die andere Richtung. Uschi blieb vor Staunen der Mund offen stehen. Erlitt dieser Hund gerade einen Anflug von Welpenrasen?

»An Ihrer Stell würd i jetzt mal ganz schnell mein Hund an die Leine nehmen!«

Uschi fuhr überrascht herum. Hinter ihr stand ein olivgrün gekleideter Mann mit gelben Gummistiefeln. Sie schätzte ihn auf Ende 50, Anfang 60. Die grauen Haare standen etwas wirr vom Kopf ab, Nase und Wangen waren gerötet – ob vor Erregung oder durch zu viel Alkoholgenuss war auf den ersten Blick schwer einzuschätzen. Verwundert zog Uschi eine Augenbraue hoch. Was wollte der Typ denn von ihr? Er führte einen stattlichen Golden Retriever mit sich, der mindestens ebenso grimmig dreinschaute wie sein erbostes Herrchen. Weshalb regte sich dieser Mann eigentlich so auf, fragte sich Uschi verunsichert. Der in Raserei verfallene Leopold hatte seinen Golden Retriever ja noch nicht einmal bemerkt. Sie wollte sich gerade schon wieder abwenden, als sie das Gewehr registrierte. Der Mann trug es locker, aber gut sichtbar über der Schulter. Oho! Hier handelte es sich wohl um einen Jäger. Und so wie es aussah, war mit diesem Jäger nicht gut Kirschen essen. Da sie sowieso vorgehabt hatte, Leopold nun wieder anzuleinen, marschierte sie auf die Wiese und versuchte es mit dem Kommando »Hierher!«.

Das brachte freilich wenig, denn Leopold hatte die Ohren auf Durchzug gestellt und war inzwischen dazu übergegangen, im Zickzack über die Wiese zu flitzen.

»Leopold! Kommst du hierher? Hierher! Hörst du!«

»Warum lassa Sie Ihrn Hund denn frei schpringa, wenn er net folgt?«

Uschi empfand es als ungeheures Zeichen der Respektlosigkeit, von hinten angesprochen zu werden. Also sah sie es auch nicht für nötig an, sich nach ihm umzudrehen.

»Es ist gar nicht mein Hund«, verteidigte sie sich über die Schulter hinweg. »Er ist nur mein Urlaubshund. Aber normalerweise folgt er ganz gut. Nur eben gerade nicht.«

Der Jäger wechselte ins Hochdeutsche. Dies klang nun noch eine Spur schärfer.

»Aber wenn dies nicht Ihr Hund ist, dann könne Sie ihn doch erst recht nicht frei springen lassen!«

Uschi hatte es satt. Mit ausgestreckten Armen rannte sie auf den Aussie zu und versuchte, ihn zu schnappen. Leopold interpretierte dies als Spielaufforderung. Herausfordernd bellte er sie an, sprang kurz an ihr hoch, nur um dann blitzschnell einen Haken zu schlagen und wieder auf Abstand zu gehen. Als er merkte, dass sie nicht den Hauch einer Chance hatte, ihn zu erwischen, machte er sich einen Spaß daraus, sie in immer kleineren Kreisen zu umrunden. Uschi fand das alles andere als lustig. Sie wusste sehr wohl, dass sie sich gerade vor dem Jäger zum Affen machte. Mit zusammengebissenen Zähnen keuchte sie »Na, warte!« und setzte zu einem Hechtsprung an. Der ging leider ins Leere, da sich Leopold mit einem einzigen Satz rasch aus der Gefahrenzone gebracht hatte. Doch da kam Uschi eine neue Idee.

»Schau mal, was ich für dich hab!«, säuselte sie zuckersüß. »Leckerli! Ja, so ein feines Leckerliii!«

Leopold stand still und horchte mit schief gelegtem Kopf. Leckerli?

Einen Wimpernschlag später stand er neben ihr und schnüffelte erwartungsvoll und freudig schwänzelnd an ihrer Jackentasche.

»So, jetzt hab ich dich!«, fauchte Uschi, packte ihn am Geschirr und befestigte die Leine daran.

Enttäuscht stellte Leopold fest, dass das versprochene Leckerli seltsamerweise ausblieb. Uschi wusste, dass sie ihn nun eigentlich belohnen müsste, denn er war ja tatsächlich zu ihr hergekommen. Andererseits hatte er sein Spiel mit ihr getrieben, und da sie immer noch den kritischen Blick des Jägers im Rücken spürte, konnte ihr im Moment jegliche Hundepädagogik gestohlen bleiben. Verärgert zerrte sie ihn neben sich her und zischte dabei fortwährend »Fuß!«.

Sie war bestrebt, einen großen Bogen um Jäger und Hund zu machen, doch für diesen war das Thema offensichtlich immer noch nicht erledigt. Er schnitt ihr den Weg ab und baute sich mitsamt seinem Hund vor ihr auf. Da Leopold grundsätzlich an allen Hunden interessiert war, zerrte er nun wie verrückt an der Leine, um den Artgenossen auf hündische Art und Weise ordentlich unter die Lupe zu nehmen. Uschi riss ihn mit einem genervten »Fuß!« zurück, nur um daraufhin erneut ein Stück Richtung Golden Retriever geschleift zu werden. Obwohl sie Leopold nun wie gewünscht an die Leine genommen hatte, sah der Jäger alles andere als zufrieden aus. Sein Gesicht war sogar noch eine Spur röter geworden und zwischen seinen Augenbrauen war eine tiefe Furche entstanden. Er sah sie so abschätzig an, als habe sie gerade die Reifen an seinem Auto zerstochen.

»Wenn Sie des nächste Mal den Hund frei herumspringen lassen«, sagte er streng, »muss ich von der Schusswaffe Gebrauch machen.«

Uschi starrte ihn mit weit aufgerissenen Augen ungläubig an. Was hatte er da gerade gesagt? Von der Schusswaffe Gebrauch machen? Das konnte ja wohl nicht sein Ernst sein! Uschi schnappte vor Empörung nach Luft, wich aber gleichzeitig einen Schritt zurück. Die finstere Miene des Jägers ließ keinen Zweifel zu. Dieser Idiot bedrohte sie! Er wollte sie erschießen! Zuerst sie und dann den Hund. Oder umgekehrt.

»Wie meinen Sie denn das?«, entgegnete sie schrill. »Wollen Sie mir drohen?«

Der Jäger räusperte sich und richtete sich zu seiner vollen Größe auf.

»Laut Bundesjagdgesetz § 23 bin ich als Jagdpächter verpflichtet, das Wild vor wildernden Hunden zu schützen«, sagte er im Brustton der Überzeugung.

»Aber …«, Uschi war so perplex, dass ihr für einen Moment die Worte fehlten. Dann sagte sie kopfschüttelnd: »Mein Hund hatte überhaupt nicht vor zu wildern. Sie haben doch selbst gesehen, dass er die ganze Zeit auf der Wiese im Kreis herumgerannt ist.« Sie blickte zum Wald hinüber und fügte hinzu: »Außerdem ist gar kein Wild in der Nähe!«

»Woher wollen Sie das denn wissen?«, schleuderte er ihr verächtlich entgegen. »Ihr Hund riecht das Wild auch auf eine große Entfernung hin. Es genügt übrigens, wenn Ihr Hund – ich zitiere – ›deutlich erkennbar im Wald Wild hinterherjagt oder es gefährdet und andere Maßnahmen, wie einfangen, fehlschlagen‹.« Ein überhebliches Grinsen schlich sich auf sein Gesicht. »Und das mit dem Einfangen ist ja wohl gründlich fehlgeschlagen. Das müssen Sie zugeben.«

»Moment mal«, widersprach Uschi. »Ist mein Hund nun an der Leine oder nicht?«

Der Jagdpächter zog eine Grimasse.

»Eigentlich reicht es schon, wenn sich der Hund – ich zitiere – ›nicht im Einwirkungsgebiet des Halters befindet‹. Und wirklich einwirken konnten Sie auf den Hund nicht mehr. Das hat man deutlich gesehen.«

»Sagen Sie mal, was wollen Sie eigentlich von mir?«, rief Uschi wütend. »Legen Sie es nur darauf an, Hunde abzuknallen? Schafft Ihnen das Vergnügen, oder was? Wenn Sie so weitermachen, dann zeige ich Sie an.« Sie überlegte kurz, wofür sie ihn anzeigen könnte. »Wegen Sachbeschädigung«, entfuhr es ihr.

Im selben Moment bereute sie schon, das unsägliche Wort in den Mund genommen zu haben. Sachbeschädigung! Wie konnte sie nur!

Erneut war da dieses schräge Grinsen auf dem Gesicht des Jagdpächters. Es gefiel ihm offenbar, dass er es geschafft hatte, sie in Bedrängnis zu bringen. Sie hatte den besten Freund des Menschen im Eifer des Gefechts zur Sache degradiert und war somit genau auf der Gesprächsebene angelangt, wo er sie haben wollte.

»Das können Sie machen, wie Sie wollen. Aber eins kann ich Ihnen gleich sagen: Ich bin im Recht. So oder so. Wenn ich vor Gericht sage, ich hätte das Gefühl gehabt, dass der Hund kurz davor war, im Wald zu verschwinden, dann ist das Gesetz unter Garantie auf meiner Seite. Da haben Sie keine Chance!« Er holte kurz Luft. »Deshalb gebe ich Ihnen den guten Rat, dass Sie ihren Hund künftig einfach an der Leine lassen. Das ist ja nicht so schwer zu kapieren, oder? Dann hab ich kein Problem – und Sie auch nicht.«

»Wissen Sie was?«, keifte Uschi und stemmte die Hände in die Hüften. »Mir ist das jetzt wirklich zu dumm. Ich gehe jetzt. Und wenn Sie mich oder meinen Hund noch einmal mit Ihrem Gewehr bedrohen, dann gehe ich zur Polizei.« Sie machte auf dem Absatz kehrt, zog Leopold hinter sich her und murmelte in einem fort: »Eine Unverschämtheit ist das! Eine Un-ver-schämt-heit! Von der Schusswaffe Gebrauch machen. Der spinnt ja!«

Die Ente gab ein empörtes Schnattern von sich, als Schuster sie packte und sich unter den Arm klemmte. Als er sie jedoch noch etwas fester an sich drückte, schloss sie die Augen und verstummte. Sie war völlig erschöpft. Während der gesamten Fahrt im Auto hatte sie geschrien und versucht, sich aus der Transportbox zu befreien. Doch ihr beengtes Gefängnis hatte es nicht einmal zugelassen, sich um die eigene Achse zu drehen. Unzählige Male hatte sie ihre Flügel gegen das Gitter geschlagen und mit jedem Flügelschlag war die Angst stärker geworden.

Schuster zog mit der einen Hand ihren Schwanz etwas in die Länge, mit der anderen Hand wickelte er die Papiermanschette um die Schwungfedern. Er biss sich auf die Unterlippe. Eigentlich war die Professor-Müller-Methode nur für die Prüfung der Jagdhunde zugelassen. Maximal drei lebende Enten durften pro Prüfung verbraucht werden. Aber wie sollte ein Jagdhund bei der Prüfung gut abschneiden, wenn er zuvor nicht ausreichend Gelegenheit gehabt hatte, am lebenden Objekt zu üben? In einigen Bundesländern war die »Prüfung an der geflügelten Ente« sogar aus Tierschutzgründen verboten worden. Logisch, dass die Qualität der Jagdhundeausbildung darunter litt. Wenn sich die Enten und Gänse aber so stark vermehrt hatten, dass man der Lage nicht mehr Herr wurde, musste schließlich notgedrungen zu anderen Methoden gegriffen werden. Aber ob es wirklich humaner war, die Tiere zu vergasen, wagte er zu bezweifeln. Nicht mehr lange und das Land Baden-Württemberg würde ebenfalls ein Verbot der Müller-Methode verhängen. Schuster zog die Nase hoch. Zumindest Tasso würde noch in den Genuss einer guten Ausbildung kommen. Der Golden Retriever saß aufmerksam neben ihm und ließ die Ente nicht eine Sekunde aus den Augen. Er nickte Tasso zu. Gleich.

»Bleib!«, sagte er streng. »Tasso? Bleib!«

Er schlitterte die Böschung zur Donau hinab, watete ein paar Schritte durchs seichte Wasser und warf die Ente dann in hohem Bogen zwischen das Schilfrohr. Kaum hatte die Ente begriffen, dass sie sich im Wasser, ja, gar in Freiheit befand, drang sie aufgeregt flatternd tiefer ins Schilf vor, um sich ein sicheres Versteck zu suchen.

Schuster kletterte unverzüglich die Böschung wieder hoch. Jetzt musste es schnell gehen. In einer Viertel- bis halben Stunde würde sich die Manschette im Wasser aufgelöst haben. Die Müller-Methode bot der Ente dadurch die Chance, mit dem Leben davonzukommen. Theoretisch. In der Realität musste ein Jagdhund sich schon sehr ungeschickt anstellen, um eine Ente in diesem Zeitfenster nicht ausfindig zu machen. Und Tasso war ein hervorragender Jagdhund. Als Schuster zurückkam, saß sein Hund immer noch gehorsam an Ort und Stelle.

»Los, Tasso!«, gab er das Kommando. »Wo ist die Ente? Such!«

Der Golden Retriever legte den Kopf schief, richtete die Ohren auf und lauschte. Das Flattern kam von dort unten, mitten aus dem Schilf. Erregt stürzte er los, folgte dem Geräusch, das vom Flussufer zu ihm drang. Mit einem Satz war er im Wasser. Jetzt konnte er das Federvieh auch riechen. Immer der Nase nach drang er in den Schilfgürtel ein, preschte durchs Wasser, dass es nur so spritzte. Der Geruch wurde immer intensiver. Gleich hatte er sie.

Die Ente versuchte, kreischend aufzufliegen, als sie den Hund auf sich zu stieben sah. Aber was war das? Voller Entsetzen musste sie feststellen, dass sie nicht fliegen konnte! Panisch pflügte sie durchs Wasser, blindlings, verfolgt von dem Hund, der laut schnaufend immer näher kam.

Schuster war zufrieden. Er konnte Tasso nicht sehen. Aber dem Geflatter der Ente nach zu urteilen, leistete er gerade gute Arbeit. Offenbar hatte er sie längst aufgestöbert. Nicht mehr lange, dann würde er die Ente aus dem Schilf herausgetrieben haben. Er griff nach seinem Gewehr und konzentrierte sich auf die freie Wasserfläche hinter dem Schilfgürtel.

Da! Jetzt hatte er sie so weit. Da waren sie. Die Ente flüchtete angsterfüllt über das offene Wasser, gefolgt von Tasso, der mit wenigen Metern Abstand hinter ihr her schwamm. Ihr Geschnatter war in ein schrilles Kreischen übergegangen. In ihrer Todesangst versuchte die Ente immer wieder, vom Wasser abzuheben. Freilich ohne Erfolg. Die Manschette machte sie flugunfähig. Das wilde Flügelschlagen half da auch nichts.

Schuster positionierte sein Gewehr und setzte mit einem gezielten Schuss dem Fluchtgebaren ein Ende. Der Knall war noch nicht verhallt, da trieb die Ente bereits bewegungslos auf dem Wasser. Tasso schnappte sich das tote Tier und schwamm paddelnd zurück. Stolz apportierte er die Ente zu seinem Herrn, setzte sich und ließ sich die Beute widerstandslos aus dem Maul nehmen.

»Gut gemacht!«, lobte Schuster, klemmte sich die leblose Ente unter den Arm und tätschelte seinem nassen Hund den Kopf.

In den oberen Stock des Schlosses gelangte man über eine elegant geschwungene Treppe mit goldenem Geländer. Uschi bemühte sich, mit Lena Schritt zu halten und zugleich auf dem roten Teppich zu bleiben.

»Hattest du nicht bereits gestern eine Vorbesprechung mit Danni?«, wunderte sich Lena und hielt kurz inne.

»Ja, schon. Aber wir konnten die Besprechung nicht zu Ende führen, da Danni kurzfristig eine Kollegin vertreten musste.«

»Ach so.« Lena deutete auf den riesigen Gobelin-Wandteppich zu ihrer Rechten. »Wenn du hier vorbeikommst, musst du die Besucher auf den kleinen Jungen da in der unteren Ecke hinweisen. Die Leute finden es immer lustig, wenn sie sehen, dass der Bub in der Nase bohrt.« Sie grinste.

Uschi trat etwas näher an den Wandteppich heran. Tatsächlich! Der kleine Zigeunerjunge hatte den Finger in der Nase stecken.

»So! Da sind wir. Da vorne geht es durch die weiße Flügeltür in den Ahnensaal.« Lena warf einen Blick auf ihre Armbanduhr. »Danni hatte bis gerade eben noch eine Führung. Ich weiß nicht, ob sie schon da ist. Falls nicht, kannst du dich gerne solange auf einen der Stühle setzen.« Sie lächelte entschuldigend. »Ich muss jetzt allerdings schleunigst wieder in den Laden zurück. Bis später.« Sie war fast schon wieder an der Treppe angelangt, als sie sich nochmals umdrehte. »Ach, und schließ bitte die Tür hinter dir. In dieser Jahreszeit ist es äußerst schwierig, die Räume warm zu bekommen.«

Uschi nickte ihr zu, öffnete dann die weiß-goldene Flügeltür und schlüpfte in den Saal. Mensch, hier war es aber dunkel! Danni schien demnach noch nicht da zu sein. Wo war denn hier der Lichtschalter? Sie suchte die Wände zu beiden Seiten der Flügeltür ab. Nichts. Nun ja, zumindest brannte in der hinteren Ecke ein Leuchter. Dann musste sie eben im Dämmerlicht warten. Wie geheißen schloss sie die Tür hinter sich. Na prima! Jetzt war es noch dunkler. Uschi folgte dem roten Teppich bis zur Mitte des Raums und setzte sich auf einen der samtbezogenen Stühle, die an der Wand entlang aufgereiht waren.

Was für ein prachtvoller Saal! Selbst bei dieser schummrigen Beleuchtung konnte sie das glänzende Parkett und die eindrucksvollen Deckengemälde erkennen, die ebenso wie die Wände mit weiß-goldenem Stuck verschönert waren. Wie imposant der Raum wohl erst aussehen musste, wenn er beleuchtet wurde. Uschi hatte schon davon gehört, dass der Ahnensaal gerne für feierliche Anlässe genutzt wurde.

Unzählige goldene Leuchter an den Wänden und eine Glühbirnenkette an der Decke ermöglichten die perfekte Illumination des Raumes. An der gegenüberliegenden Wand befanden sich zudem drei beinahe bodentiefe Fenster. Weshalb hatte man die roten Samtvorhänge davor wohl zugezogen? Damit die Kälte nicht durch die Fenster hereindrang? Oder um die Gemälde vor der Sonne zu schützen? Uschi klappte den Kragen ihrer Jacke hoch. Also viel wärmer als in der Eingangshalle war es hier auch nicht. Vor allem, wenn man nur so herumsaß und sich nicht bewegte. Sie seufzte. Wo blieb Danni denn nur?

Irgendetwas kam ihr in diesem Raum eigenartig vor. Obwohl sie allein war, fühlte sie sich beobachtet. Ob das an den überlebensgroßen Ahnen lag, die ringsum an den Wänden hingen und aus ihren goldenen Rahmen heraus auf sie herabblickten? Die Augenpaare starrten sie von allen Seiten an. Nur das Weiß der Augäpfel leuchtete, der Rest der Gemälde verschwand in den Schatten. Unheimlich! Um sich abzulenken, beschloss Uschi, die Vorfahren des heutigen Schlossherrn Karl Friedrich Fürst von Hohenzollern einmal durchzuzählen. Sie war gerade beim 22. Bild angelangt, als plötzlich das Licht des elektrischen Leuchters ausging. Uschi erstarrte. Auch das noch! Offenbar wurde die Beleuchtung von außen geregelt und nun hatte irgendjemand, der über ihren Besuch nicht informiert worden war, das Licht ausgemacht. Jetzt konnte sie gar nichts mehr erkennen. Es war stockdunkel.

»Äh, hallo? Ich bin hier drinnen. Würden Sie bitte das Licht wieder anmachen? Hallo!«

Sie erhob sich und wartete mit angehaltenem Atem auf eine Reaktion. Doch nichts geschah.

»Hallo? Hören Sie mich? Machen Sie bitte wieder das Licht an!«

Sie schluckte und ließ sich wieder auf den Stuhl sinken. Da war sie wieder. Diese Angst. Die augenblicklich von ihr

Besitz ergriff, wenn sie von Schwärze umgeben war. Die Dunkelheit rief Erinnerungen wach, die sie zu verdrängen suchte. Zu Hause schlief sie deshalb stets mit einem Nachtlicht. Totale Finsternis rief bei ihr nicht nur Beklemmungen, sondern beinahe schon Panik hervor. Als sie merkte, dass ihr Pullover unter den Achseln bereits feucht wurde, atmete sie zur Beruhigung ein paar Mal tief durch. Hoffentlich wartete Danni nicht ganz woanders auf sie … Aber irgendwann würde sie sich ja wohl bei Lena nach ihrem Gast erkundigen und dann würde diese sie davon in Kenntnis setzen, dass sie im Ahnensaal wartete. Wenn Lena um diese Zeit überhaupt noch da war. Konnte ja sein, dass die Kassiererin bereits Feierabend hatte.

Na gut, dann musste sie sich jetzt eben selbst helfen. So ungefähr wusste sie ja, in welcher Richtung sich die Flügeltür befand. Außerdem führte doch dieser rote Teppich quer durch den Raum und endete bei der Tür. Sie musste also nur den Teppich finden. Sie stand auf, streckte die Arme wie beim Blinde-Kuh-Spiel weit von sich und bewegte sich schlurfend in den Raum hinein. Noch war sie auf dem Parkett. Immer noch Parkett. Endlich spürte sie etwas Weiches unter ihren Füßen. Der Teppich! Uschi gab einen leisen Seufzer der Erleichterung von sich. Mit kleinen Trippelschritten und zusammengepressten Lippen ging sie geradeaus weiter. Immer darauf bedacht, nicht vom weichen Untergrund abzukommen.

Ein plötzliches Geräusch ließ sie zusammenzucken. Was war das? Uschi erstarrte und schloss für einen Moment die Augen, um besser hören zu können. Sie war sich sicher, dass sie Schritte gehört hatte. Das Geräusch war von rechts gekommen. Doch jetzt war alles still um sie herum. Zögernd setzte sie ihren Weg zur Tür fort. Ihre Fantasie ging mit ihr durch! Bestimmt hatte sie die Schritte von jemandem gehört, der draußen auf dem Flur vorbeigelaufen war. Doch genau in dieser Sekunde hörte sie das Geräusch wieder. Schritte. Auf dem Parkett. Sie war nicht allein! Da war jemand. Ganz in ihrer Nähe …

»Hallo?«, fragte Uschi mit brüchiger Stimme. »Ist da jemand?«

Sie bekam keine Antwort. Dafür hörte sie erneut Schritte. Schlurfende Schritte. Und ein seltsames Klirren. Klang wie Porzellan, das aneinandergeschlagen wurde. Uschi schnappte nach Luft. Hier erlaubte sich doch jemand einen dummen Scherz mit ihr!

»Was soll das?«, fragte sie barsch. »Danni? Bist du das? Ich finde das absolut nicht lustig. Es reicht jetzt! Wirklich.«

Stille. Dann wieder das Schlurfen und Klirren. Dieses Mal deutlich näher. Uschi fröstelte und kniff die Augen zusammen. Doch so sehr sie sich auch bemühte, die Dunkelheit zu durchdringen, sie sah nur schwarz. Was für eine demütigende Situation! Und zugleich war alles so surreal! Huch! Etwas hatte ihren Arm gestreift! Reflexartig wich sie aus und prallte gegen einen Körper, der wie aus dem nichts aufgetaucht war. Im selben Atemzug ertönte ein Aufschrei, gefolgt von einem ohrenbetäubenden Scheppern. Uschi blieb wie angewurzelt stehen und hielt die Luft an.

»Renate, mach mal das Licht an!«, kreischte eine helle Frauenstimme.

Eine Sekunde später gingen sämtliche Lampen an und der Ahnensaal erstrahlte im hellen Licht. Uschi hielt sich geblendet die Hand vor die Augen. Vor ihr stand Danni, bekleidet mit riesigen Filzpantoffeln, und starrte betroffen auf den Scherbenhaufen vor ihren Füßen.

»Oh je«, wisperte sie. »Das ging ja gründlich in die Hose!«

Uschi blickte sie konsterniert an. Wie konnte eine erwachsene Frau nur so einen Blödsinn veranstalten? Verärgert trat sie einen Schritt zurück und schüttelte den Kopf.

»Na, das kannst du laut sagen. Sollte das etwa lustig sein?«

»Äh, ich wollte dir eigentlich nur unser Schlossgespenst vorstellen«, sagte Danni kleinlaut. »Als Einstimmung auf die Mondscheinführung.«

Sie schlurfte zum mittleren Fenster, riss die Vorhänge auf und ließ das Tageslicht herein. Als sie sich umdrehte und Uschis blasses Gesicht sah, spitzte sie verlegen den Mund.

»Hast du etwa wirklich Angst bekommen?«

Inzwischen war eine etwas mollige Frau mittleren Alters hinzugetreten, die wohl Renate sein musste. Sie lächelte entschuldigend.

»I han der Danni glei gsagt, dass se des lassa soll. Gruseltaufe! Des isch doch Quatsch. Aber sie hat sich net davon abbringa lassa.« Sie reichte Uschi die Hand. »I bin d' Renate. Au Schlossführerin.«

Uschi runzelte verärgert die Stirn.

»Ich hatte in den letzten beiden Jahren sehr unschöne Erlebnisse bei Dunkelheit«, erklärte sie entschuldigend. »Seitdem bekomme ich regelrecht Panik, wenn ich nichts mehr sehen kann.« Sie wandte sich an Danni. »Aber das konntest du ja nicht wissen.«

»Oh, das tut mir leid«, sagte Danni mit einem reumütigen Gesicht und machte sich daran, die kleinen, weißen Porzellansplitter vom roten Teppich aufzuklauben. »Dafür lade ich dich jetzt zu einem Glühwein in die Schlossküche ein. Vielleicht heitert dich das ja wieder etwas auf.«

Uschi nickte und bot ihr zum Zeichen der Versöhnung an, beim Aufsammeln der Scherben zu helfen. Nachdem sie sich überzeugt hatten, dass sie alle erwischt hatten, verließen sie die Ahnengalerie und gingen in den Roten Salon.

»Ich zeig dir was Interessantes«, sagte Danni und zwinkerte Uschi verschwörerisch zu. »Wir verschwinden jetzt durch die Wand … Wie die Geister!«

Uschi zog skeptisch die Augenbrauen hoch. Noch mehr Geistergeschichten? Danni holte tief Luft und rannte los.

Geradewegs auf die Wand zu. Verblüfft verfolgte Uschi das Schauspiel und fühlte sich augenblicklich an die Filmszene erinnert, als Zauberschüler Harry Potter auf dem Bahnsteig 9 3/4 mit Karacho durch die Backsteinwand gerannt war. Doch Danni knallte nicht gegen die Wand, sondern bremste im letzten Moment abrupt ab und zauberte mit einem geübten Handgriff eine bislang unsichtbare Tür herbei. Die Geheimtür hatte man in der Wand eingelassen und mit derselben roten Samttapete wie im restlichen Saal bezogen.

»Wow!«, rief Uschi begeistert aus. »Eine Geheimtür! Wo führt die denn hin?«

»Ja, da staunst du, nicht?«, sagte Danni mit einem stolzen Augenaufschlag. »Diese Tür hatte man ursprünglich für die Dienerschaft eingebaut. Dahinter befindet sich eine Wendeltreppe, die direkt in die Küche führt. Wirst schon sehen. Ist eine Abkürzung.«

Sie machte einen galanten Diener und ließ Uschi und Renate passieren. Was für ein Unterschied, dachte Uschi, als sie die schmale, schlichte Treppe mit den kahlen Wänden hinabstieg. Während die Herrschaften früher im prunkvollen Treppenhaus mit dem goldenen Geländer auf und ab schritten, flitzten die Diener unsichtbar hinter den Mauern umher und sorgten still und heimlich für Speis und Trank.

Als sie sich der Schlossküche näherten, stieg Uschi schon der Duft von Glühwein und Lebkuchen in die Nase. Hm, das war ja wie Weihnachten! Uschis Laune hob sich.

»Die Mondscheinführung lassen wir auch immer hier in der Schlossküche ausklingen«, sagte Danni und reichte Uschi eine Tasse. »Die Gäste können zwischen einem alkoholfreien Früchtepunsch und Glühwein wählen. Möchtest du deinen Glühwein mit Schuss?«

Sie rührte mit einer Kelle in einem großen Topf und hob fragend die Augenbrauen.

»Ja, klar, mit Schuss ist immer gut«, sagte Uschi ohne zu zögern.

Nach dem Schreck in der Ahnengalerie konnte ein wenig Alkohol zur Entspannung nicht schaden.

Danni griff hinter den Topf und holte eine Rumflasche hervor.

»Oh!«, rief Uschi und hob abwehrend die Hände. »So war das mit dem Schuss gemeint!« Sie lachte. »Nein, nein. Der Glühwein genügt mir. Einen zusätzlichen Schuss brauche ich wirklich nicht.«

Danni stellte grinsend die Flasche wieder hinter den Topf zurück.

»Was hat es denn nun mit diesem Schlossgespenst auf sich?«, erkundigte sich Uschi, während sie ihre Finger an der heißen Tasse wärmte und unauffällig nach den Lebkuchen schielte, die auf einem silbernen Tablett in ordentlichen Reihen arrangiert worden waren.

»1890 hat ein Edelmann namens Eulenburg einen Bericht über die Begegnung mit dem Geist verfasst. Es handelt sich um eine böse Landgräfin, die ihren Gatten mit vergiftetem Kompott umgebracht haben soll. Seitdem spukt die Gräfin nachts im Schloss umher und klappert mit dem Kompottgeschirr. Sie geistert aber wohl nur im Dunkeln. Das hat zumindest Eulenburg so erlebt, als er damals im Schloss übernachtet hat. Sobald man das Licht anmacht, ist der Spuk vorbei.«

»Aha. Vergiftet. So, so …«, murmelte Uschi, nippte an ihrer Tasse und starrte für einen Moment gedankenverloren ins Leere.

Kurz darauf klärte sich ihr Blick jedoch wieder. Sie beugte sich vor, griff ruckartig nach einem der Lebkuchen und schnupperte daran. Doch anstatt hineinzubeißen, senkte sie ihre Hand wieder und betrachtete die Herzform des Lebkuchens. Sie schüttelte den Kopf und sagte tonlos, mehr zu sich selbst:

»Kein schöner Tod.«

»Also, wenn du Zeit hättsch – i dät dich morga Abend zum Essa einlada«, meinte Renate. »Sozusaga als Wiedergutmachung für den Schreck.«

»Das ist aber nett«, sagte Uschi erfreut. »Was gibt es denn?«

»Ha was wohl?«, sagte Renate und grinste verschmitzt. »Kompott!«

Dem kleinen Wildschwein sah man an, dass es schon einige Jahre auf dem Buckel hatte. Es besaß nur noch wenige Borsten und eines seiner Holzohren war irgendwann der Witterung zum Opfer gefallen. Dennoch kam es seiner Aufgabe nach und reckte den Besuchern unverzagt den Rüssel zum Gruß entgegen. Uschi betrachtete stirnrunzelnd die Kuhglocke, die neben der Haustür hing. War das die Klingel? Zaghaft griff sie nach dem Strick und bimmelte. Die Glocke gab einen hellen, klaren Ton von sich. Kurz darauf wurde die Tür aufgerissen. Gerötete Wangen, weiße Kochschürze umgebunden – Renate war offenbar voll in Aktion. Sie lächelte und bat Uschi mit einer einladenden Geste herein.

»Jetzt, grüß Gott!«, rief sie, wischte sich die Hände flüchtig an der Kochschürze ab und bedachte Uschi mit einem feuchten Händedruck. »Komm rei!«

Als Uschi das Haus betrat, umfing sie sogleich der würzige Duft nach gebratenem Fleisch.

»Hm, das riecht ja köstlich!«, rief sie aus und schnupperte demonstrativ. »Da läuft mir ja schon das Wasser im Mund zusammen!«

»'s geit Hirschragout«, sagte Renate feierlich und nahm Uschi den Mantel ab. »Nach Art des Hauses. Mit handgschabte Spätzle und Preiselbeera.«

»Das klingt ja wunderbar!«

Uschi überprüfte mit einer Hand den Sitz ihrer Hochsteckfrisur und überlegte für einen kurzen Moment, ob Renate wohl erwartete, dass sie die Schuhe auszog. Doch als ihre Gastgeberin nichts dergleichen einforderte, ignorierte sie geflissentlich das Schuhregal im Eingangsbereich und betrachtete stattdessen eingehend die aufgeklebten Puzzles, welche die Wände des Flurs zierten. Es gab nur ein einziges Motiv: Katzen! Katzen in allen Varianten. Kleine und große, sitzende und liegende, gemalte und fotografierte. Allesamt furchtbar kitschig.

»Ja«, sagte Renate stolz, »des sind meine große Leidenschafta: Puzzla und Katza!«

Uschi beeilte sich, anerkennend zu nicken, und wechselte dann schnell das Thema.

»Wo hast du denn das Hirschragout her? Aus Josefslust?«

»Noi«, sagte Renate und richtete ein etwas schräg hängendes Katzenpuzzle gerade aus. »Des han i von meim Bruder. Weisch, der isch doch Jäger.«

»Ach so. Na, dann kommt bei euch bestimmt öfter mal Wildfleisch auf den Tisch.«

»Ja, ja«, sagte sie und lachte auf. »Was des agoht, isch er großzügig, mei Bruder. Dafür lad i ihn ab und zu zum Essa ei. Weisch, der Hans-Otto hat ja no kei Frau.« Sie zwinkerte Uschi verschwörerisch zu und führte sie ins Esszimmer. »Hock di scho mal na. I komm glei. Muss nur gucka, dass nix anbrennt.«

Uschi nickte und fragte sich zugleich, wie dieses Augenzwinkern wohl zu interpretieren war. Was sollte das heute Abend geben? Wollte Renate sie etwa mit ihrem Bruder verkuppeln?

Dielenboden, helle Holzmöbel und ein grüner Kachelofen – das Esszimmer im Landhausstil wirkte ausgesprochen gemütlich und rustikal. Der große Holztisch war herbstlich dekoriert. Orangefarbener Läufer, herbstliche Servietten, in der Mitte mehrere kleine Zierkürbisse und eine große weiße Kerze – alles war perfekt aufeinander abgestimmt. Renate hatte für drei Personen gedeckt. Uschi fragte sich, für wen wohl das dritte Gedeck bestimmt war. Für Renates Mann? Oder für den Bruder?

Am liebsten hätte sich Uschi auf die Kachelofenbank gesetzt. Die war aber leider schon besetzt. Zwei Katzen, die eine gefleckt, die andere getigert, hatten die Bank okkupiert. Eingerollt lagen sie da, den Rücken an die warmen Kacheln gepresst. Uschi erkannte in ihnen die Katzen wieder, die für die Fotopuzzles im Flur Modell gestanden hatten. Die beiden Diven gaben vor zu schlafen. Natürlich hatten sie Uschi längst registriert. Aus unerfindlichen Gründen hatten sie aber wohl beschlossen, den Gast nicht weiter zu beachten. Das ist der Unterschied zwischen Hund und Katz, dachte Uschi. Leopold wäre völlig aus dem Häuschen, wenn ein Besucher den Raum betreten hätte. Undenkbar für einen Hund, einfach auf der Ofenbank liegen zu bleiben und den Gast nicht zu begrüßen. Oder zu verbellen. Je nachdem. Uschi trat an die Eckbank heran und streichelte den Katzen abwechselnd über den Rücken. Was für weiches Fell sie doch hatten! Die Tigerkatze vibrierte mit einem Mal unter ihren Händen. Eindeutig ein Zeichen von Wohlgefallen. Die gefleckte Katze schnurrte nicht. Sie öffnete die Lider ein wenig, schloss sie dann wieder – und verpasste Uschi blitzschnell einen Krallenschlag!

Uschi riss ihre Hand erschrocken zurück. So ein Biest! Die blutige Spur zog sich über ihren gesamten Handrücken hinweg.

In diesem Moment kam Renate herein und stellte eine große Platte mit Spätzle auf den Tisch.

»Hasch scho Bekanntschaft mit unsra Katza gmacht? Des sind Pünktchen und Antonia.« Sie schob die Zierkürbisse ein wenig zur Seite. »Mit Antonia, unserm Tigerle, muscht a bissle aufpassa. Die kratzt schnell mal, wenn's ihr zviel wird. Die isch aus em Tierheim und hat leider schlechte Erfahrunga gmacht.«

Uschi nickte verständnisvoll, bedeckte den Kratzer mit der anderen Hand und lächelte tapfer. Die Warnung kam zu spät. Das musste Renate aber nicht wissen. Es wäre ihr bestimmt peinlich gewesen, dass einer ihrer Lieblinge Uschi blutig gekratzt hatte. Mal ganz davon abgesehen, dass es nicht die traumatisierte Tigerkatze, sondern Pünktchen gewesen war, die ihr das Andenken verpasst hatte.

Sie wählte den Platz, der am weitesten von den Kratzbürsten entfernt war, auch wenn sie dadurch mit dem Rücken zur Tür saß, was sie normalerweise vermied. Die Spätzle fest im Blick, war sie es nun, die die Katzen mit Missachtung strafte.

Nachdem Renate alle Speisen aufgetischt hatte, forderte sie Uschi auf, kräftig zuzulangen. Mit Blick auf den freien Platz meinte sie:

»Mir fanga scho mal an. Mei Bruder kommt heut a bissle später. Der wollt sein Hund no für d' Entajagd trainiera.«

»Und dein Mann?«, wollte Uschi wissen. »Isst der nicht mit?

»Noi, der hat Chorprob. I han ihm versprocha, dass mr ihm was übrig lassa.« Sie hielt ein Glas Rotwein in die Höhe und prostete Uschi zu. »Zum Wohl!«

Das Essen schmeckte vorzüglich. Uschi bedankte sich nochmals für die Einladung und lobte nach jedem Bissen erneut Renates Kochkunst. Sie hatte gerade ein Stück Fleisch in den Mund geschoben, als die Kuhglocke weiteren Besuch ankündigte.

Renate sprang auf und öffnete die Tür.

»So, jetzt komm rei!«

»Esset ihr scho?«

Uschi hielt im Kauen inne. Diese Stimme kannte sie doch! Aber woher? Sie dachte angestrengt nach, konnte die Stimme aber nicht zuordnen. Es musste eine sehr flüchtige Begegnung gewesen sein. Eine unangenehme Begegnung. Aber vielleicht täuschte sie sich auch. Sie drehte sich um. Das durfte doch nicht wahr sein! Olivgrüne Kleidung, wirre graue Haare, gerötetes Gesicht. Das war der unverschämte Kerl aus Inzigkofen, der ihr mit der Waffe gedroht hatte. Rasch wandte sie sich wieder ihrem Essen zu. Mit bummerndem Herzen betrachtete sie die Spätzle auf ihrem Teller. Und was nun? Wie sollte sie denn jetzt reagieren? Warum musste denn auch ausgerechnet dieser Idiot Renates Bruder sein? Was für ein blöder Zufall! Bei dem Gedanken, dass es seine Hände gewesen waren, die diesen Hirsch auf ihrem Teller zerlegt hatten, verging ihr augenblicklich der Appetit. Außerdem hatte sie gerade ein verdammt zähes Stück Fleisch erwischt. Am liebsten hätte sie es ausgespuckt.

Wie kam sie aus der Sache hier wieder raus? Übelkeit vortäuschen? Eine Durchfallattacke? Oder ein Migräneanfall? Uschi verwarf den Gedanken sofort wieder. Das konnte sie nicht bringen. Renate hatte sich solche Mühe mit dem Essen gegeben. Sie schob das Fleischstück in ihrem Mund von der einen zur anderen Seite. Es wäre schäbig, sich noch während des Essens aus dem Staub zu machen. Und feige. Nein. Da musste sie jetzt durch. Womöglich erkannte er sie ja gar nicht wieder. Schließlich hatte sie bei dem Spaziergang in Inzigkofen eine Mütze getragen. Sie würde einfach so tun, als seien sie sich nie zuvor begegnet.

Während Renate ihrem Bruder die Jacke abnahm, erhob sich Uschi, ging ein paar Schritte auf ihn zu und verzog den Mund zu einem Lächeln.

»Des isch der Hans-Otto«, stellte Renate vor. »Hans-Otto, des isch d' Uschi, mei neue Kollegin.«

»Wenn es Ihnen nichts ausmacht, wäre es mir lieber, wenn wir beim Sie bleiben könnten.« Er zog die Augenbrauen hoch und warf seiner Schwester einen mahnenden Blick zu. »Wem i 's Du anbiet, will i scho selber bestimma!«

»Also …«, Renate schüttelte verlegen den Kopf, »du stellscht dich a, so kenn i di ja gar it!«

»Schuster!«, sagte er zackig und stieß Uschi seine ausgestreckte Hand entgegen.

Uschi hatte das Gefühl, als spucke er ihr seinen Namen regelrecht entgegen. Achselzuckend schlug sie ein.

»In diesem Fall Lämmle – für Sie.«

Uschi wollte ihn nicht länger als nötig berühren. Als sie die Hand zurückziehen wollte, schlossen sich seine Finger plötzlich wie ein Schraubstock um ihre Hand. Mit einem Ruck drehte er ihren Handrücken nach oben.

»Sie scheinen kein Händchen für Katzen zu haben. Kaum da und schon verletzt. Welche Katze war das? Pünktchen oder Antonia?«

Alle Augen waren auf den langen Kratzer gerichtet, der sich quer über ihren Handrücken zog. Renate verschlug es kurz die Sprache. Und Uschi hätte sich am liebsten ins nächste Mauseloch geflüchtet. Wütend entriss sie dem Jagdpächter ihre Hand. So ein Rüpel! Wie stand sie denn jetzt vor Renate da!

»Ach das«, sagte sie betont beiläufig. »Ist ja nur ein kleiner Kratzer. Nicht der Rede wert.« Sie lächelte Renate zu und zog den Ärmel ihres Pullovers so lang, dass er den Kratzer verdeckte. »Mach dir keine Gedanken. Ist wirklich nicht schlimm.«

»Ha so was! Des tut mir jetzt aber leid. Du muscht entschuldiga. Die Antonia isch eifach gschtört. Aber sie kann nix dafür.« Sie bekam feuchte Augen. »Ihr Fraule isch gschtorba und bis ma die Frau gfunda hat, war d' Antonia schier verhungert und verdurschtet.« Sie schüttelte den Kopf. »Schlimm!«

»Gsch!«

Mit einer einzigen vehementen Handbewegung hatte Hans-Otto es geschafft, Antonia von der Ofenbank zu verscheuchen. Pünktchen machte einen Buckel und fauchte ihn böse an, bevor sie ebenfalls unter dem Tisch verschwand. Ihre Krallen nach ihm auszufahren, getraute sie sich aber nicht. Knarrend gab die Bank unter ihm nach, als er sich schwerfällig darauf fallen ließ. Mit einem zufriedenen Nicken nahm er den gefüllten Teller von Renate entgegen. Dann wandte er sich Uschi zu und meinte mit einem süffisanten Grinsen:

»Man sieht sich immer zweimal im Leben.«

Und du bist dir sicher, dass es Wolfsspuren waren?«, fragte Robin.

»Logisch«, sagte Anselm und verteilte mit der Gabel die Brokkoli-Soße auf seinen Nudeln. »Der Wolf ist im geschnürten Trab gelaufen.«

Robin zog die Augenbrauen hoch und grinste.

»Heißt was?«

»Wenn der Wolf über lange Distanzen mit gleicher Geschwindigkeit läuft, nutzt er diese Gangart. Ist sehr energiesparend.«

»Und Hunde? Warum laufen die dann nicht im geschnürten Trab?«

Anselm schluckte seine Nudeln herunter.

»Die laufen mehr im Zickzack. Schnüffeln mal da, mal dort. Markieren zwischendurch. Und setzten selten Vorder- und Hinterpfoten aufeinander.«

»Aha. Und woher weißt du das alles so genau?«

»Na ja. Ich hab meine wissenschaftliche Hausarbeit doch über Wölfe geschrieben.«

Anselm schielte nach der Bedienung, schaffte es jedoch nicht, Blickkontakt mit ihr aufzunehmen. Das Theatercafé war heute so proppenvoll, dass die junge Frau mit dem Bedienen kaum noch nachkam.

»So, so. Dann haben wir ja jetzt einen Experten in unsren Reihen.« Er zog ein Päckchen Zigaretten aus seiner Jackentasche und legte es vor sich auf den Tisch. »Wo hast du die Spuren denn gefunden?«

»Unterhalb von Schloss Werenwag zwischen Hausen und Beuron. Aber das ist jetzt ja schon vier Tage her. Der Wolf kann inzwischen wer weiß wo sein. Die können bis zu 60 Kilometer pro Nacht zurücklegen.« Er hob den Arm und winkte der Bedienung zu. »Noch ein Hefeweizen, bitte!« Dann wandte er sich wieder Robin zu. »Könnte aber auch sein, dass er im Donautal bleiben will. Auf jeden Fall müssen wir ihn vor Übergriffen schützen. Nicht, dass dieser Wolf auch wieder spurlos verschwindet.«

»Wie meinst du das? Wölfe sind europaweit geschützt.«

»Findest du es nicht seltsam, dass nur ein einziger von den sechs gesichteten Wölfen noch lebt? Die anderen fünf sind entweder überfahren worden oder sind auf mysteriöse Weise verschwunden. Das stinkt doch zum Himmel!«

Die Bedienung servierte das Hefeweizen und hinterließ auf dem Bierdeckel einen weiteren Strich.

Anselm nahm einen Schluck und legte nachdenklich die Stirn in Falten.

»Der Wolf hat bei uns einfach keine gute Lobby nach dem Vorfall in Bad Wildbad.«

Robin schüttelte verärgert den Kopf. Er wollte gerade etwas entgegnen, als Saskia an den Tisch herantrat, ein orange-gelbes Getränk in der Hand. Sie setzte sich auf den freien Stuhl neben Anselm, lächelte kurz in die Runde und saugte dann genüsslich an ihrem Trinkhalm. Pille-Palle Deluxe – ein Gemisch aus Mango-Maracuja-Sirup, Zitrone und Prosecco – war eine spezielle Kreation des Theatercafés und gehörte zu ihren absoluten Lieblingsgetränken.

Robin konnte es nicht lassen, auf ihren Mund zu starren. Ihre kirschroten Lippen umschlossen den Trinkhalm auf fast unanständige Weise. Weshalb hatte sie sich denn überhaupt so aufgebrezelt? Statt ihres üblichen Wollpullovers trug sie eine transparente Bluse, die tiefe Einblicke gewährte. Ihre Wimpern waren schwarz getuscht, und wenn er es recht sah, trug sie sogar Make-up. Hatte sie sich etwa für ihr neues Mitglied so in Schale geworfen? Er würde ein wachsames Auge auf die beiden haben.

»Wo waren wir stehen geblieben?«, nahm er den Faden wieder auf. »Ach so, Bad Wildbad. Ich weiß nicht, wie es dort gelaufen ist. Aber meist sind die Tiere einfach nicht wolfsicher eingezäunt worden. Außerdem hat die Presse den Vorfall total aufgebauscht. Die haben es ja so dargestellt, als ob dieser Wolf in einen Blutrausch verfallen wäre und alle 40 Schafe aus purer Lust am Töten massakriert hätte. Dabei war es in Wirklichkeit so, dass die meisten Schafe von sich aus in den Fluss gesprungen sind. Aus Panik. Und dann sind sie halt ertrunken.«

»Was heißt hier ›halt ertrunken‹«, mischte sich Saskia ein, stellte ihr Glas ab und zog empört die Brauen hoch. »Das ist doch furchtbar!«

»Ja, klar war das tragisch. Aber der Wolf hatte nun mal Hunger. Und wenn die Schafe so dicht an dicht eingepfercht sind und bei einem Angriff nicht ausweichen können, passiert es eben, dass er mehrere Schafe im Eifer des Gefechts erwischt. Das macht ihn aber noch lange nicht zur Bestie!«

Saskia nickte, wühlte in ihrer Umhängetasche und zog dann einen kleinen Notizblock hervor.

»Es ist unglaublich, wie oft über diese Sache berichtet worden ist. Und vor allem wie einseitig! Die Presse hat doch den Hass auf den Wolf erst so richtig geschürt. Allein schon diese Überschriften!« Sie schlug den Notizblock auf. »Hört euch das mal an: *Wölfe richten Blutbad in Schafherde an; Wehe, wenn der Wolf kommt; Wann heulen ganze Rudel im Schwarzwald?*« Sie klappte den Notizblock zu. »Ist das etwa eine neutrale Berichterstattung? Mich regt das echt auf!«

»Ich denke auch, dass die Presse einen großen Teil dazu beigetragen hat, dass der Wolf ein Aufregerthema geworden ist«, sagte Anselm. »Allerdings hatte GW852m durch dieses Massaker, das er da angerichtet hat, natürlich einen denkbar schlechten Einstieg. Der erste Eindruck zählt. So ist das nun mal.«

»GW852m, wenn ich das schon höre!«, ereiferte sich Robin. »Klingt wie ein Roboter! Warum hat man dem Wolf denn keinen richtigen Namen gegeben?« Er schlug mit der Faust auf den Tisch. »Das ist doch reine Taktik! Wer keinen Namen trägt, wird nicht geliebt. Durch die Nummer bleibt er anonym und die Leute sind weit weniger betroffen, wenn GW852m aus welchen Gründen auch immer abgeknallt wird. Wenn man ihn ›Knut‹ oder ›Wolfi‹ genannt hätte – was glaubst du, wie groß der Aufschrei bei der Bevölkerung gewesen wäre, wenn der süße ›Wolfi‹ von den Jägern erschossen worden wäre!«

»Man sagt nicht erschießen, Robin«, warf Saskia mit sarkastischem Unterton ein. »Man spricht vom ›Entnehmen‹.«

»Entnehmen!«, empörte sich Robin und schob seine Cola ein Stück zur Seite. »Auch wieder so ein Begriff, der die Sache verharmlost. Warum stehen sie nicht dazu, dass sie ihn töten wollen? Sie knallen ihn ab! Nichts anderes!«

»Ich glaube, du hast recht«, räumte Anselm ein. »Man versucht, das ganze Thema ›Wolf‹ möglichst zu versachlichen und wenig Emotion für das Tier aufkommen zu lassen. Deshalb auch diese wissenschaftlichen Bezeichnungen. GW 852m heißt übrigens Grauwolf 852 männlich. Es ist der 852. Wolf, der genetisch erfasst worden ist.«

Für einen kurzen Moment verzogen sich Robins Lippen zu einem Grinsen, dann verschränkte er die Arme hinter dem Kopf und lehnte sich zurück. Saskia warf ihm einen strengen Blick zu.

»Es gibt bei uns einfach keine Willkommenskultur für den Wolf – und das, obwohl man seine Art hierzulande ausgerottet hat und er nun sozusagen von den Toten auferstanden ist.« Sie verdrehte die Augen. »Wenn man bedenkt, welchen Wirbel dieser Wolf in Baden-Württemberg verursacht. Ein einziger Wolf! Und die Leute brechen sofort in Panik aus. Jeden zweiten Tag gibt es Berichte in der Zeitung – und fast alle sind kontra Wolf. Ebenso die vielen Leserbriefe. Die meisten Leute sind gegen den Wolf. Wenn ihr mich fragt, die leiden doch alle unter dem Rotkäppchen-Syndrom!«

»Ja, das ist so eine Art Urangst«, meinte Robin. »Hab mal gelesen, dass die Furcht vor großen Wildtieren seit Jahrtausenden in uns drinsteckt. Evolutionär bedingt sozusagen.«

»Deshalb ist es umso wichtiger, Aufklärungsarbeit zu leisten«, schlug Anselm vor und kratzte die letzten Reste der Soße in seinem Teller zusammen. »Wir könnten eine mobile Wolfsausstellung organisieren. Damit gehen wir dann in Schulen, Museen und Zoos und informieren die Leute. Wir müssen mit den Leuten ins Gespräch kommen. Nur so können wir gegen die Vorurteile angehen.«

»Das mit den Schulen ist eine gute Idee«, meinte Saskia. »Wir könnten den Schülern auch gute Bücher und Filme über Wölfe vorstellen.«

Robin zog eine Zigarette aus der Schachtel heraus und nickte.

»Keine schlechte Idee. Aber die Jäger haben wir dadurch auch nicht im Griff. Bevor wir auch nur einen einzigen Flyer unter die Leute gebracht haben, setzen die schon auf den Wolf an und beseitigen das Problem auf ihre Weise. Weiß man denn überhaupt, was das für Leute waren, denen die Wölfe vors Auto gelaufen sind?«

»Die Jäger knallen doch alles ab, was nicht bei drei auf den Bäumen ist«, sagte Saskia. »Wusstet ihr zum Beispiel, dass ein Jäger das Recht hat, eine Hauskatze abzuknallen, sobald sie sich 300 Meter von der Siedlung entfernt?«

»Ja, aber das wird ja kein Jäger so umsetzen«, warf Anselm ein.

Saskia lachte auf.

»Hast du eine Ahnung! Pro Jahr werden um die 300 000 Katzen und 30 000 Hunde durch Jäger erschossen! Ist das nicht unglaublich?«

»Also die Zahl erscheint mir reichlich hoch gegriffen«, gab Anselm zu bedenken.

»Quatsch! Ich hab die Zahlen aus verschiedenen Quellen entnommen. Ich finde das abartig. Am meisten regt mich aber die Begründung zum Mord an den Katzen auf. Die Jäger sagen, dass jede Katze im Wald automatisch wildert. Weil Katzen sowohl Vögel als auch Jungtiere jagen. Das muss man sich mal vorstellen! Der Jäger spricht das Todesurteil über einen anderen Jäger mit der Begründung, dass dieser jagt.« Sie schüttelte erbost den Kopf. »Also, wenn so ein Typ meine Minka abschießen würde, hätte der Nullkommanix auch eine Ladung Schrot im Hintern!«

Robin klopfte mit der Zigarette auf den Tisch und nickte Saskia zu.

»Gehen wir kurz raus?«

Saskia zögerte kurz, stimmte dann jedoch zu und folgte ihm auf die Terrasse. Kaum hatte sie das Lokal verlassen, bereute sie, keine Jacke angezogen zu haben. Es war eisig kalt! Fröstelnd schlang sie die Arme um sich.

»Unser Neuzugang ist ja ein ziemlicher Klugscheißer«, raunte Robin.

Saskia zuckte mit den Schultern.

»Steht die nächste Sache?«, wollte sie wissen.

Robin nahm einen Zug, atmete aus und verfolgte mit den Augen den Rauch, der sich gemächlich in der Luft auflöste. Er spürte Saskias bohrenden Blick.

»Ja«, sagte er und seufzte. »Aber ich hab dir doch schon gesagt, dass ich nicht mehr dabei bin. Fürs Erste bin ich bedient.« Er zog den Aschenbecher zu sich heran und drückte die Zigarette mit mehreren Stößen aus. »Außerdem ist es zu gefährlich für mich. Wenn mich die Polizei noch mal schnappt, dann gibt es richtig Ärger.«

Schweigend betrachtete er den Zigarettenstummel, der nun gekrümmt am Rand des Aschenbechers lag.

»Dann zieh ich das Ding eben mit den anderen durch. Ohne dich.«

In diesem Moment gesellte sich Anselm zu ihnen.

»Ich glaube, wir müssen die Sache ganz anders anpacken«, sagte er eifrig und schlug den Kragen seiner Jacke hoch. »Wenn wir wollen, dass uns die Leute ernst nehmen, müssen wir den Schäfern und Viehhaltern unsere Unterstützung anbieten.«

»Und wie soll das funktionieren?«, fragte Robin und warf Anselm einen argwöhnischen Blick zu. Der Typ nervte ihn. Führte sich selbst schon wie so ein Leitwolf auf!

»Wir könnten eine Webseite einrichten und darauf zum Beispiel Infomaterial über Herdenschutzhunde zusammenstellen«, schlug Anselm vor. »Und praktische Hilfen anbieten. Ganz einfache Sachen. Beim Flicken der Schutznetze helfen. Oder Freiwilligeneinsätze an Wochenenden zur Errichtung von Festzäunen organisieren. Wenn wir wirklich etwas für die Wölfe tun wollen, müssen wir zuerst einmal dafür sorgen, dass wir den Wolfsgegnern den Wind aus den Segeln nehmen. Diese Arbeitseinsätze leisten wir natürlich kostenlos.«

Robin stöhnte laut auf.

»Kostenloser Arbeitseinsatz! Nicht schon wieder. Ich bin froh, wenn ich endlich meine Sozialstunden abgeleistet habe, die man mir nach unserer Festnahme aufgebrummt hat!«

»Ich finde, das ist eine gute Idee«, sagte Saskia, trat zitternd von einem Bein auf das andere und lächelte Anselm an. »Wir sollten das so bald wie möglich mit den anderen besprechen. Aber bitte drinnen. Im Warmen.«

»Also was Volker von freiwilligen Arbeitseinsätzen hält, kann ich dir auch so sagen«, flüsterte ihr Robin ins Ohr, als er sich hinter ihr durch die Tür schob.

»Es ist niemand gezwungen, dabei mitzumachen«, zischte Saskia bissig. »Das sagt ja schon das Wort freiwillig.«

Sie setzte sich wieder auf ihren Platz, zog ihren Drink zu sich heran und stocherte mit ihrem Trinkhalm zwischen den Eiswürfeln herum.

»Es wäre nicht schlecht, wenn Anselm zunächst mal die anderen Wolfsfreunde kennenlernen würde«, meinte sie schließlich und blickte Anselm über ihr Glas hinweg an. »Hast du Lust, bei unserer nächsten Aktion mitzumachen?«

»Warum nicht? Solange die Aktion legal ist…« Er warf Robin einen flüchtigen Seitenblick zu.

»Nicht alles, was wir tun, ist immer hundertprozentig legal«, entgegnete Robin knapp und stürzte den Rest seiner Cola in einem Zug runter.

»Aber du musst ja nicht aktiv werden«, schob Saskia rasch nach und warf Robin einen strafenden Blick zu. »Es geht ja mehr darum, dass du unsere Leute mal kennenlernst.« Sie grinste verlegen. »Ich denke, wir sollten auf Dauer zweigleisig fahren. Für die kooperativen Schäfer und Landwirte bieten wir das Hilfsprogramm an – und für die Unbelehrbaren behalten wir uns das Hardcore-Programm vor.«

»Hardcore-Programm?«, fragte Anselm zweifelnd.

»Manche kann man nur zur Vernunft bringen, wenn man entsprechend harte Geschütze auffährt. Nur mit guten

Worten geben die nicht klein bei.« Sie fischte mit den Fingern einen Eiswürfel aus dem Glas und steckte ihn sich in den Mund. »Da muss man schon massiven Druck machen, um etwas zu erreichen.«

Anselm nahm einen Schluck Bier, wischte sich mit dem Handrücken den Schaum vom Mund und nickte. Er versuchte, sich seine Unsicherheit nicht ansehen zu lassen, aber insgeheim fragte er sich schon, was Saskia unter »massivem Druck« verstand.

Renate machte große Augen.

»Ha, jetzt kann i nimme! Ihr kennet euch?«

»Äh, ich glaube nicht«, behauptete Uschi und spürte, wie ihr die Röte ins Gesicht stieg.

»Kennen ist zu viel gesagt«, meinte Hans-Otto. »Wir sind uns vor Kurzem zufälligerweise begegnet. Wo haben Sie denn Ihren Hund gelassen?«

»Der sitzt im Auto«, murmelte Uschi. Sie hätte ihm den Hals umdrehen können!

»Also des nenn i ja mal wirklich 'n Zufall!«, sagte Renate leichthin und erhob das Glas. »Auf euer Wiedersehen! Zum Wohl«

Uschi führte ihre Serviette zum Mund und spuckte das zähe Fleischstück, das immer noch in ihrer Backentasche klebte, unauffällig in die Serviette. Dann tupfte sie sich die Lippen ab, faltete die Serviette wieder sorgsam zusammen und legte sie neben ihren Teller.

»Zum Wohl!«

Schuster kam Uschi mit seinem Glas so ungestüm entgegen, dass sie fürchtete, ihr eigenes könnte bei der Kollision zerbrechen. Die Gläser klirrten gefährlich, blieben aber heil.

Renate warf ihrem Bruder einen strengen Blick zu, verkniff sich aber einen Kommentar.

Sie setzten das Essen fort, beschränkten sich jedoch bewusst auf belanglosen Small Talk und lobten in regelmäßigen Abständen Fleisch, Spätzle oder Soße. Uschi untersuchte nun ihr Fleisch akribisch und entfernte die eine oder andere zäh aussehende Stelle, bevor sie es wagte, das Fleischstück in den Mund zu schieben. Trotz gründlicher Betrachtung blieb es ein Glücksspiel. Erst wenn das Fleischstück auf ihrer Zunge lag, konnte sie mit Sicherheit sagen, ob es zart oder zäh war. Im Lauf des Essens war sie jedenfalls gezwungen, noch drei weitere Fleischbrocken in der Serviette verschwinden zu lassen. Schuster betrieb diese Auslese weniger dezent. Erwischte er ein zähes Fleischstück, landete dies postwendend unter dem Tisch, wo sich die beiden Katzen in Raubtiermanier darauf stürzten. Obwohl sich die Katzen fauchend um die Fleischbrocken stritten, tat Renate so, als bemerke sie nicht, was ihr Bruder da trieb.

»Was macht dein Hochsitz?«, fragte Renate. »Konntscht ihn wieder richta?«

»Scho. Aber des war 'n Haufa Gschäft«, sagte er grimmig. »Und die Kerle hend mir au nur d' Materialkoschta ersetza müsse. 's Gschäft han i ghet.«

Renate bemerkte Uschis fragenden Blick.

»Des war wirklich a unglaubliche Sach«, sagte sie kopfschüttelnd. »Da wara zwei Kerle, so radikale Tierschützer, die han dem Hans-Otto sein Hochsitz angsägt. Des musch dir mal vorstella. Der hätt sich's Gnick brecha könna ...«

Schuster schob sich ein großes Stück Fleisch in den Mund.

»Ach was! Das hätt ich doch schon von Weitem gesehen, dass an der Leiter was nicht stimmt«, meinte er schmatzend. »Die hatten es schon öfter auf meinen Hochsitz abgesehen.« Er streckte sein Messer empor. »Aber jetzt sind sie endlich von der Polizei geschnappt worden! Hat auch lange genug gedauert …«

»Des sind total gschtörte Leit, sag i dir! Die hend sein Hochsitz sogar wie a Klohäusle benutzt.« Renate war so empört, dass sich ihre Brust vor Empörung hob und senkte. »Unglaublich! So eine Sauerei!«

»Dieses Mal haben sie auch noch einen Drohbrief hinterlassen …«, brummte Schuster, stand auf und kam kurz darauf mit einem Stück Papier wieder, das er seiner Schwester neben den Teller legte.

Renate setzte ihre Lesebrille auf und betrachtete den Zettel.

»Die sind ja net ganz sauber! Hör mal Uschi: Wenn Hochsitze krachen, vergeht euch das Lachen! Jäger, wir schießen zurück.« Sie schob Uschi das Stück Papier über den Tisch hinweg zu und schüttelte verärgert den Kopf. »Ha, da kasch nimme!«

»Warum haben diese Tierfreunde denn so einen Hass auf Sie?«, fragte Uschi spitz und überflog die handgeschriebenen Zeilen.

»Ha, weil er sei Maul halt net halta kann«, kam Renate ihrem Bruder zuvor. Sie senkte die Stimme. »Er isch der Meinung, dass ma die Wölf bei uns it dulda sollt. Er dät se am liebschta alle glei erschießa. Und des hat er öffentlich gsagt.«

Das passt ins Bild, dachte Uschi bissig.

»So?«, sagte sie deshalb. »Aber Wölfe sind doch vom Aussterben bedroht und deshalb streng geschützt.«

»Quatsch!«, ereiferte sich Schuster sogleich. »Der Wolf ist überhaupt nicht vom Aussterben bedroht. In Osteuropa wimmelt es geradeso von Wolfsrudeln!« Er schob sich ein Stück Fleisch in den Mund, kaute kurz darauf herum und meinte dann: »Und ist das nicht merkwürdig? 150 Jahre lang galt der Wolf bei uns als ausgerottet. Bis 2015. Da taucht urplötzlich der erste Wolf wieder in Baden-Württemberg auf. Und dann noch einer. Und noch einer… Woher kommen die denn alle auf einmal?« Er zog den durchgekauten Fleischbrocken aus dem Mund und ließ ihn unter den Tisch fallen. »Die sind doch im Kofferraum zu uns gekommen!«

Uschi legte den Kopf schief und sah ihn fragend an.

»Na, die hat irgend so ein Wolfsfanatiker aus Osteuropa mitgebracht und bei uns ausgesetzt! Oder sie wurden von dieser Wolfzuchtstation in Bayern ausgewildert. Das kann natürlich auch sein.«

»A wa!«, widersprach Renate und verdrehte die Augen. »Was werda die au die Wölf mit dem Auto herkutschiera. Hans-Otto, jetzt übertreib's mal net!«

»Diese Tierschützer und überhaupt die ganzen Städter haben doch keine Ahnung, welche Probleme der Wolf uns noch machen wird«, sagte Hans-Otto und zog die Augenbrauen so fest zusammen, dass sich auf seiner Stirn eine tiefe Falte bildete. »Die denken, der Wolf sei ein Streicheltier. Das ist er aber nicht! Es handelt sich hier um ein Raubtier.« Er bohrte seine Gabel in das nächste Stück Fleisch und tunkte es in die Soße. »Und der Wolf ist bei seiner Beute nicht wählerisch. Er jagt das, was sich für ihn am einfachsten erlegen lässt. Und dann ist es doch logisch, dass er sich lieber an das eingezäunte Weidevieh heranmacht, als einem Reh hinterherzujagen. So ein Wolf ist ein schlaues Tier. Der findet irgendwann raus, wie er über den Zaun kommt. Es bringt nicht einmal was, wenn man dem Wolf Gummigeschosse verpasst.«

Uschi hatte seinen Monolog schweigend über sich ergehen lassen. Nun blickte sie erstaunt auf.

»Erinnern Sie sich an den Bär Bruno?«, fragte Schuster mit einem süffisanten Grinsen. »Das war der Problembär, der 2006 in Südbayern wiederholt Schafe gerissen hat. Beim Reißen des ersten Schafs hat man ihn nicht erwischt. Da gab es für ihn also keine negativen Konsequenzen. Erst als er ein zweites Mal zurückkam, um vom Kadaver zu fressen, hat man ihn mit Gummigeschossen verjagt. Und daraus hat er dann gelernt. Und die falschen Schlüsse gezogen.« Er hielt die Hand vor den Mund und pulte sich eine Fleischfaser aus den Zähnen hervor. »Er hat gelernt, dass es in Ordnung ist, Schafe zu reißen«, er erhob den Zeigefinger, »wenn man nicht mehr zum Kadaver zurückkommt.« Er griente. »Also hat er künftig an jeder Beute nur einziges Mal gefressen. Er begnügte sich nicht mit einem einzigen Beutetier, sondern riss immer mehr und mehr Schafe.«

»Na ja, dafür wurde er dann ja auch erschossen, wenn ich mich recht erinnere«, sagte Uschi grimmig.

»Ja. Das zeigt aber, dass die Managementpläne bei großen Wildtieren eben nicht so funktionieren, wie man sich das vorstellt. Und das wird beim Wolf nicht anders sein. Und die Leidtragenden werden in erster Linie die Schafhalter sein.« Er richtete die Messerspitze auf Uschi. »Und die Jäger. Jedes Wildtier, das der Wolf erlegt, geht dem Jäger durch die Lappen. Das kann er dann nicht mehr verkaufen.«

»Woher nimmt sich denn der Mensch das Recht heraus, dass ihm allein das Wild im Wald zur Verfügung steht? Nicht mal ein paar Rehe möchte er an andere Raubtiere abgeben. Das ist doch arrogant!«

»Der Mensch hat das Sagen«, meinte Hans-Otto harsch. »Nicht der Wolf!«

»Nein, nur weil der Mensch den Tieren technisch überlegen ist, gibt dies ihm nicht automatisch das Recht, der alleinige Herrscher über die Welt zu sein und alles an sich zu reißen«, widersprach Uschi und schüttelte empört den Kopf. »Der Mensch lebt im totalen Überfluss. Und obwohl er viel mehr besitzt, als er benötigt, will er nichts abgeben. Entschuldigung, aber das ist doch pervers!« Sie war so erregt, dass ihr die Gabel aus der Hand rutschte und klirrend zu

Boden fiel. »Und was die Schäferei angeht, kann ich die angebliche Problematik auch nicht ganz nachvollziehen«, sagte sie und bückte sich nach der Gabel, die an Hans-Ottos Fußspitze gelandet war. »Man kann doch Herdenschutzhunde einsetzen.«

»Ich sag Ihnen, was das Problem mit diesen Herdenschutzhunden ist. Das sind die reinsten Killer-Maschinen. Die greifen alles und jeden an, der sich ihrer Herde nähert. Die können nicht unterscheiden, ob das ein Wolf oder ein Kind ist. Das wird für jeden Spaziergänger oder Hund gefährlich, der an der Herde vorbeiläuft.«

Uschi spitzte die Lippen. Sie konnte das nicht nachvollziehen. Weshalb sollte ein Hund nicht zwischen Tier und Mensch unterscheiden können? Selbst ein Kampfhund konnte das! Sie verzichtete darauf, ihren Einwand zu äußern. Schuster würde sich sowieso nicht überzeugen lassen. Der war so festgefahren in seiner Meinung, so borniert, dass jegliche Diskussion reine Zeitverschwendung gewesen wäre.

»Außerdem wird die Schäferei dann zu unrentabel«, fuhr er fort. »Ich weiß das von meinem Freund, dem Max. Der ist Schäfer. Er hat gesagt, dass er mit der Schäferei aufhört, wenn es so weit kommt, dass er Herdenschutzhunde braucht. Die Schäfer haben auch so schon genug Probleme und können von ihrer Arbeit kaum leben. Für die ist der Wolf eine Katastrophe. Aber so weit denken diese Tierschützer ja nicht.«

»Immerhin hat die EU angekündigt, dass sie künftig die Anschaffung von Elektrozäunen und Herdenschutzhunden zu 100 Prozent übernehmen wird. Auch finanzielle Schäden wie gerissene Schafe sollen vollständig erstattet werden. Ich denke, es gibt genügend Möglichkeiten, die Herden zu schützen. Es muss doch beides gehen: Wolf und Weidehaltung.«

»In den Städten und in Gebieten mit Weidetierhaltung hat der Wolf nichts zu suchen. Die EU und der Bund müssten den strengen Schutzstatus des Wolfs schnell aufheben, um ihn bejagen und seinen Bestand wie beim Fuchs regulieren zu können. Es sollte Ausschlussgebiete geben, in denen Wolfsrudel nicht geduldet werden.«

»Sie können es drehen und wenden wie Sie wollen«, beharrte Uschi. »Der Wolf steht unter dem speziellen Schutz der EU. So wie der Luchs und die Wildkatzen auch. Und daran wird sich so schnell auch nichts ändern.« Sie nippte an ihrem Wein und sah ihn über das Glas hinweg streng an. »Wenn Sie einen Wolf ohne Genehmigung abschießen, begehen Sie schlichtweg eine Straftat.«

Er sah Uschi noch eine Spur grimmiger an.

»Wenn der Wolf dann aber irgendwann um die Kindergärten herumschleicht, wird das Geschrei groß sein. Da bin ich mir sicher.«

»Jetzt machen Sie mal halblang«, ereiferte sich Uschi. »Wir reden hier von Tieren und nicht von Monstern! Der Mensch gehört schließlich gar nicht in das Beuteschema eines Wolfes!«

»Glauben Sie? In Brandenburg laufen die Wölfe schon längst durch Gärten und Schulhöfe. Der Wolf frisst, was er kriegen kann. Es kam sogar schon vor, dass ein Wolf einen angeketteten Hund in einem Dorf gefressen hat. Und wenn sich in unseren Wäldern die ersten Rudel herumtreiben, dann wird es richtig interessant! Das ist eine tickende Zeitbombe, wenn man das einfach so laufen lässt. Wenn der Wolf die Scheu vor dem Menschen verliert, gibt es meiner Meinung nach nur eine richtige Konsequenz: Er muss unverzüglich erschossen werden! Deshalb muss man den Wolf auch unbedingt ins Jagdrecht aufnehmen.«

»Gut, dass Sie das nicht zu entscheiden haben«, zischte Uschi.

»Sie werden schon noch sehen, dass ich recht habe. Es wird nicht mehr allzu lange dauern, dann begreifen das auch die Politiker und nehmen den Wolf ins Jagdrecht auf. Und dann gibt es eine ganz einfache und effektive Methode, wie man den Wolf vom Menschen fernhält.« Er machte eine bedeutungsvolle Pause. »Man müsste nur aus jedem Rudel einen Wolf schießen. Dann hätte das Wolfsrudel verinnerlicht, dass vom Menschen Gefahr ausgeht. Und diese negative Erfahrung geben sie dann an ihre Jungen weiter.«

Uschi schauderte bei dieser Vorstellung. Entgeistert starrte sie Schuster an. War das sein Ernst? Er wollte jeder Wolfsfamilie den Verlust eines Rudelmitglieds zumuten? Jeden einzelnen Wolf in Angst und Schrecken versetzen? Alle Wölfe durch die Todesangst traumatisieren? Wer war hier die Bestie? Der Wolf oder der Mensch?

»Wissen Sie was?«, platzte es aus ihr heraus. »Wenn Sie solche Ideen öffentlich äußern, brauchen Sie sich nicht zu wundern, wenn Sie Morddrohungen erhalten! Sie sind doch krank im Hirn! Total krank!«

Sie betrachtete Schuster voller Abscheu. Was für ein herzloser Mensch! Nein, sie hielt es hier keine Sekunde länger mehr aus. Sie musste unbedingt raus hier. Sofort. Weg von diesem Widerling! Sie erhob sich so abrupt, dass ihr Stuhl nach hinten kippte und krachend auf den Parkettboden knallte.

»Renate, es tut mir wirklich leid. Wir können uns gerne mal wieder zu zweit auf einen Kaffee treffen. Aber deinen Bruder ertrag ich nicht länger.«

Sie hob den Stuhl auf, rückte ihn wieder an den Tisch und machte sich dann daran, im Flur ihre Jacke vom Garderobenhaken zu nehmen. Renate eilte ihr nach.

»Aber Uschi, des darfsch doch net so ernscht nehma, was der schwätzt«, sagte sie kopfschüttelnd. »Des meint er eigentlich gar net so.«

»Doch, Renate. Genauso meint er das. Und mir reicht es jetzt. Er hat mir gestern Morgen schon in Inzigkofen damit gedroht, meinen Hund abzuknallen. Und jetzt das! Bei allem Respekt, aber der hat doch ein Rad ab!« Kopfschüttelnd streifte sie sich die Jacke über. »Die Tierschützer werden schon wissen, weshalb sie ihm drohen. Dein Bruder muss mal einen ordentlichen Schuss vor den Bug bekommen. Sonst begreift der gar nichts!«

Renate schnappte kurz nach Luft, verzichtete dann jedoch darauf, etwas zu erwidern.

Uschi war in diesem Moment egal, was ihre Gastgeberin von ihr dachte. Sie nickte Renate knapp zu, murmelte »Entschuldigung« und zog die Tür hinter sich zu.

Als sie zum Auto kam, wurde sie von Leopold überschwänglich begrüßt und liebkost. Während sie ihm durchs Fell kraulte, musste sie wieder an das Gespräch mit Schuster denken. Unfassbar! Sprach der allen Ernstes davon, es sei eine effektive Methode, aus jedem Rudel willkürlich einen Wolf zu erschießen … Wie konnte man nur solch wüste Gedanken haben, wenn man selbst einen Hund besaß? Hund und Wolf ähnelten sich doch so stark, dass selbst Experten wolfsähnliche Hunde nicht ohne Weiteres von Wölfen zu unterscheiden wussten!

Leopold hatte derweil den Kratzer auf ihrem Handrücken entdeckt und leckte nun ihre Wunde. Obwohl Uschi es eigentlich nicht mochte, von ihm geleckt zu werden, entlockte ihr die Fürsorge des jungen Hundes ein Lächeln. Was für eine treue Seele!

Der Braunbär stand hoch aufgerichtet da, das Maul weit aufgerissen, die Zähne gefletscht, bereit zum Angriff.

Wie eindrucksvoll musste dieses Tier gewesen sein, als seine Augen noch böse funkeln konnten, sinnierte Uschi beim Anblick des ausgestopften Bären. Jetzt war das Glas in seinen Augenhöhlen stumpf und staubig. Uschis Blick wanderte zu dem zweiten Braunbären hinüber. Er hatte ein ähnliches Schicksal wie sein ausgestopfter Artgenosse erlitten und stammte wie dieser aus den Karpaten. Allerdings stand er nicht exponiert im Raum, sondern diente als Wandbehang. Mit ausgestreckten Armen und Beinen war er kopfüber an die weiße Wand der Hubertushalle genagelt worden. Uschi musste für einen Moment an Petrus denken, verdrängte den Gedanken jedoch sogleich wieder. Rund um den Bären hingen unzählige Gehörne von Rehböcken, die man allesamt fein säuberlich mit einer Inventarnummer versehen hatte. Auf den Schildern konnte man darüber hinaus auch noch das Gewicht des erlegten Tieres, den Todestag und den Ort der Jagd ablesen. Laut ihrem Führer befanden sich über 640 Gehörne im Saal. Uschi fühlte sich beim Anblick der vielen Schädelplatten unbehaglich. Wie konnte man sich nur ein totes Tier an die Wand hängen? Sie würde das nie verstehen!

»Und hier sehen Sie einen Steinadler«, sagte Revierförster Grom, der die Themenführung »Waidmannsheil und Waidmannslust« höchstpersönlich durchführte.

Er machte seine Sache wirklich gut, strahlte er doch eine natürliche Autorität aus. Man hatte das Gefühl, dass er wusste, wovon er sprach. Ein Naturbursche durch und durch. Uschi hatte längst bemerkt, dass insbesondere die Damen beeindruckt zu dem gut aussehenden Förster mit der großen, kräftigen Statur aufsahen.

Grom wies an die Decke und in seiner Stimme schwang unüberhörbar ein gewisser Stolz mit, als er hinzufügte:

»Er stammt aus Tirol.«

Tatsächlich! Hoch oben an der Hallendecke schwebte ein ausgestopfter Adler mit weit ausgebreiteten Schwingen. Was für ein edles Tier! Uschi meinte, seinen heiseren Schrei zu hören, sah ihn über das Tal kreisen, immer höher, bis hinauf ins Gebirge, frei und majestätisch, der König der Berge. Sie schluckte und versuchte, sich ihr Aber nicht anmerken zu lassen. Auch wenn sie diese Tiertrophäen verabscheute, war ihr sehr wohl bewusst, dass ihre Moral Lücken aufwies und jegliche Konsequenz vermissen ließ. Schließlich hatte sie ihrer Nichte Clara damals zur Geburt ebenfalls ein Tierfell geschenkt. Es war das kuschlige Fell eines Öko-Langhaar-Schafes gewesen. Wo war da der Unterschied zu diesem Bärenfell? Wenn man mal davon absah, dass es auf der Welt mehr Schafe als Braunbären gab.

Beim Anblick der Hirschgeweihe musste sie unwillkürlich an Renates Hirschragout und den unschönen Ausgang des Abendessens denken. Es war gut, dass sie bei dieser Themenführung nun mal sachliche Informationen zur Jagd bekam.

»Meine Damen und Herren«, rief Grom über die Köpfe der Gruppe hinweg, »hier sehen Sie Isegrim, unseren Wolf!«

Uschi horchte auf und drängte nach vorn. Der Wolf interessierte sie am meisten. Wenn sie schon seinen Gedenkstein in Josefslust nicht hatte finden können, dann wollte sie das Tier nun wenigstens hier betrachten.

»Es ist der letzte Wolf, der im Fürstentum Hohenzollern-Sigmaringen geschossen wurde«, erklärte der Revierförster. »Nachdem er 1830 drei Schafe gerissen hatte, wurde die Treibjagd auf ihn eröffnet. 1831 haben sie ihn dann tatsächlich erwischt. Er wurde angeschossen und schleppte sich trotz Verwundung noch mehrere Kilometer weit, bevor er verendete.«

Einige der Gäste wirkten nun ziemlich betroffen und betrachteten den letzten frei lebenden Wolf voll Rührung.

Uschi trat etwas näher an den Wolf heran. Sie hatte ihn sich größer vorgestellt. Er reichte ihr lediglich bis zum Oberschenkel. Und dünn war er. Haut und Knochen. Nun ja, das mochte auch daran liegen, dass er ausgestopft war. Grom schien ihre Gedanken erraten zu haben.

»Er ist leider ganz schlecht präpariert worden«, gab er zu. »Und da er bei den Kinderführungen ständig von den Kindern gestreichelt wird, hat er inzwischen kaum noch Haare auf dem Kopf.« Er lachte auf und strich sich durch seine eigenen Haare, die auch schon hier und da lichte Stellen aufwiesen. »Ach, ich muss Ihnen unbedingt noch eine kleine Anekdote zu unserem Wolf erzählen«, erhob Grom die Stimme. »Bei einer Kinderführung fiel mir einmal ein kleines Mädchen auf, das sich vor den Wolf hinkniete. Als ich sie fragte, was sie denn da mache, erklärte sie mir, dass sie dem Wolf so besser ins Maul sehen könne. Sie wolle nachschauen, ob das Rotkäppchen und die Großmutter noch da drinnen im Bauch seien.«

Die Zuhörer lachten und Uschi gratulierte Grom insgeheim dafür, dass er es geschafft hatte, das Ruder herumzureißen und die mitleidig dreinschauenden Gäste wieder aufzuheitern. Während Grom mit seinen Gästen in den nächsten Saal wechselte, blieb Uschi zurück. Sie ging in die Knie und inspizierte das aufgerissene Maul des Wolfs. Die Zähne waren gut zu sehen, aber bis in den Rachen konnte man nicht blicken. In den Magen natürlich erst recht nicht. Ganz vorsichtig, ja beinahe zärtlich strich sie mit den Fingern über die grauen, drahtigen Haare des Wolfs. Armer Isegrim!

Die Führung endete in der Schlossküche. Auf silbernen Platten war eine erlesene Auswahl an Wildhäppchen bereitgestellt worden. Dazu wurde Sekt gereicht.

»Unserer hausgemachten Wildspezialitäten stammen allesamt aus dem Revier Josefslust«, erklärte Grom. »Da ich dort als Revierförster arbeite, kann ich Ihnen versichern, dass Sie bei uns nur die beste Qualität serviert bekommen. Die Tiere haben ein artgerechtes, glückliches Leben in Freiheit geführt und Sie werden sehen – das schmeckt man auch!«

Ja, sie haben sicher ein glückliches Leben gehabt, dachte Uschi argwöhnisch. Bis sie dem Jäger vor die Flinte gelaufen waren!

»Und da unser Wildfleisch ein regionales Produkt ist, mussten die Tiere auch keinen langen qualvollen Transport zum Schlachthaus über sich ergehen lassen. Unser Wildfleisch können Sie deshalb mit bestem Gewissen essen. Zudem haben Ernährungswissenschaftler festgestellt, dass das Verhältnis von Omega-3-Fettsäuren zu anderen vorhandenen Fettsäuren bei Wildbret ebenso gut ist wie bei Fisch. Es ist ein hochwertiges Nahrungsmittel und sogar besser als Bio!«

Uschi schnappte sich eine der Mini-Wildschweinfrikadellen und ging zu Grom hinüber, der gerade einer Dame erklärte, dass die Muffins eine Füllung aus Rehfleisch und Pilzen enthielten. Die Dame genoss offensichtlich die Aufmerksamkeit des hochgewachsenen Revierförsters mit den markanten Gesichtszügen und ließ kokett ihre Wimpern flattern, während sie ihm mit ihrem Sektglas zuprostete. Als Grom Uschi bemerkte, nahm er sogleich ein weiteres Glas Sekt vom silbernen Tablett und streckte es ihr mit einem ausnehmend charmanten Lächeln entgegen.

»Und, Frau Kollegin?«, erkundigte er sich. »Hat Ihnen die Themenführung ›Waidmannsheil und Waidmannslust‹ gefallen? War vermutlich nicht allzu viel dabei, was Sie für Ihre Mondscheinführung verwenden können.«

»Oh, es war wirklich sehr interessant! Und diese kulinarischen Leckerbissen hier zum Abschluss«, sie machte mit ihrer Wildschweinfrikadelle in der Hand eine weit ausladende Geste über das Büffet hinweg, »sind die absolute Krönung!«

»Ja, diese Führung kommt immer sehr gut bei den Leuten an. Die Jagd ist ein spannendes Thema.«

»Obwohl die Meinungen darüber in der Gesellschaft ja durchaus auseinandergehen«, gab Uschi zu bedenken.

»Das stimmt.« Grom nickte und nippte kurz an seinem Sekt. »Aber ich finde es wichtig, dass man gerade in der heutigen Zeit der Massentierhaltung und des Klimawandels über Alternativen des Fleischkonsums nachdenkt. Es ist gut, wenn dieses Thema kontrovers diskutiert wird. Nur so kommt Bewegung in die Gesellschaft und es gibt eine Chance auf ein verändertes Konsumentenverhalten.«

Uschi nickte stumm, während sie sich ihre Frikadelle schmecken ließ. Nachdem sie den letzten Bissen Wildschwein heruntergeschluckt hatte, meinte sie:

»Also ehrlich gesagt tue ich mich mit diesem Thema auch recht schwer. Einerseits finde ich es schlimm, wie die Schlachttiere heutzutage vielerorts gequält werden, andererseits ist mir die Jagd aber auch suspekt.« Sie musste an den Streit mit Schuster denken. »Wie kann man nur Freude daran haben, Tiere zu töten und Trophäen zu sammeln? Was geht da in so einem Jäger vor?«

»Ich glaube nicht, dass ein Jagdpächter tatsächlich Freude daran hat, ein Tier zu erschießen«, widersprach Grom. »In erster Linie erleben diese Menschen eine enge Naturverbundenheit, wenn sie ihre Freizeit im Wald verbringen. An den meisten Tagen kommt der Jäger ohne Beute nach Hause. Wenn es ihm nur ums Töten ginge, wäre dieses Hobby auf die Dauer ziemlich unbefriedigend.« Er fuhr sich mit der Hand übers Kinn. »Und dann sollte man sich auch mal vor Augen halten, dass der Mensch ja im Grunde schon immer Tiere gejagt hat. Seit der Steinzeit. Das liegt uns sozusagen genetisch im Blut.«

»Also ich verspüre genetisch überhaupt kein Bedürfnis zu jagen«, konterte Uschi mit einem breiten Grinsen.

»Dabei hat man inzwischen durch Höhlenzeichnungen festgestellt, dass auch die Frauen in der Steinzeit auf der Jagd waren.« Sie legte den Kopf schief. »Ich denke, es ist schon ein besonderer Schlag von Menschen, der heutzutage noch so einen starken Jagdtrieb verspürt. Prozentual gesehen ist der Anteil der Jäger in der Bevölkerung ja doch eher gering, oder?«

»Ich sag Ihnen mal was«, sagte Grom und wies mit seinem Zahnstocher auf ihre Brust. »Ohne Jagdpächter hätten wir in unseren Wäldern ein echtes Problem. Diese Leute kümmern sich nämlich nicht nur um den Biotopschutz, sondern legen auch Wildäcker und Salzlecken an oder befestigen Reflektoren an den Straßen, um Wildunfälle zu verhindern. Das wissen die meisten Leute nämlich gar nicht.«

»Das wusste ich tatsächlich nicht«, gab Uschi zu und äugte nach den letzten beiden Muffins auf der Etagere.

»Es besteht die Pflicht der Hege. Das heißt, dass die Jäger für den Erhalt der heimischen Wildtierbestände und für das ökologische Gleichgewicht im Wald zuständig sind. Die Jäger haben sogar den gesetzlichen Auftrag, Wildschäden zu minimieren und müssen bei der Prävention von Tierseuchen mithelfen. Dazu gehört aber auch, dass die Zahl der Wildtiere nicht überhandnehmen darf. Sie haben bestimmt mitbekommen, welche Probleme es zurzeit mit den Wildschweinen gibt? Das bekommt man kaum noch in den Griff!«

Uschi nickte zustimmend und beobachtete, wie ein Mann sich den letzten Muffin krallte. Toasthäppchen mit Wildleberwurst gab es noch zu Genüge. Die mochte sie aber nicht. Dann würde sie eben ihren Beitrag zur Dezimierung der Wildschweine leisten und noch eine der leckeren Frikadellen vertilgen. Sie entschuldigte sich kurz bei Grom, packte drei der Bällchen in eine Serviette und kehrte dann freudestrahlend zu ihrem Gesprächspartner zurück. Der Revierförster gefiel ihr in seiner besonnenen Art und es schien ihr, als hätte das, was er sagte, Hand und Fuß.

»Ich hätte da noch eine Frage zur Qualität des Wildfleischs«, sagte Uschi und schluckte den letzten Bissen ihrer Frikadelle herunter.

»Hat es Ihnen nicht geschmeckt?«, fragte Grom besorgt.

»Nein, nein!«, sagte Uschi lachend. »Es schmeckt alles hervorragend. Man hört nur immer wieder, dass Wildfleisch durch die verwendete bleihaltige Munition und die Nachwirkungen des Reaktorunfalls in Tschernobyl belastet sein soll.«

»Also da kann ich Entwarnung geben. In Baden-Württemberg darf seit 2016 keine bleihaltige Munition mehr verwendet werden.«

»Und wie ist es mit der Strahlenbelastung?«, hakte Uschi nach.

»Das ist vor allem im Südschwarzwald noch ein Problem«, gab Grom zu. »Deshalb wird dort das erlegte Wild genau geprüft. Wenn tatsächlich Cäsium gefunden wird, muss das Bret vernichtet werden.« Er schwenkte die Sektflasche. »Möchten Sie noch ein wenig Sekt?«

»Aber nur noch ein Schlückchen«, gluckste Uschi. »Ich muss schließlich noch fahren.«

Nachdem sie die letzte Frikadelle vertilgt hatte, kam sie auf das Thema zu sprechen, das ihr die ganze Zeit schon auf dem Herzen lag.

»Ich hätte da noch eine ganz andere Frage. An Sie als Jagdexperten sozusagen.« Sie wechselte von einem Fuß auf den anderen und merkte im selben Augenblick, dass das Thema sie schon wieder aufregte. »Gibt es tatsächlich ein Gesetz, das Jäger verpflichtet, wildernde Hunde zu erschießen?«

Uschi sah Groms Blick an, dass ihm das Thema unangenehm war. Er räusperte sich und nickte dann langsam.

»Nun«, sagte er schließlich. »Es gibt ein Gesetz, das den Jäger verpflichtet, das Wild vor wildernden Hunden und Katzen zu schützen.«

»Das heißt, dass jeder dahergelaufene Jäger meinen Hund einfach so erschießen kann, wenn ich ihn im Wald frei laufen lassen?«, fragte Uschi erbost.

»Nein, nein«, wiegelte Grom ab. »Das macht ein Jäger doch nur im Ausnahmefall. Wenn er den Hund oder die Katze auf frischer Tat ertappt und sich das Haustier nicht einfangen lässt. Nur im Notfall wird geschossen. Das ist doch klar.«

»Na, so klar ist das wohl nicht immer«, entgegnete Uschi und legte die Stirn in Falten. »Bei meiner letzten Begegnung mit einem Jäger hat er mir gedroht, meinen Hund das nächste Mal abzuknallen, wenn ich ihn nicht an die Leine nehmen würde. Dabei hat Leopold nur auf der Wiese herumgetollt.«

»Solange Sie in der Nähe sind und der Hund Ihnen folgt, darf er ihn nicht erschießen. Da können Sie beruhigt sein. Der wollte Sie bestimmt nur ein bisschen einschüchtern.«

»Ein bisschen? Der Typ hat mir echt Angst gemacht.«

»Das tut mir leid«, sagte Grom und lächelte sie versöhnlich an. »Aber schwarze Schafe gibt es nun mal in allen Berufsgruppen.«

»Und was ist mit den Katzen? Warum werden die erschossen? Eine Katze kann doch keinem Reh oder Wildschwein gefährlich werden.«

»Das nicht. Aber sie fressen Jungtiere und Vögel und plündern deren Nester. Und Katzen sind ja genau genommen immer auf der Jagd. Deshalb ist jede Katze im Wald auch automatisch eine wildernde Katze.«

»Das ist auch so etwas, das mir aufstößt«, bekannte Uschi. »Woher nimmt der Mensch sich das Recht zu jagen und erträgt gleichzeitig nicht die Konkurrenz von jagenden Tieren? Das ist doch anmaßend!«

»Ich glaube, Sie missverstehen da eine Sache grundsätzlich. Bei der Jagd steht nicht der Spaß am Abschießen der Wildtiere im Vordergrund. In erster Linie entnimmt der Jäger die Tiere, die nicht gesund erscheinen oder Verletzungen haben. Dafür legt er einen Lockplatz an und beobachtet die Tiere genau, bevor er entscheidet, welche Tiere er schießt.« Grom lehnte sich an den Herd an. »Natürlich schießt der Jäger auch zur Vermeidung von Wildverbiss, wenn die Anzahl der Tiere überhandnimmt. Durch die Waldwirtschaft und Nutztierhaltung hat der Mensch außerdem so stark in das Ökosystem eingegriffen, dass die natürliche Bestandsregulierung nicht mehr im Gleichgewicht ist. Deshalb muss der Mensch nachhelfen. Der Jäger erfüllt eine wichtige Aufgabe im Wald – zumindest solange die großen Raubtiere wie Luchs oder Wolf diese wichtige Selektionsaufgabe nicht erfüllen können.«

Uschi holte tief Luft und legte nun erst richtig los.

»Und das ist ja eine Sache, die ich absolut gar nicht nachvollziehen kann. Die Jäger rechtfertigen die Jagd also damit, dass sie als Ersatz für das Großraubwild agieren müssen. Sobald aber heutzutage ein Wolf im Wald auftaucht, zücken sie gleich die Flinte und würden ihn am liebsten auf der Stelle abknallen.«

Grom drehte sein Sektglas zwischen den Fingern und hatte plötzlich einen sehr ernsten Gesichtsausdruck.

»Der Wolf ist streng geschützt. Wer ihn illegal tötet, begeht eine Straftat. Und das Strafmaß ist nicht ohne. Es drohen hohe Geldstrafen. Und wenn es blöd läuft, kann man sogar im Knast landen.«

»Dafür muss die Polizei einen aber erst einmal erwischen«, murrte Uschi und zog die Mundwinkel nach unten. »Und das ist doch, seien wir mal ehrlich, recht unwahrscheinlich. Da muss man sich wirklich schon arg blöd anstellen.« Grom wollte etwas erwidern, doch Uschi kam ihm zuvor. »Dieser Typ, der 2015 den Wolf am Schluchsee abgemurkst hat, läuft jedenfalls immer noch frei rum.«

Der Tod lauerte an der Schranke des Bahnübergangs. Umhang, Gesichtsmaske und Kapuze waren schwarz. In der Dunkelheit war er deshalb beinahe unsichtbar. Wenn, ja wenn da nicht der silberne Glanz seiner Sense gewesen wäre.

Uschi verlangsamte ihren Schritt etwas. Sie konnte dem Tod nicht ausweichen. Wenn sie nicht einen riesigen Umweg machen wollte, musste sie das Nadelöhr des Bahnübergangs passieren. Sie sah sich unauffällig um. Weit und breit war keine Menschenseele zu sehen. Sigmaringen wirkte wie ausgestorben. Während sie weiterging, beschloss sie, den Tod einfach zu ignorieren. Auf diese Weise würde er sie vielleicht ungeschoren davonkommen lassen.

Unsicher blickte sie erst nach rechts, dann in die Gegenrichtung. Man konnte nie wissen, ob plötzlich vielleicht doch ein Zug angerauscht kam. Dann straffte sie die Schultern, raffte ihr Kleid und senkte den Blick. Sie musste sich schließlich darauf konzentrieren, nicht auf den Gleisen zu stolpern. Obwohl sie nicht aufsah, spürte sie den Blick des Todes auf sich ruhen. Uschi holte tief Luft. Ein letzter großer Schritt, dann hatte sie es geschafft.

Die Sense senkte sich so schnell wie ein Fallbeil. Abrupt blieb Uschi stehen, starr vor Schreck. Der Tod neigte den Kopf und fixierte sie grimmig.

»Angst?«

Die Stimme des Todes klang tief. Tief und bedrohlich.

Uschi verzog das Gesicht zu einem schiefen Grinsen und versuchte, ihr Erschrecken zu überspielen. Stumm schüttelte sie den Kopf.

Der Tod stieß ein höhnisches Lachen aus.

»Ich kann deine Angst riechen. Den Tod kann man nicht belügen. Merk dir das!« Langsam hob er die Sense an und raunte: »Aber keine Sorge. Deine Zeit ist noch nicht gekommen. Für heute lass ich dich unbescholten ziehen.«

Uschi entgegnete nichts, sondern ging rasch weiter. Vor Schreck hatte es ihr regelrecht die Sprache verschlagen. Nur weg von dieser Sense.

»Und lass dich nicht mit dem Teufel ein. Hörst du? Sonst siehst du mich schneller wieder, als dir lieb ist!«

Na, der kam sich ja mächtig toll vor, dachte Uschi verärgert. Kaum waren die Leute vermummt, nahmen sie sich Dinge heraus, die sie sich unmaskiert nie getrauen würden. Das war bestimmt so ein armes Würstchen, das ansonsten nichts zu melden hatte.

Uschi eilte weiter. In einer halben Stunde begann ihre Führung und beim ersten Mal konnte man ja nie so recht abschätzen, wie viel Zeit die letzten Vorbereitungen in Anspruch nehmen würden. Vermutlich brauchte sie schon allein zehn Minuten, bis sie all die aufgestellten Kerzen und Laternen angezündet hatte. Aber es war ja nicht mehr weit. Von hier aus konnte sie sogar bereits das Schloss sehen. Gelb angestrahlt hob es sich gegen den Nachthimmel ab. Uschi blieb für einen Moment stehen. Das Schloss sah bezaubernd aus! Die Schönheit mancher Bauelemente wurde durch die Beleuchtung sogar noch stärker hervorgehoben als bei Tag. Dennoch hatte das Wechselspiel aus Licht und Schatten zugleich etwas Unheimliches, etwas Geheimnisvolles. Wie bei einem Scherenschnitt streckten die schwarzen Bäume rund um das Schloss ihre Äste empor und kontrastierten effektvoll mit den gelben Mauern. Aber wie ein Gruselschloss wirkte das Gemäuer deshalb noch lange nicht. Uschi betrachtete das Eisentor. Ob sie wohl durch den Schlosspark abkürzen konnte? Nein, so wie es aussah, gab es hier keinen

Durchgang. Schade! Dann musste sie eben den üblichen Fußweg durch die Fußgängerzone nehmen, der über Treppen und diverse Schleichwege hoch zum Schloss führte.

Je näher sie dem Schloss kam, desto nervöser wurde Uschi. Hoffentlich bekam sie das mit den Karteikarten hin. Und hoffentlich kamen nicht irgendwelche schwierigen Fragen, die sie nicht beantworten konnte. Wenn sie die Führung nur schon hinter sich hätte! Sie würde sich nach ihrer Heimkehr auf jeden Fall noch mit einem Glas Rotwein belohnen. Egal wie spät es auch werden würde. Bei dem Gedanken an den Rückweg fühlte sie sich jetzt schon unbehaglich. Hoffentlich begegnete sie nicht nochmals dem Tod! Sie nahm das Handy aus der Handtasche und schaltete es ein. Nun hätte ihr das kleine Pfefferspray, das ihr Clara mal vor einiger Zeit geschenkt hatte, gute Dienste leisten können. Aber das lag zu Hause in der Schublade. Während sie durch die dunkle Unterführung zum Schloss hoch stöckelte, hielt sie das Handy in ihrer Faust fest umklammert. Viel Sicherheit gab ihr das Ding in ihrer Hand allerdings nicht. Es war fraglich, ob sie bei einem überraschenden Angriff überhaupt in der Lage wäre, schnell genug einen Notruf abzusenden.

Misstrauisch schaute sie sich um. Es war so still. Wo waren sie denn alle, diese Schauergestalten, die an Halloween ihr Unwesen trieben? Außer dem Tod, zwei herumlungernden Skeletten und einem Jugendlichen, der seinen abgehackten Kopf in den Händen getragen hatte, war ihr bislang niemand begegnet. Während in anderen Städten heute Abend gewiss die Hölle los war, herrschte hier absolut tote Hose. Aber vielleicht war es ja auch noch zu früh am Abend. Zumindest Vampire waren bekannt dafür, erst nach Mitternacht auf Touren zu kommen. Uschi sollte es recht sein. Sie legte keinen gesteigerten Wert darauf, den Jugendlichen zu begegnen. In ihrer Aufmachung als adlige Dame wäre sie für die Zombies und Monster mit Sicherheit ein gefundenes Fressen!

Das Geld für das Waffeleisen war immer noch nicht auf seinem Konto eingegangen. Dabei hatte er das Gerät doch schon vor zehn Tagen zurückgeschickt. Ich hätte einfach ein normales Gerät im Haushaltswarengeschäft kaufen sollen, dachte er unwirsch. So ein Unsinn – Waffeln in Form einer Lebensblume! Als ob es Herzchen nicht auch getan hätten! Aber wenn sich Renate mal was in den Kopf gesetzt hatte, dann ließ sie sich nicht mehr davon abbringen. So war sie schon immer gewesen. Dieses Lebensblume-Waffeleisen war natürlich in ganz Sigmaringen nicht aufzutreiben gewesen. Die schwäbische Hausfrau backte eben im Normalfall Herzchen und keine Blumen. Aber gut. Sie hatte sich das Ding zum Geburtstag gewünscht. Also hatte er alle Hebel in Bewegung gesetzt, so ein Gerät zu besorgen. Im Internet war er erstaunlich schnell fündig geworden. Die Stichwörter Waffeleisen und Lebensblume hatten genügt. Dass das Gerät vom anderen Ende der Welt geschickt werden musste, hatte seine Schwester wenig interessiert. Auch nicht, dass der Spaß acht Euro Porto gekostet hatte.

Als sie dann aber eine Anleitung mit chinesischen Schriftzeichen erhielt, beschwerte sie sich. Und nachdem der Teig nach dem fünften Versuch immer noch in den Rillen der Blume hängen geblieben war, hätte sie das Gerät am liebsten an die Wand geklatscht. Das Urteil war schnell gesprochen: retour! Da er das blöde Ding besorgt hatte, war es logischerweise auch seine Aufgabe gewesen, es wieder zurückzuschicken. Inzwischen backte sie ihre Waffeln doch wieder in Herzchenform und er trug das Risiko, ob die Chinesen sein Geld tatsächlich wieder rausrücken würden.

Ein zarter Glockenschlag riss ihn aus seinen Gedanken. Am unteren Rand des Bildschirms erschien ein Fenster. Er hatte soeben eine Nachricht erhalten. Sein Herz schlug augenblicklich schneller, als er das kleine Bildchen identifizierte. Da war sie wieder! Lucy Ferber. Endlich! Rasch klickte er auf die Meldung, woraufhin sich sogleich das Fenster öffnete.

»Hallo, Hans-Otto! Hier bin ich wieder.« Ein Smiley lachte ihn an.

»Hallo, Lucy!«, schrieb er zurück. »Wie geht es dir?«

Seine Finger zitterten so, dass er sich vertippte und die Nachricht mehrfach korrigieren musste. Eigentlich hätte er sie gerne gefragt, weshalb sie sich fast vier Wochen lang nicht gemeldet hatte. Aber das traute er sich nicht. Er wollte sie auf gar keinen Fall verärgern. Oder sie unter Druck setzen. Diese Frage stand ihm im Grunde auch gar nicht zu. Schließlich kannten sie sich ja bisher nicht persönlich. Noch nicht.

Ein halbes Jahr war es nun her, dass sie ihm die Freundschaftsanfrage gestellt und sogleich offene Türen bei ihm eingerannt hatte. Ein Blick auf das Bild dieser Frau hatte genügt. Sie war einfach bezaubernd. Seine absolute Traumfrau! Lange blonde Lockenmähne, hübsches Gesicht und einen kurvigen Körper à la Marylin Monroe. Gut, das Foto war mit Sicherheit bearbeitet worden. Vermutlich mit einem Sepia-Filter. Aber auch wenn ihr Teint vielleicht in Wirklichkeit nicht ganz so makellos war und sie die eine oder andere Lachfalte hatte, spielte dies ja überhaupt keine Rolle. Er war schon so lange auf der Suche nach einer neuen Partnerin. Und er hatte so viele Enttäuschungen einstecken müssen. Meist wurden seine Freundschaftsanfragen von den Frauen, die er kontaktierte, ignoriert. Vielen war er schlicht und einfach zu alt. Und falls sich doch einmal ein Kontakt ergeben hatte, stellte sich meist schnell heraus, dass die Frau verheiratet war oder irgendwelche Probleme hatte.

Dass sich mal eine so hübsche Frau für ihn interessieren könnte, hätte er sich nie träumen lassen. Gut. In ihrem Status hatte sie angegeben, verheiratet zu sein. Aber offenbar hatte sie keine Kinder. Und so wie es aussah, stand die Ehe nicht zum Besten. Sonst hätte sie ihm ja keine Freundschaftsanfrage gestellt. In der Anfangszeit hatten sie fast täglich miteinander kommuniziert. Gut, manchmal war es nur ein Smiley gewesen, den sie geschickt hatte. Aber immerhin. Sie hatte an ihn gedacht. Das genügte ihm, um ihn für den Rest des Tages glücklich zu machen. Ja. Er hatte sich verliebt. Obwohl er von dieser Frau so gut wie nichts wusste. Er kannte weder ihr Alter noch ihren Wohnort. Eigentlich wusste er nicht einmal, ob Lucy ihr richtiger Name war. Nun ja, bei so einem Prachtweib musste man geduldig sein. Irgendwann würde sie sich ihm enthüllen. Bis dahin musste er sich eben mit den Smileys und Herzchen zufriedengeben.

Doch in letzter Zeit hatte es immer öfter lange Durststrecken gegeben. Lucy hatte sich tagelang nicht gemeldet, manchmal sogar wochenlang. Und er war schier umgekommen vor Sehnsucht. Er war verrückt nach ihr! Jeden Tag hatte er nachgesehen, ob sie ihm geschrieben hatte. Manchmal sogar mehrfach am Tag. Die letzten vier Wochen waren ihm wie eine Ewigkeit vorgekommen. So lange hatte sie ihn noch nie zappeln lassen. Er hatte zunehmend Angst gehabt, dass sie sich vielleicht gar nicht mehr bei ihm melden würde. Und nun war sie plötzlich wieder da. Als sei nichts gewesen!

»Mir geht es gut. Und dir?«

»Ich habe dich sehr vermisst.«

Nun war es raus. Was würde sie dazu wohl sagen? Ungeduldig beobachtete er, wie sich die Pünktchen wellenförmig auf und ab bewegten. Was schrieb sie denn da so lange? Die Pünktchen verschwanden. Dann waren sie wieder da. Auf und ab.

»Hast du Lust, mich heute zu treffen?«

Für diesen Satz hatte sie so lange gebraucht? Ein breites Lächeln stahl sich auf sein Gesicht. Ob er Lust hatte? Unbändige Lust! Sein Herz wummerte so wild in seiner Brust, dass er kaum mehr imstande war, die Antwort zu verfassen.

»Ja! Ich freue mich sehr! Sag mir nur wann und wo.«

Er starrte auf den Bildschirm. Nichts. Keine Reaktion. Nervös kaute er an seinem Daumennagel. Hatte er etwas Falsches gesagt? Warum antwortete sie nicht? Zwei, drei Minuten vergingen. Immer noch keine Antwort. Warum quälte sie ihn so? Vielleicht war ja in diesem Moment der Postbote gekommen oder sie hatte einen wichtigen Anruf erhalten. Es würde schon einen Grund geben, weshalb sie nicht sofort antworten konnte. Dann würde er inzwischen mal auf die Toilette gehen.

Als er zurückkam, hatte sie immer noch nicht reagiert.

Also würde er jetzt nochmals nachhaken.

»Hallo? Bist du noch da?«

Nichts.

Verärgert wandte er sich wieder seinem Kontoauszug zu.

Aber die Zahlen verschwammen vor seinen Augen. Was interessierten ihn jetzt die Abbuchungen? Es ging gerade um eine viel wichtigere Sache. Er wechselte das Fenster. Endlich! Pünktchen! Sie war wieder da! Und schrieb. An ihn!

»24 Uhr. Teufelsbrücke in Inzigkofen.«

Er stutzte. Was? So spät? Und dann mitten im Wald? Auf der Teufelsbrücke? Empfand sie das als romantisch? Er hätte sich viel lieber mit ihr in einem Hotel getroffen. Trotz seiner Verwunderung beeilte er sich, ihr zu antworten.

»Gut. Ich werde da sein.«

»Man darf mich nicht erkennen. Ich werde deshalb eine Maske tragen.«

Okay. Vermutlich stammte sie aus der Gegend und musste achtgeben, dass niemand sie erkannte. Schließlich war sie verheiratet. Hoffentlich bedeutete dies aber nicht, dass sie sich nur mit einer Maske zu ihm traute und sie sich folglich immer nur an Fasching und Halloween sehen konnten. Rasch verdrängte er den Gedanken. Wenn sie erst einmal an ihm Gefallen gefunden hatte, würde sie vielleicht ihren

Mann verlassen. Er würde jedenfalls alles tun, um ihr zu gefallen. Da! Sie schrieb weiter.

»Ich kann es kaum erwarten, dich zu küssen. Ich möchte in deinen Armen liegen. In deine Augen sehen. Spüren, wie deine Hände unter meinen Rock wandern. Spürst du meine Lippen?«

Er japste nach Luft. Oh ja. Er spürte ihre Lippen. Und er spürte noch viel mehr … Donnerwetter! Die war ja scharf drauf! Unglaublich! Er wäre bereit gewesen, bis ans Ende der Welt zu reisen, um sie heute Nacht sehen zu können. Spüren zu können. Und wenn sie ihn auf der Teufelsbrücke sehen wollte, dann sollte es so sein! Von dort aus konnten sie immer noch in ein Hotel gehen. Es war viel zu kalt, um im Freien ihrer Leidenschaft freien Lauf zu lassen. Obwohl ihm im Moment so heiß war, dass er auch dies nicht prinzipiell ausgeschlossen hätte. Als er jung war, hatte er mal ein Techtelmechtel auf dem Hochsitz gehabt. Die Erinnerung daran erregte ihn immer noch. Wenn es nur schon so weit wäre! Seine Finger flogen in wildem Eifer über die Tastatur, vertippten sich immer wieder und konnten nicht ansatzweise das in Worten abbilden, was in seinem Inneren tobte. Er würde sie verschlingen. Mit Haut und Haaren.

»Liebe Lucy, ich spüre deine Lippen und kann es kaum erwarten, dich heute Nacht in die Arme zu schließen. Ich werde um Mitternacht auf der Teufelsbrücke auf dich warten. Trage etwas Warmes über deinem Röckchen.«

Herzlichen Willkommen im Hohenzollernschloss Sigmaringen! Heute ist eine besondere Nacht. Es ist Halloween! Deshalb wird es in unserer heutigen Mondscheinführung auch um Hexen, Geister und andere gruselige Inhalte gehen.«

Uschi linste zum Himmel. Laut Monduhr musste sich hinter dieser Wolkendecke irgendwo der abnehmende Halbmond befinden. Tja, da konnte man nichts machen. Musste die Mondscheinführung eben ohne ihren Protagonisten auskommen. Vielleicht ließ er sich ja gegen Ende der Führung blicken.

»Der Mond war von jeher für die Menschen ein Symbol für das Mystische und Magische. In früheren Zeiten ordneten die Menschen dem Vollmond jeden Monats eigene Namen zu. Weiß jemand, wie man den Vollmond im Oktober nannte?«

Die Leute sahen sie aufmerksam an.

»Blutmond!«

Uschi hielt einen Moment inne und fragte dann:

»Können Sie sich vorstellen, weshalb man den Oktobermond Blutmond genannt hat?«

»Ist es nicht so, dass der Mond bei einer Mondfinsternis blutig rot erscheinen kann?«, mutmaßte ein junger Mann mit Brille.

»Das stimmt. Aber die Bezeichnung Blutmond hat einen anderen Hintergrund. Im Oktober waren die Menschen früher gezwungen, für den bevorstehenden Winter Fleisch einzulagern. Bei der Schlachtung von Wild- und Hoftieren floss viel Blut. Daher der Name.«

Für den Bruchteil einer Sekunde hatte Uschi das Gefühl, in stumpfe Rehaugen zu blicken. Seufzend rückte sie ihren Federhut zurecht. Das Bild von dem abgetrennten Tierkopf würde sie wohl nicht mehr so schnell loswerden. Es hatte sich bereits in ihr Gedächtnis eingebrannt. Uschi räusperte sich, hob dann den Rock etwas an und beeilte sich, ins Innere des Schlosses zu kommen. Das hohenzollerische Wappen neben der Eingangstür ignorierte sie geflissentlich. Wenn sie nicht bald ins Warme kam, würde sie noch anfangen, mit den Zähnen zu klappern! Ein älterer Herr kam ihr zuvor und hielt ihr mit einer galanten Geste die Tür auf. Uschi schob sich an ihm vorbei und bedankte sich mit einem breiten Lächeln.

»Ja, gehen Sie nur schnell hinein«, sagte er freundlich. »Sie sind ja so dünn angezogen. Nicht dass sie sich noch den Tod holen!«

»Ich bin nicht so empfindlich«, entgegnete Uschi rasch und unterdrückte den Drang, sich die kalten Oberarme zu reiben.

Auch wenn der Mann mit dem letzten Kommentar sicher nur seine Fürsorge zum Ausdruck bringen wollte, fühlte sie sich auf den Schlips getreten.

Ja, sie hatte sich aus purer Eitelkeit dafür entschieden, die Führung ohne Mantel durchzuführen. Schließlich hatte sie wirklich lange im Internet gesucht, um dieses Kleid im Stil von 1900 zu finden. Es war supergünstig gewesen. Made in China. Uschi hatte beim Anprobieren die Luft angehalten und den Bauch eingezogen, aber nachdem sie es erst einmal geschafft hatte, den Reißverschluss zu schließen, hätte sie es am liebsten gar nicht mehr ausgezogen. Da spielte es auch keine Rolle, dass das Kleid dazu neigte, mit der Zeit nach oben zu rutschen. Auch wenn es einen Tick zu eng war – das Kleid war ein Traum! Die Schulterpartie aus Spitze ging in einen glänzenden Satinstoff über, der an Hüften und Po vorteilhaft gerafft war. Gut, vielleicht war der figurbetonte Schnitt für ihr Alter etwas gewagt, aber andererseits war das Kleid hochgeschlossen, bodenlang und langärmelig. Also alles im grünen Bereich und gewiss nicht übertrieben sexy.

Allein mit dem Kleid war es aber nicht getan. In der Zeit um 1900 hatten die Damen stets farblich passende Hüte zu ihren Kleidern getragen. Die damalige Hutmode gab sich äußerst extravagant, was dazu führte, dass die Damen entweder pompös ausgeschmückte Wagenräder auf dem Kopf trugen oder sich stattdessen mit winzigen Hütchen krönten, die üblicherweise schräg aufgesetzt wurden. Uschi hatte sich für die kleine Variante entschieden. Aber dafür mit Glitzer. Und Federn. Und natürlich nachtblau. So wie das Kleid. Und ebenfalls made in China. Da Uschi nie Hüte trug, empfand sie das Hütchen, so klein es auch war, als Fremdkörper auf ihrem Kopf. Durch die Schräglage wurde sie zudem das Gefühl nicht los, dass das Ding verrutscht war, und ertappte sich immer wieder bei dem Versuch, das festgesteckte Hütchen zurechtzurücken.

»Huh, hier ist es aber dunkel!«, rief eine ältere Dame, als sie den Kanonensaal passierten.

Uschi schmunzelte. Man sah kaum die Hand vor Augen. Aber die Leute waren ja schließlich hergekommen, um sich zu gruseln. Deshalb hatte man auf die übliche Beleuchtung verzichtet und stattdessen Laternen aufgestellt.

»Bleiben Sie bitte dicht beieinander und verlassen Sie nicht den roten Teppich«, raunte Uschi. »In so einem großen Schloss mit 380 Zimmern kann man bei Dunkelheit leicht verloren gehen. Wir gehen jetzt zum ›Schwarzen Salon‹ in der oberen Etage.«

»Geht's noch schwärzer?«, witzelte ein junger Mann, der seine Freundin vorsichtshalber an die Hand genommen hatte.

»Oh ja, Sie werden gleich sehen!«

Die Gäste taten es Uschi gleich, hangelten sich am goldenen Treppengeländer entlang und tapsten dann in einer dicht gedrängten Traube hinter ihrer Führerin her, um ja den Anschluss in den schummrigen Gängen nicht zu verlieren.

Der »Schwarze Salon« war wie geschaffen für eine Gruselführung. Die roten Samtvorhänge kontrastierten effektvoll mit der schwarzen Stuckkassettendecke aus Grafit. Die darauf angebrachten goldenen Sterne und Sonnen verliehen dem Salon ein magisches Ambiente.

»Magie! Damit verbinden wir heute eigentlich nur positive Dinge. Wenn jemand einen magischen Moment erlebt hat, dann war dies bestimmt ein besonders schöner, womöglich sogar ein romantischer Moment. Bei Zauberei denken wir meist an Geschichten von sympathischen Zauberern und Hexen, wie sie in der Welt von Harry Potter in Erscheinung treten.«

Die Zuhörer nickten und betrachteten dabei die goldenen Sterne an der Decke.

»Der Begriff Magie war aber nicht immer positiv besetzt«, merkte Uschi an. »In früheren Zeiten hatten die Menschen Angst vor Magie. Insbesondere vor schwarzer Magie. Der Glaube an Wesen, die mit ihrem Zauber Schaden anrichten können, ist uralt und kommt in sehr vielen Kulturen vor. Bereits die Römer versuchten beispielsweise, durch Amulette diverse Schadenzauber abzuwehren. Im Mittelalter wurde die Furcht vor solchen Schadenzaubern in der Bevölkerung durch Hungersnöte und Epidemien wie die Pest zunehmend größer. Ab dem 13. Jahrhundert ging dann auch die Kirche davon aus, dass es Personen gab, die mit dem Teufel einen Pakt geschlossen hatten und die mit dessen Hilfe Hexerei durchführten. Bei den Beschuldigten handelte es sich meist um Frauen. Man warf ihnen vor, sie hätten Geschlechtsverkehr mit dem Teufel gehabt und würden nachts auf Besen oder Ziegenböcken zum Hexensabbat fliegen.«

Uschi strich sich unauffällig über ihre Hüften und zog das Kleid ein Stück tiefer.

»Man machte die vermeintlichen Hexen für alles Erdenkliche verantwortlich. Wenn es hagelte, die Milchkuh plötzlich weniger Milch gab oder jemand schwer krank wurde, steckte nach Meinung der Geschädigten ein böser Zauber dahinter. Stellt sich nun die Frage, woran man eine Hexe erkennen konnte. Was denken Sie?«

Uschi sah fragend in die Runde.

»Besen, rote Haare, Warze auf der Nase und eine schwarze Katze auf der Schulter«, sagte der junge Witzbold, der sich auch schon zuvor im Flur geäußert hatte.

Seine Freundin schaute verlegen drein, aber die anderen Teilnehmer der Gruppe waren dankbar für die Auflockerung und lachten schallend. Das Thema Hexenverbrennung war keine leichte Kost und weckte furchtbare Assoziationen von gellend schreienden Frauen, die bei lebendigem Leib auf dem Scheiterhaufen verbrannt worden waren. Als das Gelächter verebbt war, meldete sich eine kleine Frau mit Brille zu Wort.

»Manchmal wurden Hebammen und Heilerinnen, die sich mit Kräutern auskannten, als Hexe bezeichnet«, sagte sie ernst.

»Ja«, stimmte Uschi zu. »Wenn die Heilerin oder Hebamme nicht helfen konnte, wurde ihr manchmal unterstellt, einen Schadenzauber angewandt zu haben. Manchmal genügte es aber auch schon, wenn eine Frau hübscher war als andere Frauen oder besondere Fähigkeiten hatte, die Neid aufkommen ließen. Womöglich wollte sich der eine oder andere Mann auch dafür rächen, dass er von der Dorfschönheit abgewiesen worden war. Oder man wollte einfach an das Hab und Gut einer Witwe gelangen, die keinen männlichen Vormund hatte und somit ihre Rechte nicht durchsetzen konnte. Was auch immer der Grund für die Anklage war, der Verdacht auf Hexerei war schnell geäußert.« Sie räusperte sich. »Auf dem Land wurden übrigens mehr Frauen als in der Stadt verbrannt.«

Uschi nahm sich vor, bei der nächsten Führung das Thema »Hexen« etwas kürzerzufassen. Oder wegzulassen. Die Leute wollten sich schließlich gruseln. Auf angenehme, humorvolle Weise. Das Thema »Hexenverbrennung« war viel zu bedrückend und hinterließ keinen Gruseleffekt, sondern tiefe Betroffenheit. Auf die geplante Besichtigung der

Folterkammer würde sie verzichten. Wenn die Leute nun auch noch Streckbank und Wagenrad zu Gesicht bekämen, könnte sie die bereitgestellten Lebkuchen in der Schlossküche wohl alleine essen.

Sie zog ihre letzte Karteikarte hervor, überflog die Stichwörter darauf und rückte zerstreut ihren Hut zurecht. Ganz langsam schwebte eine blaue Feder zu Boden. Uschi ließ augenblicklich von ihrer Kopfbedeckung ab und bückte sich nach der Feder. Wenn sie so weitermachte, sah sie bald aus wie ein gerupftes Huhn! Sie steckte die Feder in den Hut zurück und räusperte sich deutlich vernehmbar.

»Nach all dem Grusligen, Düsteren möchte ich Ihnen nun aber noch abschließend eine heitere Anekdote zum Thema ›Sterne‹ erzählen: Sherlock Holmes und Dr. Watson gehen zelten. Mitten in der Nacht weckt Holmes Watson auf und sagt: ›Watson, gucken Sie nach oben und sagen Sie mir, was Sie sehen.‹ ›Ich sehe Millionen von Sternen‹, antwortet Watson schläfrig. Darauf Holmes: ›Und was schlussfolgern Sie daraus?‹ Watson denkt eine Minute nach und sagt dann: ›Also, astronomisch betrachtet sagt es mir, dass es Millionen von Galaxien und Milliarden von Planeten gibt. Astrologisch betrachtet beobachte ich, dass der Saturn im Löwen steht. Zeitlich betrachtet schlussfolgere ich, dass es ungefähr Viertel nach drei ist. Meteorologisch betrachtet vermute ich, dass wir morgen schönes Wetter haben. Theologisch betrachtet sehe ich, dass Gott allmächtig ist und wir nur ein kleiner, unbedeutender Teil des Universums sind. Und was schlussfolgern Sie, Holmes?‹ Holmes schweigt einen Augenblick lang und sagt dann: ›Watson, Sie Trottel, jemand hat unser Zelt geklaut!‹«

Die Gäste lachten befreit und Uschi war froh, dass sie es geschafft hatte, die bedrückenden Bilder der Hexenverbrennung aus den Köpfen zu vertreiben.

Sie blickte auf ihre Uhr. Wenn sie sich mit dem Glühwein etwas beeilte, konnte sie es womöglich noch schaffen, vor

Anbruch der Geisterstunde am Auto zu sein. Und der Tod? Der hatte hoffentlich in der Zwischenzeit ein anderes Opfer gefunden.

Im Wald war es still. Ungewöhnlich still.

Lag wohl an der kalten Witterung, dass die nachtaktiven Tiere lieber in ihrem Unterschlupf blieben, anstatt umherzustreifen.

Bei Tag konnte man von hier aus über die Höll-Schlucht hinweg bis zur Donau blicken. Er leuchtete mit der Taschenlampe in die Tiefe. Gestrüpp. Weiter reichte der Lichtschein nicht. Er drehte sich um, lehnte sich an die halbhohe Mauer und machte die Lampe aus. Es war vernünftiger, die Batterien zu schonen. Wenn die Funzel versagte, würde sich der Rückweg schwierig gestalten.

Doch er hielt die Schwärze nur wenige Sekunden aus. Schon knipste er die Taschenlampe wieder an und leuchtete erst in die eine, dann in die andere Richtung. Eine laue Vollmondnacht wäre für ein erstes Treffen die bessere Wahl gewesen, dachte er verdrossen. Das wäre romantisch gewesen! Er machte die Lampe wieder aus. Dafür war dies die perfekte Halloweennacht: neblig, kalt und irgendwie … unheimlich.

Von welcher Richtung sie wohl kommen würde? Vermutlich von links. Das war die einfachere Strecke. Noch war alles ringsum dunkel. Dabei müsste ihre Taschenlampe ja schon von Weitem durch die Nacht leuchten. Wo blieb sie nur? Hoffentlich kam sie überhaupt! Er beleuchtete seine Armbanduhr. Schon acht Minuten nach Mitternacht. Womöglich hatte sie die Wegstrecke nicht richtig eingeschätzt und kam deshalb zu spät.

Er dachte an ihren schönen Mund. Nicht mehr lange, dann würde er ihre Lippen spüren. Er würde sie erst einmal in die Arme schließen und lange, lange küssen. Irgendwann würde er sie dann an die Hand nehmen und sie davon überzeugen, dass es besser wäre, mit ihm zu gehen. Er hatte zu Hause schon alles für sie hergerichtet. Sogar das Bett hatte er extra frisch bezogen. Und Kerzen aufgestellt. Bei dem Gedanken an die bevorstehenden Stunden wurde er ganz kribbelig. Ob es für sie wohl in Ordnung wäre, wenn er ihr tatsächlich unter den Rock fasste? Oh je! Hoffentlich hatte sie keine Stöckelschuhe angezogen! Damit würde sie es niemals bis hierher schaffen …

Wie dumm, dass sie keine Handynummern ausgetauscht hatten! Nun war er gezwungen, hier zu warten. Falls sie sich verlaufen hatte, konnte sie ihn nicht einmal kontaktieren. Und was, wenn bei ihr etwas dazwischengekommen war und sie gar nicht kam? Dann stand er sich hier auf dieser Brücke vergeblich die Beine in den Bauch. Er vergrub seine kalten Finger etwas tiefer in den Jackentaschen.

Da! Zwischen den Bäumen dort hinten hatte etwas aufgeblitzt. Dann war alles wieder dunkel. Hatte er sich das Aufleuchten nur eingebildet? Nein, da war es wieder! Das Licht hüpfte auf und ab. Es kam eindeutig näher. Das war sie! Endlich!

Er knipste seine Taschenlampe an und schwenkte sie über dem Kopf. Hier bin ich! Hier! Er war mit einem Mal so aufgeregt, dass er die Kälte gar nicht mehr wahrnahm. Er glühte innerlich vor Freude! Wie lange hatte er darauf gewartet! Und jetzt war es soweit.

Er konnte sie freilich immer noch nicht sehen, aber das Licht war nur noch 20 Meter von ihm entfernt. Ob sie wohl tatsächlich das Röckchen trug, von dem sie gesprochen hatte? Bei den Witterungsverhältnissen wohl eher nicht. Nanu? Warum hatte sie denn die Taschenlampe jetzt ausgemacht?

Wollte sie auch ihre Batterien schonen? Er ging einen Schritt auf sie zu und hob die Lampe etwas höher, um ihr den Weg zu beleuchten. Nicht, dass sie noch über eine Wurzel stolperte, seine Geliebte. Ein breites Lächeln stahl sich auf sein Gesicht. Ach, er war so glücklich! Nun konnte er schon ihre Schritte hören. Und dann trat sie endlich aus der Dunkelheit heraus. Sein Lächeln gefror.

Das Erste, was er wahrnahm, waren die Hörner.

Hörner eines Teufels. Ganz in schwarz gekleidet stand er da, mit langem wallendem Umhang. Der Kopf steckte komplett unter einer grässlichen Maske, hinter der man nicht einmal die Augen erkennen konnte. Die Gesichtszüge der Teufelsmaske wirkten so wutverzerrt, dass man den grauenhaften Anblick kaum ertrug.

Aber … das konnte sie doch nicht sein! Er hatte mit vielem gerechnet, aber nicht damit. Was ihn am meisten irritierte, war nicht das Teufelskostüm an sich, sondern die Tatsache, dass die Person nicht näher kam und ihn nur schweigend anstarrte. Ganz starr stand sie da. Lauernd. Irgendetwas Bedrohliches ging von diesem Menschen aus. Nachdem er die ersten Schrecksekunden überwunden hatte, überschlugen sich seine Gedanken regelrecht. Vielleicht war sie ja doch verheiratet und es war ihr Mann, der ihm hier in Gestalt des Teufels entgegentrat! Konnte sein, dass er ihren Briefwechsel gelesen hatte, dachte er beklommen. Und nun war der Mann auf 180 und wollte es ihm heimzahlen. Langsam ließ er seinen Arm nach unten sinken.

Erst jetzt sah er, dass der Teufel einen Begleiter hatte. Ein riesiger schwarzer Hund stand neben der maskierten Person. Geduckte Haltung, die Ohren angelegt, die Zähne gefletscht. Der Hund stand unter massiver Spannung, drohte ihm.

»Ganz ruhig«, raunte er dem Hund zu.

Wenn er es nicht schaffte, das Tier zu beruhigen, konnte

die Sache böse enden. Der Hund wirkte gefährlich. Und zu allem Übel war er auch noch frei!

Verängstigt wich er zurück, stieß allerdings bereits nach einem Schritt an die Brückenmauer.

Teufel und Hund rückten näher.

Plötzlich traf ihn gleißend helles Licht mitten ins Gesicht. Er blinzelte erst irritiert, war dann aber gezwungen, den Kopf abzuwenden und die Augen zu schließen. In diesem Moment hörte er das Kommando:

»Spring!«

Hastig fuhr er herum. Der schwarze Hund kam aus dem Licht heraus auf ihn zugeflogen. Da er nicht ausweichen konnte, lehnte er instinktiv den Oberkörper zurück. Die Pfoten des Hundes trafen ihn mit solcher Wucht auf die Brust, dass er augenblicklich nach hinten kippte. Noch während er entsetzt nach Luft japste, riss es ihn bereits von den Füßen.

Er fiel. Kopfüber. Mit weit aufgerissenen Augen.

Ein Schrei war nicht zu hören, dafür aber ein dumpfes Geräusch, als sein Körper tief unten aufschlug.

Der Teufel stand noch eine Weile regungslos auf der Brücke und blickte hinab in die Höll. Dann strich er dem schwarzen Hund über den Kopf und verschwand mit dem Tier in der Dunkelheit.

Kurz darauf war der Wald wieder ganz still. Ungewöhnlich still.

Uschi liebte die frühen Morgenstunden. Der junge Tag kam leise daher, mit mattem Licht und sanften Farben. Jeder neue Tag bot ungeahnte Chancen. Alles konnte passieren. Aufregendes. Schönes. Abenteuer. Sogar Träume konnten wahr werden. Uschi war froh, dass sie zu den Lerchen gehörte. Der Morgen hatte so etwas Hoffnungsfrohes, Positives. In den Abendstunden konnte sie dagegen auch manchmal eine gewisse Melancholie empfinden.

Auch Leopold begrüßte jeden Morgen mit einem stürmischen Schwanzwedeln. Einmal Strecken genügte und schon stürzte er sich mit unbändiger Begeisterung in den Tag. Umso freudiger, wenn es – so wie heute – gleich zu einem Spaziergang in die Natur hinausging.

Er raste mit fliegenden Ohren voran, glücklich, frei laufen zu dürfen.

Die Vögel zwitscherten bereits lautstark in den Bäumen und taten der vermeintlichen Frühaufsteherin kund, dass es so früh beileibe nicht mehr war und der Tagesanbruch schon eine ganze Weile zurücklag. Dabei war sie heute tatsächlich in aller Herrgottsfrühe in Albstadt losgefahren, um Leopold einen ausgiebigen Spaziergang bieten zu können. Sie hatte sich nämlich um 11 Uhr für die Kammerdienerführung angemeldet. Obwohl ihre erste Mondscheinführung gut gelaufen war, fühlte sie sich nach wie vor unsicher, wenn sie sich im Schloss bewegte. Es war beschämend, wie wenig sie als Schlossführerin über das Schloss und seine Geschichte Bescheid wusste. Sicher konnte so mancher Teilnehmer ihrer Führungen mit mehr Wissen aufwarten als sie selbst. Diese Kammerdienerführung würde hoffentlich dazu beitragen, ihre Lücken weitgehend zu schließen. Sie konnte allerdings schlecht einschätzen, wie lange diese Themenführung letztlich dauern würde. Zumal in der Schlossküche wieder Sekt und Gebäck gereicht werden würde. Deshalb war es besser, Leopold bekam im Vorfeld genügend Auslauf. Dann konnte sie ihn im Auto lassen und hoffen, dass er bis zu ihrer Rückkehr schlief und kein Theater veranstaltete.

Uschi beschleunigte ihren Schritt. Sie hätte nicht so viel Kaffee trinken dürfen! Es war wirklich immer das Gleiche mit ihr… Nun gut, sie würde schon ein Plätzchen finden. Genügend Bäume und Büsche gab es ja in diesem Park.

Ein großes Schild stach ihr ins Auge, das die Besucher des Fürstlichen Parks mit den Parkregeln vertraut machte. Seltsam. Dieses Schild war ihr bislang noch nie aufgefallen. Was? Erste Regel: Hunde sind anzuleinen! Na toll! Also gegen diese Regel hatte sie nun schon so oft verstoßen, dass es auf dieses eine Mal sicher auch nicht mehr ankam. Zweite Regel: Der Park ist sauber zu halten. Ein Hund im Halteverbot, der gerade dabei war, mit Rundrücken sein Geschäft zu verrichten, verdeutlichte das Verbot für potenzielle Analphabeten. Dritte Regel: Nutzen Sie die öffentliche WC-Anlage beim Sportplatz. Veranschaulicht wurde das dritte Gebot durch – Uschi schnappte nach Luft – ein Männchen, das an einen Tannenbaum urinierte! Also, das war ja schon anmaßend! Außerdem musste sie inzwischen noch dringender auf die Toilette! Wo war denn hier bitte der Sportplatz?

Sie entdeckte einen gelben Wegweiser. *Turnhalle 2,5 Kilometer.* Uschi schluckte. Sollte das heißen, dass sich die einzige öffentliche Toilette weit und breit in 2,5 Kilometern Entfernung befand? Glaubten diese Herrschaften allen Ernstes, dass sie mit zusammen geklemmten Beinen mehrere Kilometer bewältigen würde, nur um ihre Notdurft ordnungsgemäß zu hinterlassen? Pustekuchen! Das war ja geradezu lächerlich!

Uschi marschierte mit trotzig gerecktem Kinn weiter und ließ die Leine dabei locker in ihrer Hand baumeln. Wenn sich Leopold so richtig auspowern sollte, musste er herumrennen können. Vor und zurück, hin und her, so wie es seine Art war. Um diese Uhrzeit war im Fürstlichen Park doch eh kein Mensch unterwegs. Hans-Otto Schuster wollte sie zwar nicht unbedingt begegnen, aber wenn nötig, würde sie schon mit ihm fertig werden. Außerdem hatte sie ja notfalls noch die Hundepfeife. Lena hatte sie ihr ausgeliehen. Und erstaunlicherweise reagierte Leopold ganz hervorragend auf diesen Pfiff. Sie brauchte nur ein-, zweimal zu pfeifen und schon kam er angerast. In Kombination mit verabreichten Leckerlis funktionierte es sogar noch besser. Oh, oh. Aber dieser Rundrücken, den Leopold da gerade machte, gefiel ihr ganz und gar nicht! Hätte er sich nicht wenigstens etwas mehr ins Gebüsch verziehen können? Sachte zog sie ihn am Halsband etwas weiter ins Gebüsch hinein, was Leopold mit einem leisen Knurren quittierte. Verflixt! Nun hatte sie schon gegen die zweite Parkregel verstoßen! Und natürlich gab es hier weder Hundetütchen noch entsprechende Abfallbehälter, um das Corpus Delicti ordnungsgemäß entsorgen zu können!

Ein Wegweiser verwies auf ein Denkmal, das Amalie ihrem geliebten Bruder Fürst Friedrich III. gesetzt hatte. Ah, hier konnte sie vielleicht mal austreten! Uschi schlug den schmalen Pfad ein, der vom Hauptweg abzweigte und spiralförmig auf einen kleinen Hügel hinaufführte. Ein Schild neben dem Denkmal verkündete, dass sich von diesem Aussichtspunkt der Blick auf die Kirche von Laiz und das Schloss Sigmaringen eröffnen würde. Uschi stellte sich auf die Zehenspitzen. Also ihr eröffnete sich hier gar nichts. Sie sah nur hohe Büsche. Nicht einmal die Spitze eines Turmes war zu erkennen. Schade! Das Gestrüpp musste dringend mal zurückgeschnitten werden! Dieses Denkmal schien schon lange nicht mehr zu den Highlights des Parks zu gehören. Der ideale Platz also, um ein, zwei Minuten ungestört zu sein! Nach ihrem kurzen Abstecher in die Büsche fühlte sich Uschi deutlich wohler. Und das, obwohl sie gerade gegen die dritte Parkregel verstoßen hatte.

Nach wenigen Minuten hatten sie bereits das Ufer der Donau erreicht. Während Leopold im Gras herumschnupperte, schaute Uschi auf einen markanten Felsen, der am selben Ufer nach einer Biegung aus dem Wasser ragte. Von Weitem sichtbar hatte man an der Felswand ein Wappen und darunter eine Inschrift aus Eisen angebracht.

»Andenken an Amalie Zephyrine 1841«, murmelte Uschi.

Ja, an den Amalienfelsen konnte sie sich tatsächlich noch gut erinnern. Gerne dachte sie an das Erlebnis zurück, als sie in ihrer Sigmaringer Zeit auf einer Kanutour unterhalb des Felsens vorbeigepaddelt war. Die 30 Meter hohe Felswand ragte senkrecht aus dem Wasser empor und wirkte vom Kanu aus ungemein imposant. Hinzu kam die romantische Sage, die sich mit dem Amalienfelsen verband. Danach hatte sich die Fürstin Amalie Zephyrine mitsamt ihrem Schimmel von diesem Felsen aus in die Fluten der Donau gestürzt. Und zwar aus Liebeskummer! Wenn das mal nicht tragisch war!

Während Uschi den schattigen Weg zum Amalienfelsen hochstieg, stach ihr ein ovales Schild mit dem hohenzollerischen Wappen darauf ins Auge, das an einer mächtigen Buche befestigt worden war. Was war das denn? Ein persönlicher Stammbaum, den man kaufen konnte? Der Inschrift nach war dies der *Lebensbaum* einer gewissen Mechthild. Eigentlich eine schöne Idee, dachte Uschi. So ein persönlicher Stammbaum. Für ein neugeborenes Kind zum Beispiel. Oder als Hochzeitsbaum. Das letzte Wegstück führte durch eine Lindenallee. Die mit Moos und Efeu überzogenen Stämme und die gelblich verfärbten, lichten Blätterkronen der mächtigen Bäume wirkten selbst im Spätherbst noch wildromantisch.

Als Uschi den Amalienfelsen erreicht hatte, band sie Leopold sogleich vorsorglich an einem Baum fest. Nicht, dass er noch vom Felsen stürzte und sie mit in den Abgrund zog. Es ging verdammt tief runter. Und es gab keine Absperrung. Vorsichtig ging sie an den Rand des Felsens und lugte auf die Donau hinunter. Von hier aus konnte man sogar die neue Hängebrücke sehen, die zu der gegenüberliegenden Eremitage führte. Uschi schloss für einen Moment die Augen. Wie ruhig es hier war! Der Wind trug den leisen Klang einer Kirchenglocke herüber. Ansonsten hörte man nur das Zwitschern der Vögel. Vielleicht hatte sich Amalie ja tatsächlich hierher zurückgezogen, wenn sie Liebeskummer gehabt hatte. Und dann hatten die Leute irgendwann diese Selbstmord-Geschichte erfunden. Aufgrund der Sage hatte sie früher stets Gänsehaut bekommen, wenn sie von diesem Felsen aus in die Tiefe geblickt hatte. Als sie dann aber zu einem späteren Zeitpunkt erfahren hatte, dass diese Sage gar nichts, aber auch rein gar nichts mit den realen Gegebenheiten zu tun gehabt hatte, war sie doch ein wenig enttäuscht gewesen. Gut, es war nur eine Sage. Aber man hoffte ja doch immer, dass ein Funken Wahrheit hinter der Geschichte steckte. Man hätte zum Beispiel den Schimmel weglassen können. Oder den Liebeskummer. Aber die Tatsache, dass Amalie Zephyrine in Wahrheit 1841 in Sigmaringen gestorben war und das im betagten Alter von 81 Jahren, hinterließ das Gefühl, hereingelegt worden zu sein.

Erst im Zuge ihrer Recherchen für die bevorstehende Führung im Schloss hatte sie sich noch einmal näher mit der sagenumwobenen Fürstin Amalie Zephyrine beschäftigt und war nun erst recht ins Staunen gekommen. Die Fürstin musste eine faszinierende Frau gewesen sein. Sie hatte 1806 durch ihr taktisches Geschick und ihre guten Beziehungen zu Napoleons Frau Joséphine erreicht, dass das Fürstentum Hohenzollern-Sigmaringen von Napoleons Flurbereinigung verschont geblieben war und seine Unabhängigkeit bewahren konnte. Seit dieser Zeit wurde sie als »Retterin Hohenzollerns« verehrt. Dass sie als junge Frau allerdings ihren wenige Wochen alten Sohn in Sigmaringen zurückließ und in Männerkleidern nach Paris geflohen war, ließ auf eine eher unglückliche Ehe mit Anton Aloys von Hohenzollern-Sigmaringen schließen. Insofern war es nachvollziehbar, dass man ihr den Selbstmord aus Liebeskummer angedichtet hatte. Erst über 20 Jahre später kam Amalie nach Sigmaringen zurück, bezog 1811 ein Landschlösschen in Inzigkofen und ließ den Fürstlichen Park dort nach ihren Vorstellungen gestalten.

Das Tröten eines Zuges holte Uschi in die Gegenwart zurück. Sie sah auf die Uhr. Noch fast drei Stunden Zeit bis zum Beginn der Führung. Genügend Zeit also um eine Runde zu laufen. Hoch zur Teufelsbrücke und von dort über die Felsengrotten zurück zum Kloster. Sie ließ ihren Blick ein letztes Mal über die Wiesen, Felder und Häuser in der Ferne schweifen, bevor sie sich auf den Weg zur Teufelsbrücke aufmachte.

Ging es da aber steil hoch! Uschi bemühte sich um einen gleichmäßigen Schritt und beneidete den jungen Hund um dessen Vitalität und seine vier Pfoten. Während sie wie eine alte Dampflok schnaufte, sprang er in großen Sätzen leichtfüßig voraus. Schon war er um die nächste Biegung verschwunden. Uschi zog die Hundepfeife aus der Jackentasche und pfiff kräftig hinein. Sie wartete. Bestimmt würde er gleich um die Ecke geschossen kommen. Nach einer Weile gab sie einen zweiten entrüsteten Pfiff von sich. Wo blieb er denn? War er womöglich schon so weit entfernt, dass er den Pfiff nicht gehört hatte? Oh nein, dachte sie nervös. Hoffentlich verfolgte er gerade kein Wildtier, das ihm über den Weg gelaufen war. Sie pfiff ein drittes Mal in die Pfeife. Dieses Mal so laut und schrill, dass es ihr selbst in den Ohren wehtat. Nichts. Er kam nicht. Tja, dann musste eben der Berg zum Propheten kommen. Na warte! Der konnte was erleben! Als sie um die Biegung kam, war von Leopold immer noch nichts zu sehen. Wo steckte er nur? Normalerweise blieb er doch immer in Sichtweite!

Sie war noch nicht ganz bei der Teufelsbrücke angelangt, als sie ihn bellen hörte. Oh je, kein gutes Zeichen. Uschi beschleunigte ihren Schritt. Ah, da war er ja! Er stand auf den Hinterbeinen, die Vorderpfoten auf die Brückenmauer gestützt und kläffte aufgebracht. Er war ganz außer sich. Seltsam. Warum machte er das? Auch wenn er sich aufrichtete, war er nicht groß genug, um über die Mauer hinweg ins Tal zu blicken. Hatte er womöglich ein Tier gerochen?

»Leopold! Schäm dich«, schimpfte Uschi, während sie näher kam. »Man darf doch nicht einfach weglaufen!«

Leopold ignorierte ihren Tadel und bellte in einem fort.

»Was ist denn da?«

Uschi schob Leopolds Pfoten von der Mauer und schaute nun selbst in die Höll-Schlucht hinab. Sie ließ ihren Blick über die steilen Felswände hinweg bis hinunter zum Donau-Ufer schweifen. Nein, da war kein Tier. Dennoch war Leopold völlig aus dem Häuschen, rannte bellend um sie herum und sprang ihr derweil sogar in die Kniekehlen.

»Hörst du jetzt wohl auf damit!«, schimpfte Uschi, packte ihn am Geschirr und leinte ihn an.

Sie verstand wirklich nicht, weshalb sich Leopold so ereiferte. Sie schaute noch einmal in die Tiefe. Aber was war das denn? Da zwischen dem Gestrüpp … Ihr Blick blieb an einem gelben Fleck hängen. Sie kniff die Augen zusammen. Das könnte … das könnte … verflixt, sie sah einfach viel zu schlecht! Und hatte mal wieder keine Brille dabei!

Sie befestigte die Handschlaufe der Leine um ihren Fuß, damit sie die Hände frei hatte. Dann legte sie ihre Mittelfinger an den äußeren Rand ihrer Augenlider und zog die Haut nach außen. Sie hatte mal gelesen, dass man die Linse auf diese Weise im Notfall straffen konnte und es dadurch leichter fiel, zu fokussieren. Manchmal schien diese Methode tatsächlich zu helfen. Sie beugte sich ein wenig vor und betrachtete mit Mandelaugen den gelben Fleck. Tatsächlich!

Das war ein gelber Schuh! Ein gelber Gummistiefel! Hm, vermutlich war er irgendwann einmal bei Hochwasser angeschwemmt worden und dort im Gestrüpp hängen geblieben. Leopold zerrte an ihrer Fußfessel. Herrje! Nun hätte sie beinahe das Gleichgewicht verloren!

»Ruhig jetzt!«

Sie warf dem jungen Aussie einen bitterbösen Blick zu und lehnte sich mit den Unterarmen auf die Mauer, um ihren Stand zu stabilisieren. Irgendetwas irritierte sie an diesem Gummistiefel. Sie legte erneut ihre Fingerspitzen auf die äußeren Augenwinkel und zog daran. Ein heiserer Schrei drang an ihr Ohr. Ein Eichelhäher hatte sie von einer nahen Baumkrone aus erspäht und warnte die Waldbewohner vor den Eindringlingen. Uschi lehnte sich noch etwas weiter über die Brüstung. Sah sie das richtig? Konnte das sein? Sie zog ihre Augen noch etwas straffer, da sie nicht glauben konnte, was sie sah. Auch wenn ihr Verstand noch daran zweifelte, hatte ihr natürlicher Instinkt den Körper schon längst in Alarmbereitschaft versetzt. Ihr Herz schlug so wild in ihrer Brust, dass es ihr schier den Atem raubte. Aus dem Gestrüpp ragte – ein Bein!

Uschi japste bestürzt nach Luft. Oh Gott! Das war ja furchtbar! Da war jemand verunglückt!

»Hallo? Hallo!«, brüllte sie ins Tal. »Sind Sie verletzt?«

Kaum hatte Leopold das Stichwort »Hallo« vernommen, schlug er erneut an.

»Aus!«, fuhr in Uschi an. »Sei leise!«

Doch Leopold dachte gar nicht daran, leise zu sein. Also hielt Uschi ihm kurzerhand die Schnauze zu und reckte gleichzeitig ihren Kopf, um besser hören zu können. Nichts. Leopold winselte und versuchte, sich von ihrem Schnauzengriff zu befreien. Uschi ließ ihn los und starrte wieder zu dem Gebüsch hinunter. Dort unten regte sich gar nichts. Vielleicht war die Person bewusstlos. Sie musste irgendwie da runterkommen. Aber wie? Sie betrachtete die Felswände, ging die Brücke erst nach links, dann nach rechts ab. Nein. Da konnte man nirgends absteigen. Man müsste sich schon abseilen. Herrgott noch mal! Sie musste Hilfe holen. Aber wie? Ohne Handy! Das lag nämlich in ihrer Handtasche im Auto. Mal wieder. Weil sie nicht lernfähig war. Dann blieb ihr nur noch die Möglichkeit, um Hilfe zu rufen.

»Hilfe! Ich brauche Hilfe! Hallo? Hört mich jemand? Hilfe!«

Womöglich gab es ja doch einen Spaziergänger in der Nähe!

Sie warf einen erneuten Blick in die Tiefe. Das Bein ragte immer noch in gleicher Position in die Höhe. Oh je, hoffentlich war der Mensch da unten nicht tot! Falls er von der Brücke herabgestürzt war, dann war er dies gewiss. Einen Sturz aus 20 Metern Höhe überlebte niemand. Aber wenn sie es recht sah, dann gab es dort unten an der Donau entlang auch einen schmalen Pfad. Ziemlich zugewachsen. Kaum mehr zu erkennen. Die Rettungsmannschaft musste diesen Weg nehmen. Sie durfte nicht vergessen, dies am Telefon zu erwähnen. Wie man diesen Fußweg erreichte, konnte sie jedoch nicht sagen. Das mussten die Retter schon selbst herausfinden. Nun galt es, die Polizei so schnell wie möglich zu informieren. Und die Feuerwehr noch gleich dazu. Und den Notarzt. Und am besten auch noch die Bergwacht. Wenn es hier so etwas gab. Uschi rannte los.

Eine Stunde später herrschte in der Höll-Schlucht bereits rege Betriebsamkeit. Rettungsdienst und Polizei hatten den Zugang vom Tal aus gewählt und waren über den Uferweg zu der Leiche vorgedrungen. Notarzt und Krankenwagen waren schon wieder abgezogen. Es gab für den Rettungsdienst nichts mehr zu tun. Der Notarzt hatte die leblose Person gleich nach dem Eintreffen untersucht und einen unnatürlichen Tod festgestellt. Nun war die Polizei damit beschäftigt, den Fundort abzusperren. Da der Zustand der Leiche darauf schließen ließ, dass die Person von der Brücke aus in die Tiefe gestürzt war, sperrten die Polizisten darüber hinaus auch das Gebiet rund um die Teufelsbrücke ab.

Uschi saß nicht weit davon entfernt auf einer Bank und wurde von einem Polizisten in Uniform als Zeugin vernommen. Leopold hatte den Polizisten erst einmal argwöhnisch beschnuppert, diesen dann aber als ungefährlich eingestuft und saß nun mit dem Hinterteil auf Uschis Schuh, den Rücken an ihr rechtes Bein geschmiegt.

»So, nun müsste ich Sie bitten, mir noch einige Fragen fürs Protokoll zu beantworten«, sagte der Polizist, lächelte kurz und zückte dann eifrig den Kugelschreiber.

Uschi blickte ihn aus trüben Augen an. Sie fühlte sich immer noch ganz mitgenommen von dem Leichenfund. Der Schock legte sich langsam. Dafür verspürte sie nun eine aufsteigende Übelkeit. Auch wenn sie nur ein Bein gesehen hatte, wurde ihr ganz schlecht bei dem Gedanken an den zerschmetterten Körper. Sie wollte sich gar nicht ausmalen, was die Sanitäter da zu Gesicht bekommen hatten. Nach so einem Sturz … Schrecklich!

»Wie heißen Sie?«

»Uschi Lämmle.«

Während sich der Polizist den Namen notierte, erlaubte sich Uschi, eine Gegenfrage zu stellen.

»Und wie heißen Sie?«

Der Polizist stutzte einen Moment, blickte dann aber von seinen Notizen auf und nickte.

»Stimmt. Ich habe mich ja noch gar nicht vorgestellt. Mein Name ist Kraut. Kriminalkommissar Kraut.« Er beugte sich wieder über sein Protokoll. »Alter?«

Uschi fuhr sich mit den Fingern durch die hochgesteckten Haare.

»65.«

»Adresse?«

»Salamanderweg 8, Albstadt.«

»In welcher Beziehung stehen Sie zu dem Toten?«

Er legte den Protokollbogen auf den Knien ab und musterte sie interessiert.

»Beziehung? In gar keiner Beziehung. Ich kenne den Toten doch gar nicht!«

»Sind Sie sicher, dass Sie den Toten nicht kennen?«

»Aber ja doch! Ganz sicher!«

Er sah sie kurz prüfend an, nickte dann aber und hielt die Aussage auf dem Protokollbogen fest.

»Wir vermuten, dass der Tote von der Brücke gestürzt ist. Bevor ich Ihnen nun weitere Fragen stelle, möchte ich Sie darauf hinweisen, dass Sie ein Aussageverweigerungsrecht haben.«

»Warum sollte ich die Aussage denn verweigern wollen?«, wunderte sich Uschi. »Ich kann zu der Sache ja eigentlich kaum etwas sagen.«

Kraut strich sich über seinen Oberlippenbart und dachte kurz nach. Dann machte er sich eine Notiz und fuhr mit der Befragung fort.

»Haben Sie beobachtet, wie die Person von der Brücke gestürzt ist?«

Uschi schüttelte stumm den Kopf. Der Polizist wartete, strich sich erneut über seinen Oberlippenbart und blickte sie fragend an.

»Nein. Ich habe gar nichts gesehen. Nur das Bein.«

»Sind Ihnen irgendwelche verdächtigen Personen aufgefallen? Kam Ihnen jemand auf dem Weg zur Teufelsbrücke entgegen? Oder war jemand in der Nähe, als Sie auf der Brücke waren?«

»Nein. Ich habe niemanden gesehen. Ich bin auf den Toten nur durch meinen Hund aufmerksam geworden. Weil der wie verrückt gebellt hat. Ansonsten habe ich überhaupt nichts Verdächtiges gesehen. Und auch nichts gehört.« Sie räusperte sich. »Hören Sie, ich kann Ihnen da leider nicht weiterhelfen. Und ich müsste nun auch dringend los. Ich habe um 11 Uhr einen Termin in Sigmaringen.«

Kraut nickte und klappte seine Mappe zu.

»Sie können gehen. Ich habe vorerst keine Fragen mehr an Sie.«

Als sich Uschi erhob, konnte sie ein Stöhnen nicht unterdrücken. Der Tag hatte so verheißungsvoll angefangen und nun das! Sie brauchte nach diesem Erlebnis dringend etwas Ablenkung. Die Führung würde sie hoffentlich auf andere Gedanken bringen. Leopold war froh, dass es endlich weiterging, und sprang schwanzwedelnd auf. Uschi warf einen letzten Blick auf die Teufelsbrücke zurück. Ob die Spurensicherer in ihren weißen Overalls wohl brauchbare Spuren finden würden?

Schwarzer Frack mit Messingknöpfen, Lackschuhe, rote Samtweste, Spitzenschluppe und dazu weiße Handschuhe. Kammerdiener Fritz wirkte wie aus dem Ei gepellt.

»Hier bitte schön. Ihre neue Identität.«

Mit einer galanten Verbeugung überreichte er Uschi eine Visitenkarte. Erleichtert stellte sie fest, dass die Schriftgröße ausreichend groß gewählt worden war. *Frau Oberbaudirektorin Steidle.* Uschi war ein wenig enttäuscht. Nur der Volksschullehrer und der Postdirektor gehörten so wie sie zum einfachen Fußvolk. Die anderen Gäste hatten wesentlich imposantere Identitäten erhalten. Die Besuchergruppe der Kammerdienerführung hatte sich dank der neuen Identitäten in eine illustre Schar adliger Herren und Damen mit schillernden Adelstiteln verwandelt. Uschi hatte das Gefühl, dass den Leuten das Rollenspiel durchaus gefiel und der Kammerdiener so mancher Dame ein stolzes Lächeln entlockte, wenn er sie als Baronesse von Schreckenstein, Comtesse von Lemberg oder gar Prinzessinnen von Rumänien ansprach.

Uschi beobachtete unauffällig drei ältere Damen, die in historischen Kostümen zu der Führung erschienen waren. Sie hatten sich ordentlich in Schale geworfen und trugen unter ihren ausladenden Brokatkleidern sogar Reifröcke. Samt, Seide, Pelze, Schmuck, Handschuhe, Hüte und Handtaschen – alles war farblich aufeinander abgestimmt. Wie die drei Damen aus der Zauberflöte, ging es Uschi durch den Sinn und sie unterdrückte ein Grinsen. Fehlte nur noch, dass sie dem Kammerdiener ein goldenes Schloss vor den Mund hängten! Hatten die Damen die Ausschreibung der Führung missverstanden? Die »Kammerdienerführung« war im Programm auch als historische Kostümführung bezeichnet worden. Aber dies bezog sich ja lediglich auf den Schlossführer und nicht auf die Gäste. Wenn die Kostümierung tatsächlich auf einem Missverständnis beruhen sollte, dann überspielten die Damen den Fauxpas aber äußerst souverän. Von Unsicherheit oder gar Scham keine Spur. Im Gegenteil. Sie genossen ihren Auftritt sichtlich und wirkten sehr zufrieden, dass sie von Fritz standesgemäße Titel erhalten hatten.

»So, wir werden nun eine Zeitreise ins Jahr 1900 machen«, erklärte Fritz und lächelte vielversprechend. »Dazu müssen Sie nun allerdings ein wenig Ihre Fantasie bemühen. Wenn ich nachher beispielsweise davon sprechen werde, dass es vor sieben Jahren einen verheerenden Brand im Schloss gegeben hat … Was bedeutet das dann?«

»Dass es 1893 gebrannt hat«, schlussfolgerte der Baron von Schreckenstein und hakte sich bei der Prinzessin von Russland unter.

»Ja, genau so war es. Stellen Sie sich das mal vor: Beim Verlegen der elektrischen Leitungen im Schloss hatten die Handwerker beim Verlöten nicht aufgepasst und somit einen Schwelbrand verursacht. Das eigentliche Drama war aber, dass die Feuerwehr enorme Probleme hatte, das Feuer zu löschen, da die hohenzollerischen Schläuche nicht zu den preußischen Hydranten passten! Am Ende war der Ostflügel fast vollständig zerstört worden.«

Uschi war gedanklich nicht mehr bei der Sache. Ihr ging dieses Bild einfach nicht mehr aus dem Kopf. Von diesem Bein. Wie es senkrecht, aus dem Gestrüpp heraus in die Höhe geragt hatte! Was für ein schrecklicher Anblick!

Die Gruppe ging ein paar Schritte weiter. Als Fritz seinen Vortrag fortsetzte, zwang sich Uschi erneut zur Konzentration und hielt die wichtigsten Informationen in ihrem Notizbuch fest. Sie wollte bei ihrer nächsten Mondscheinführung die Schlossgeschichte zwar weiterhin aussparen, aber es war immer gut, für eventuelle Nachfragen gewappnet zu sein und ein gewisses Hintergrundwissen zu besitzen.

»Was schreiben Sie denn da so eifrig mit, Frau Oberbaudirektorin Steidle?«, fragte Fritz neugierig und rückte Uschi ins Zentrum des Interesses.

»Äh, ich mache mir über den baulichen Zustand Notizen«, sagte Uschi beschlagen und musterte stirnrunzelnd die gegenüberliegende Mauer. Die Leute grinsten.

»Oh, das ist sehr gut! Dann darf ich Sie gleich mal darauf hinweisen, dass da oben an der Wand die Farbe abblättert. Dabei ist der Hof doch dieses Jahr erst frisch verputzt worden!« Fritz schüttelte empört den Kopf. »Und wenn man bedenkt, dass der Turm gerade mal vor fünf Jahren neu aufgesetzt worden ist und jetzt schon die Verzierung an der Ecke bröckelt! Also, ich fürchte, da müssen Sie schon noch mal ran.«

Uschi nuckelte an ihrem Bleistift, nickte ernst und kritzelte dann beflissen in ihr Büchlein.

»Gab es hier nicht auch schon in früheren Zeiten mal einen Brand?«, fragte der Volksschullehrer.

»Ja, das war im Jahre 1530«, bestätigte Fritz und senkte die Augenlider. »Ist aber eine etwas heikle Geschichte. Graf Felix von Werdenberg hatte eine Geliebte namens Leonora, die er sich angeblich mit seinem Bruder Christoph teilte. Es heißt, dass er sich an jenem Tag mit Leonora im Badhaus vergnügt haben soll und dabei war ihm wohl das Feuer aus dem Blick geraten.« Er zwinkerte einem Herrn zu und flüsterte hinter vorgehaltener Hand: »Was man ja ein Stück weit nachvollziehen kann, nicht wahr?«

Der Herr zuckte mit den Mundwinkeln, was für den Kammerdiener Zeichen genug war, sich wieder um mehr Integrität zu bemühen.

»Nun ja, so kam es wohl zu diesem Brand, dem in der Tat das Badehaus samt Hinterhaus zum Opfer fiel.«

Er räusperte sich, richtete seine Halsschluppe und führte die Gruppe dann in die Schlossküche, wo bereits der Begrüßungssekt bereitstand. Marke »Prinz von Hohenzollern«. Dazu wurde köstlich duftendes Mürbeteiggebäck in Form kleiner Kronen gereicht – frisch aus dem Ofen und exklusiv für die anwesenden Gäste gebacken. Geschickt eingefädelt, dachte Uschi und genoss das kühle Prickeln im Gaumen. Nach so einem Gläschen Sekt waren die Leute von Anfang an gleich viel entspannter. Fritz wies auf den großen Herd, der in der Mitte der Küche stand und fast den ganzen Raum ausfüllte.

»An diesem Herd können bis zu zehn Köche gleichzeitig arbeiten. Da die Töpfe sehr schwer sind, arbeiten hier vorwiegend Männer. Der Rauch wird übrigens unter dem Boden abgeführt.« Er wandte sich ab und deutete auf ein Küchengerät an der Wand. »Begeistern Sie sich auch so für die moderne Technik? Schauen Sie mal. Das ist eine Kaffeeröstmaschine. Daneben sehen Sie einen Tabakschneider. Und das Gerät dort drüben? Was ist das? Richtig, ein Gratiniereisen! Gut, der Dosenöffner ist schon nicht mehr ganz so neu. Wurde schließlich schon 1849 erfunden. War für die Soldaten eine enorm praktische Sache.«

Als alle Gäste mit Sekt und Gebäck versorgt waren, faltete er manierlich die behandschuhten Hände vor dem Bauch und blickte zufrieden in die Runde.

»Wissen Sie, als Kammerdiener hatte ich die große Ehre, den Fürsten dieses Jahr auf seiner Reise nach Paris zu begleiten. Wir waren bei der Weltausstellung. Das war vielleicht interessant, kann ich Ihnen sagen. Unglaubliche Erfindungen! Der Fürst hat dort übrigens einen wunderschönen Mosaikneptunbrunnen erstanden, der jetzt in der Portugiesischen Galerie steht. Und dann waren wir ja auch noch bei den Olympischen Spielen.« Er senkte die Stimme zu einem Flüstern. »Da haben zum ersten Mal auch Frauen mitgemacht! Das war schon ...« Er lächelte den Herren vielsagend zu und schüttelte vergnügt den Kopf. »Ich kann Ihnen sagen!«

Uschi knabberte an ihrem Gebäckstück und lauschte begeistert den Ausführungen ihres Kollegen. Er machte das großartig. Dieses Rollenspiel und die Zeitreise waren wirklich eine tolle Idee und machten die Führung äußerst amüsant. Zumal Fritz in seiner Rolle als Kammerdiener voll und ganz aufging und die Führung konsequent bis ins letzte Detail auf diese Zeitreise abgestimmt hatte.

»Sie befinden sich in einer der größten Schlossanlagen Deutschlands. Ich habe die Zimmer nicht persönlich gezählt, aber es heißt, dass es 380 an der Zahl sein sollen. Als Kammerdiener habe ich nicht zu allen Zimmern Zugang. Aber ich denke, die 25 Zimmer, die ich Ihnen zeigen kann, werden ausreichen, um Ihnen einen guten Eindruck von der Pracht unseres Schlosses zu vermitteln.«

Der Adel voraus, das einfache Volk hinterher, durchschritten sie die Kanonenhalle und gelangten schließlich in den oberen Stock.

»Seit dem Wiederaufbau sind wir hier im Schloss technisch gesehen auf dem neuesten Stand«, sagte Fritz mit stolzgeschwellter Brust. »Die moderne Dampfheizung wird mit Steinkohle betrieben und es gibt sogar eine elektrische Klingelanlage für die Dienerschaft, die anzeigt, in welchem Raum man gebraucht wird.«

Er führte die Gruppe in die Josephinen-Gemächer.

»Hier sehen Sie das Bad von Fürstin Josephine von Baden. Sie werden gleich feststellen, dass Sie noch nie ein moderneres Bad als dieses gesehen haben. Schauen Sie nur, wie schön das Bad gestaltet ist: Badewanne und Waschbecken sind aus Marmor und – ja, da staunen Sie! – die beigen Fliesen wurden rund um die Badewanne verlegt. Es gibt elektrisches Licht, goldene Wasserhähne, einen beheizbaren Handtuchhalter und – eine Toilette mit einem Toilettenpapierhalter! Das eigentlich Sensationelle aber ist, dass das Bad über fließend kaltes«, er erhob den Zeigefinger, »und warmes Wasser verfügt!«

Die Gäste würdigten die Errungenschaften der Moderne mit ehrfürchtigem Gemurmel und zeigten sich nicht minder beeindruckt, als der Kammerdiener ihnen Josephines Schlafzimmer mit dem sogenannten »Paradiesbett« präsentierte, das sich von den Doppelbetten der Neuzeit allerdings kaum unterschied.

»Dank der Heizungen können wir von nun an auch auf die Himmelbetten verzichten. Früher brauchte man ja Bettflaschen, dicke Decken und dazu diese geschlossenen Vorhänge ringsum, um die Wärme zu halten. Das ist jetzt nicht mehr nötig.« Er zwinkerte den Damen zu. »Oder finden Sie so ein altmodisches Himmelbett etwa romantischer?«

»Weshalb liegt in dem Nachttopf denn ein gehäkeltes

Deckchen?«, erkundigte sich die Baronesse von Schreckenstein.

»Das, meine Dame, dient der Diskretion und Hygiene gleichermaßen«, sagte Fritz, beugte sich ein wenig vor und senkte dann die Stimme zu einem dezenten Flüstern. »Damit es im Topf nicht so spritzt und plätschert, wenn man mitten in der Nacht mal muss.«

Die Zuhörer lachten schallend und die Baronesse von Schreckenstein errötete ein wenig.

Der Kollege hat die Latte ganz schön hoch gehängt, sinnierte Uschi, während sie Fritz in den Roten Salon folgte. Man merkte, dass sein Wissen über die Schlossgeschichte enorm fundiert war. Egal welches Thema man auch anschnitt, er hatte immer eine interessante Anekdote dazu parat. Sicher hätte er noch stundenlang auf diese humorvolle Art weiter referieren können. Unwirsch klappte sie ihr Notizbuch zu. Da sah sie mit ihren Karteikarten doch richtig alt aus! Vielleicht sollte sie sich ja beim nächsten Mal doch als Hexe verkleiden. Dann hätten die Gäste wenigstens etwas zu lachen.

Fritz positionierte sich vor dem offenen Kamin und achtete darauf, dass er für alle Teilnehmer zu sehen war.

»Bei dieser Führung wird Ihnen die außerordentliche Ehre erwiesen, den Empfangsraum für besonders wichtige Gäste betreten zu dürfen. Hier spielen die adligen Herren in geselliger Runde Karten, tauschen sich aus und rauchen dabei die eine oder andere Zigarre. An den Wänden sehen Sie die Portraits der ersten Hohenzollern-Bewohner auf Schloss Sigmaringen. Ich aber rate Ihnen nun, Ihre Aufmerksamkeit auf das Deckengemälde von Knochel zu richten.«

Die Leute legten den Kopf in den Nacken und starrten zur Decke.

»So. Und jetzt ermuntere ich Sie etwas zu tun«, er senkte die Stimme, »das eigentlich gar nicht erlaubt ist: Verlassen

Sie bitte den roten Teppich und stellen Sie sich dort in die rechte Ecke des Raums.« Er lächelte verschwörerisch. »Das bleibt aber unter uns, nicht wahr?«

Die Gruppe tat wie geheißen und begab sich zur gewünschten Ecke.

»Achten Sie auf den Ritter dort«, ermunterte Fritz seine Gäste und deutete zur Decke. »Er reitet von Ihnen weg, nicht wahr?«

Fasziniert starrten die Gäste zur Decke und betrachteten den Ritter, der mit ausgestreckter Lanze geradewegs in den blauen Himmel zu reiten schien.

»Gehen Sie nun mal in die andere Ecke des Raums. Behalten Sie dabei immer den Ritter im Blick. Äh, und nach Möglichkeit auch die sündhaft teure Bodenvase dort.«

Fritz schmunzelte, als seine Gäste, den Blick stets auf den Ritter geheftet, von Ecke zu Ecke wanderten.

»Na so was! Der Ritter sollte doch nun, da sie auf der gegenüberliegenden Seite des Raums stehen, auf Sie zureiten. Das tut er aber nicht. Er reitet wieder von Ihnen weg. Ich sage Ihnen was. Egal wo Sie auch stehen – Sie werden immer das Gefühl haben, dass er sich von Ihnen entfernt. Sie ahnen es sicher bereits. Es handelt sich hier um eine raffinierte optische Täuschung.«

Uschi überprüfte den Effekt von allen vier Ecken aus. Es war wirklich faszinierend!

»Da wir gerade von optischen Täuschungen sprechen: Haben Sie eigentlich schon die vielen Türen in diesem Raum bemerkt?«, fragte der Kammerdiener und lächelte. »Nicht? Dann liegt das vielleicht daran, dass es sich um Tapetentüren handelt, die sich so perfekt in die Wand einfügen, dass sie für den Betrachter fast unsichtbar sind.«

Er trat an die Wand heran und öffnete eine Tür, die mit derselben Samttapete bezogen war wie der Saal.

»Hinter dieser Tür befindet sich lediglich ein Abstellraum

für Zigarren, Kartenspiele, Streichhölzer und dergleichen. Interessanter ist die Tür dort drüben.« Er ging zur gegenüberliegenden Wand und öffnete die Tapetentür. »Dahinter befindet sich eine Wendeltreppe, die von uns Dienern benutzt wird, um auf direktem Weg in die Küche zu gelangen.«

Uschi schmunzelte in sich hinein. Diesen Geheimgang kannte sie ja bereits. Fritz machte ein strenges Gesicht und faltete die Hände vor dem Bauch.

»Ein guter Diener zeichnet sich durch Diskretion und Unauffälligkeit aus. Er liest den Herrschaften die Wünsche von den Augen ab, verhält sich aber leise und bleibt so gut es geht unsichtbar. Deshalb kann man die Öfen auch von außen befeuern, ohne dass der Diener den Raum betreten muss.«

»Gibt es im Schloss auch Geheimgänge?«, fragte der Volksschullehrer.

Fritz räusperte sich und tat so, als müsse er sich erst einmal überlegen, ob er diese Frage beantworten durfte.

»Es gibt insgesamt zwölf solche Türen, die aber ausschließlich die Diener nutzen, um im Schloss auf schnellstem Wege von A nach B zu kommen, als Abkürzung sozusagen. Aber Geheimgänge?« Er rieb sich das Kinn. »Nun, es gibt in der Tat einen Geheimgang. Es handelt sich um einen Fluchtweg aus dem 12. Jahrhundert. Aber kann ich überhaupt darauf vertrauen, dass Sie mit dieser Information diskret umgehen?« Er ließ seinen Blick über die Gruppe schweifen. Die Leute wurden mit einem Mal ganz leise und der eine oder andere Gast lächelte den Kammerdiener aufmunternd an. »Nun gut, Sie machen allesamt einen recht vertrauenswürdigen Eindruck auf mich.«

Er sah sich kurz um und senkte dann seine Stimme. Während er den Gästen verriet, wo sich der Geheimgang befand und wohin er führte, wurde seine Stimme immer leiser und ging schließlich in ein Flüstern über. Dennoch hatten selbst die Gäste in den hinteren Reihen jedes einzelne Wort deutlich vernommen. So still war es geworden.

Handtuch, Socke, Slip und rasch die nächste Socke. So schnell hatte Uschi die Wäsche noch nie aufgehängt! Das Sockenmonster lauerte unter dem Wäscheständer und konnte jeden Moment wieder zuschlagen. Gerade als sie den letzten Slip auf dem Wäscheständer platziert hatte, schnellte Leopold zwischen den Pullovern hervor und schnappte sich eine schwarze Socke. Triumphierend galoppierte er davon und schüttelte die Beute so wild hin und her, dass ihm die Socke nur so um die Schlappohren flog.

Uschi setzte dem Dieb nach, obwohl sie sehr wohl wusste, dass dieses Unterfangen völlig aussichtslos war und der kleine Teufel nun genau das erreicht hatte, was er mit dem Sockenklau bezweckt hatte.

»Gibst du die Socke her? Leopold! Aus! Nein, nicht darauf herumkauen! Das gibt ein Loch.«

Sie verfolgte ihn in die Küche, von dort aus in den Flur, weiter ins Wohnzimmer und schließlich endete die Verfolgungsjagd damit, dass er sich unter die Sitzbank verzog. Stöhnend ließ sich Uschi auf die Knie sinken und krabbelte unter den Tisch.

»Gleich hab ich dich!«, knurrte sie ihm zu und streckte die Hand nach der Socke aus, die ihm baumelnd aus dem Maul heraushing.

Leopolds Augen blitzten schelmisch auf. Was für ein Spaß! Er ließ sie noch ein Stück näher kommen, schenkte ihr dann ein herablassendes Lächeln und entwischte ihr erneut durch die Lücke zwischen Tisch und Bank.

In diesem Moment klingelte das Telefon. Uschi legte den Rückwärtsgang ein und robbte ächzend unter der Bank hervor. Obwohl sie den Kopf vorsorglich eingezogen hatte, streifte sie dennoch die Tischkante mit der Schulter, als sie sich aufrichtete.

»Ah, verdammt!«, fluchte sie, rannte zum Telefon und konnte den Anruf gerade noch entgegennehmen, bevor sich die Mailbox hinzuschaltete.

»Lämmle?«, keuchte sie und rieb sich die schmerzende Schulter.

»Guten Tag. Kriminalhauptkommissar Knoll. Spreche ich mit Frau Uschi Lämmle?«

»Äh, ja. Das bin ich.«

»Gut. Sind Sie die Zeugin, die gestern den Toten in Inzigkofen aufgefunden hat?«

»Ja«, sagte Uschi gedehnt.

Leopold lag einen Meter von ihr entfernt und kaute genüsslich auf der Socke herum. Sie schlich näher, doch gerade als sie ihn am Geschirr packen wollte, hüpfte er rückwärts.

»Worum geht es denn? Ich habe Ihrem Kollegen schon alles gesagt, was ich weiß.«

»Ja. Aber leider gab es bei Ihrer Aussage einige Unstimmigkeiten.«

Uschi runzelte die Stirn.

»Unstimmigkeiten? Was denn für Unstimmigkeiten?«

Leopold hatte von der Socke abgelassen. Dafür fing er nun damit an, in ihre freie Hand zu beißen. Das Schlitzohr wusste genau, dass sie beim Telefonieren nur eine Hand frei hatte, um seine Attacken abzuwehren.

»Sie haben meinem Kollegen Kraut gegenüber die Aussage gemacht, dass Sie den Toten nicht gekannt hätten. Stimmt das so?«

»Ja. Das heißt, nein. Also … zum damaligen Zeitpunkt

dachte ich, dass ich ihn nicht kennen würde«, räumte Uschi ein.

Sie verzog das Gesicht, als Leopold erneut nach ihrer Hand schnappte. Sie holte aus und schlug nach ihm. Doch Leopold wich ihrer Hand problemlos aus und startete die nächste Attacke, die Uschi nun mit dem Fuß abzuwehren versuchte.

»Ich hatte ja gar keine Gelegenheit, auf den Toten einen Blick zu werfen. Im Grunde habe ich nur sein Bein gesehen.«

»Sie streiten also nicht ab, dass Sie den Toten kennen?«

»Kennen ist zu viel gesagt«, stellte Uschi richtig, verließ das Wohnzimmer und zog die Tür hinter sich zu. »Inzwischen habe ich erfahren, dass der Tote der Bruder meiner Kollegin Renate Frisch ist.«

»Stimmt es, dass Sie am Tag vor der Ermordung noch mit Herrn Schuster zu Abend gegessen haben?«

Uschi sah aus dem Augenwinkel heraus, wie sich die Türklinke langsam nach unten bewegte. Kurz darauf schob sich eine weiße Hundeschnauze durch den Türspalt.

»Oh nein!«, entfuhr es Uschi. Leopold hatte ihre teuerste Spitzenunterhose im Maul!

»Nein? Frau Frisch hat aber ausgesagt, dass Sie …«

»Wie?«, fiel ihm Uschi ins Wort. »Doch, doch. Das stimmt schon. Frau Frisch hatte mich zum Abendessen eingeladen. Ich verstehe nur nicht, worauf Sie eigentlich hinauswollen.«

Knoll räusperte sich.

»Würden Sie sagen, dass dieses Abendessen harmonisch abgelaufen ist?«

»Harmonisch?«, fragte Uschi zurück. Leopold hatte sich derweil wieder unter die Sitzbank verzogen und kaute die Unterhose genüsslich durch. »Entschuldigen Sie, könnten wir dieses Gespräch kurzfassen? Mein Pflegehund stellt gerade die ganze Bude auf den Kopf …«

»Es würde wesentlich schneller gehen, wenn Sie mal meine Fragen gescheit beantworten würden.«

Uschis Hand schloss sich etwas fester um das Telefon. Sie setzte gerade zu einer Erklärung an, als der Kriminalhauptkommissar fortfuhr.

»Aber wissen Sie was? Es macht tatsächlich mehr Sinn, wenn wir das Gespräch auf dem Präsidium fortführen. Es ist sowieso erforderlich, dass Sie persönlich vorbeikommen. Wir benötigen eine DNA-Probe von Ihnen.«

»Von mir?« Uschis Stimme überschlug sich. War sie im falschen Film? Dieser Kommissar war wohl nicht ganz bei Trost! Sie war doch nur eine Zeugin! »Verdächtigen Sie etwa mich? Also das ist ja uner…«

»Jetzt regen Sie sich doch nicht so auf«, fiel ihr Knoll ins Wort. »Das ist die übliche Vorgehensweise. Wir müssen in verschiedene Richtungen ermitteln. Wenn Ihre DNA-Probe negativ ist, können wir Sie von den weiteren Ermittlungen ausschließen.«

»Aber ich hab den Toten doch gar nicht berührt!«

»Dann brauchen Sie ja auch keine Angst davor zu haben, eine DNA-Probe abzugeben. Wenn Sie das freiwillig tun, würde uns das in unseren Ermittlungen sehr voranbringen. Der Abstrich ist ja schnell gemacht. Falls Sie nicht zustimmen, müssten wir einen entsprechenden Antrag beim Staatsanwalt einreichen. Aber ich nehme mal an, dass Sie auch Ihrer Kollegin zuliebe mit uns kooperieren werden. Sie wollen doch sicher auch, dass wir den Mörder so schnell wie möglich schnappen, oder nicht?«

Uschi schwieg. Eine DNA-Probe! Wie im Fernsehen. Nie hätte sie sich träumen lassen, dass von ihr selbst mal eine Probe verlangt werden würde.

»Wann soll ich denn kommen?«

»Morgen früh um 10 Uhr. Und bringen Sie bitte auch Ihren Hund mit.«

»Meinen Hund?«, japste Uschi. »Warum das denn?«

»Wir haben an der Leiche Hundehaare gefunden. Deshalb brauchen wir auch eine Haar- und Speichelprobe von Ihrem Hund.«

Das wurde ja immer abstruser! Nun wurde auch noch Leopold verdächtigt.

»Also erstens ist das eigentlich gar nicht mein Hund, sondern der Hund meiner Nichte. Und zweitens war Leopold gar nicht am Fundort der Leiche. Wie soll er denn auch von der Brücke aus dort runtergekommen sein? Das können gar nicht seine Haare sein, die Sie da an der Leiche gefunden haben!«

»Trotzdem müssen wir das überprüfen. Es geht hier schließlich um Mord.«

»Kann ich nicht eine Haarprobe mitbringen?« Sie bückte sich und hob ein Haarbüschel auf, das neben dem Bücherschrank lag. »Ich möchte den Hund nur ungern durch die Gegend kutschieren.«

»Das geht leider nicht«, sagte Knoll bestimmt. »Da könnten Sie mir ja von jedem x-beliebigen Hund eine Haarprobe mitbringen. Woher soll ich wissen, dass dies die Haare von Ihrem Hund sind?«

Vielen Dank für das Vertrauen, dachte Uschi grimmig.

»Und woher wollen Sie wissen, dass das tatsächlich der Hund ist, mit dem ich unterwegs war?«

»Mein Kollege Kraut hat Ihren Hund fotografiert. Ich hab das Foto hier vorliegen.«

Na, so was! Das hatte sie gar nicht gemerkt in all der Aufregung!

»Also, Frau Lämmle. Die Diskussion bringt nichts. Sie kommen bitte morgen um 10 Uhr aufs Präsidium und Sie bringen Ihren Hund mit. Haben Sie das soweit verstanden?«

»Sicher«, sagte Uschi und beendete grußlos das Telefonat.

Wütend kroch sie unter den Tisch, packte Leopold am Geschirr und schleifte ihn unter der Bank hervor. Dann griff sie beherzt in sein Maul und zog ihm das Spitzenunterhöschen aus dem Rachen. Sie schlug ihm das vollgesabberte Stück Stoff um die Ohren und zischte:

»Und die Leckerlis kannst du dir heute abschminken, dass das klar ist!«

Ich weiß es nicht! Ich weiß es doch nicht!«, jammerte Uschi und wälzte sich unruhig hin und her. Leopold erlöste sie mit einem feuchten Hundekuss aus ihrem Albtraum. Der Wecker zeigte Viertel nach vier. Stöhnend drehte sie sich auf die andere Seite und schloss wieder die Augen. Was für ein blöder Traum! Ein Polizist hatte mit ihr Karten gespielt. Sie hatte jedoch die Spielregeln nicht gekannt und am laufenden Band verloren. Das Schlimmste aber war, dass er sie nach jeder verlorenen Runde fragte, wer der Mörder von Schuster sei. Da sie keine Antwort wusste, riss er ihr jedes Mal zur Strafe ein Haar aus!

Woher sollte sie auch wissen, wer Schuster umgebracht hatte? Wenn er überhaupt umgebracht worden war. Konnte ja auch sein, dass er sich selbst von der Brücke gestürzt hatte. Oder schloss die Polizei einen Selbstmord inzwischen aus?

Sie rollte sich wieder auf den Rücken. Und was hatte das alles mit ihr zu tun? Warum wollte die Polizei eine DNA-Probe von ihr? Konnte es sein, dass ihre DNA irgendwie an Schusters Leiche geraten war? Sie konnte sich nicht erinnern, ihn berührt zu haben …

Doch dann spürte sie auf einmal wieder seinen festen Griff, als er ihre Hand festgehalten hatte. Um Gottes willen! Uschi fuhr auf, saß mit einem Mal kerzengerade im Bett. Der Kratzer von der Katze! Konnte es sein, dass ein paar

Tropfen von ihrem Blut auf Schusters Hand gelangt waren? Aber, das wäre ja… eine Katastrophe! Wenn die Polizei dann noch erfuhr, dass sie sich mit ihm gestritten hatte! Der Kratzer auf ihrer Hand würde sicher als Zeichen eines Kampfes, der Abwehr interpretiert werden. Dazu ihr Blut. Und Leopolds Haare. Aber wie waren die denn an Schusters Kleidung gelangt? Sie konnte sich beim besten Willen nicht erinnern, dass er Kontakt mit Leopold gehabt hatte. Sie legte sich wieder hin. Überlegte. Die Garderobe. Schuster hatte seine Jacke an die Garderobe gehängt. Und da hing auch ihre Jacke, die ja voll von Leopolds Haaren war. Sicher hatten sich die Jacken berührt und Leopolds Haare waren auf Schusters Jacke gelangt.

Uschi fing unter ihrer Daunendecke an zu schwitzen. Was für eine Hitze! Energisch deckte sie sich auf. Die Beweislast war erdrückend. Erdrückend. Eine Träne rollte über ihre Wange. Kurz darauf noch eine. Und dann noch eine. In was war sie da nur hineingeraten? Warum war sie auch so blöd gewesen und hatte die Polizei gerufen? Sie hatte sich mit ihrer Zeugenaussage nur Ärger eingehandelt. Sie hätte den Fund anonym melden sollen. Oder gar nicht. Vielleicht hätten die Fluten der Donau den Schuster irgendwann mit sich fortgetragen – und ihre DNA samt Hundehaare weggespült.

Und nun wurde sie dank ihrer Zivilcourage verdächtigt, einen Mord begangen zu haben! Wenn alles schiefging, würde sie vielleicht sogar im Gefängnis landen. Obwohl sie nichts, aber auch rein gar nichts Böses getan hatte!

Aber du hast ihm Böses gewünscht, meldete sich ihr schlechtes Gewissen. Was hatte sie bei diesem furchtbaren Abendessen gesagt? Es sei kein Wunder, dass er von den Tierschützern Morddrohungen erhalten hätte. Und er bräuchte mal einen ordentlichen Schuss vor den Bug. Gut, den hatte er erhalten. Jetzt war er tot. Uschi presste die

Lippen aufeinander. Aber böse Gedanken bringen einen nicht um, sagte sie sich. Umgebracht hatte ihn ein anderer. Ein Mörder. Und der lief gerade immer noch frei herum!

Uschi schlang bibbernd ihre Arme um sich und ließ ihren Tränen freien Lauf. Sofort war Leopold zur Stelle. Doch auch wenn sein Kuss lieb gemeint war – seine nasse Zunge war gerade das Letzte, das Uschi gebrauchen konnte. Sie streichelte ihm kurz über den Kopf, zog dann die Decke über sich und weinte sich leise in den Schlaf.

Eigentlich war Uschi von Natur aus eher konfliktscheu. Sie war nicht der Typ, der wegen jeder Kleinigkeit herumstritt und auf seinem Recht beharrte. Doch das, was Renate getan hatte, war keine Kleinigkeit. Dieses Luder war ihr arglistig in den Rücken gefallen und hatte sie bei der Polizei angeschwärzt. Warum hatte sie das nur getan? Glaubte sie wirklich, dass Uschi ihren Bruder auf dem Gewissen hatte? Oder hatte sie sich bei der Polizei nur wichtigmachen wollen?

Uschi warf dem Holzschwein einen abschätzigen Blick zu, schnappte sich den Strick und bimmelte so energisch an der Kuhglocke, dass Renate bereits wenige Sekunden später erbost die Tür aufriss.

»Herrgott noch …« Sie stutzte. »Uschi – du bisch's? Um die Zeit! Isch was passiert?«

Uschi verzog den Mund zu einem Lächeln.

»Tut mir leid, dass ich dich so früh am Morgen schon überfalle. Aber ich muss um 10 Uhr in Sigmaringen sein. Und ich wollte unbedingt noch vorher etwas mit dir besprechen.«

Ihr Lächeln verschwand.

Renate fuhr sich mit der Hand durch die ungekämmten Haare und zog ihre Jogginghose ein Stück höher.

»Ja, sicher. Komm rei.«

Sie führte Uschi ins Wohnzimmer.

»Willsch 'n Tee?«

»Nein, danke. Ich muss ja auch gleich weiter.«

»Na, dann hock di wenigschtens kurz na«, sagte Renate, bewusst um Höflichkeit bemüht.

Pünktchen und Antonia lagen wie beim letzten Mal auf der Ofenbank und stellten sich schlafend. Uschi wählte den Stuhl an der Stirnseite des Tisches.

»Weißt du, ich bin gerade völlig durch den Wind«, gestand Uschi. »Die Polizei hat gestern bei mir angerufen.«

Es war besser, wenn sie gleich auf den Punkt kam.

»Wollta die dich nommal als Zeugin befraga? I mein«, Renate stockte und bekam plötzlich feuchte Augen, »weil du doch d' Hans-Otto gfunda hasch.« Sie hielt sich die Hände vors Gesicht und schluchzte.

Na prima, dachte Uschi. Es war keineswegs ihre Absicht gewesen, Renate einen Kondolenzbesuch abzustatten. Jetzt musste sie die trauernde Schwester auch noch trösten. Dabei hatte sie ihr ja eigentlich den Marsch blasen wollen. Doch nun, da Renate mit gekrümmtem Rücken vor ihr saß und weinte, verflog der Ärger. Renate tat ihr leid. Zögernd legte sie den Arm um sie. Die Geste wirkte jedoch so unbeholfen, dass sie ihren Arm gleich wieder zurückzog.

»Nein. Die verdächtigen mich. Ich muss nachher eine Speichelprobe abgeben.«

Sie hob die Brauen und sah Renate vorwurfsvoll an. Doch die schaute gar nicht auf und schüttelte nur den Kopf.

»Die schpinna doch! Die solla sich mal gscheiter um diese Tierschützer kümmra.«

Uschi war erleichtert, das zu hören. Dann verdächtigte sie Renate ja doch nicht.

»Warum hast du denn der Polizei von meinem Streit mit deinem Bruder erzählt? Die machen jetzt einen Riesen-Zinnober deswegen.«

»Ah weischt, i war so dureinander. I woiß gar nimme, was i da alles gschwätzt han. Uff jeden Fall wollt i gwiss net, dass die dich verdächtiga.«

Uschi verzog das Gesicht zu einer Grimasse.

»Erinnerst du dich noch an den Kratzer auf meinem Handrücken? Dein Bruder hat mir bei der Begrüßung die Hand gegeben. Wenn er dabei mit meinem Blut in Kontakt gekommen ist, dann sieht es schlecht aus für mich.«

Uschis Augen wurden feucht. Verstohlen wischte sie sich eine Träne aus dem Augenwinkel.

»Ah wa! Dena Polizischta wird au klar sei, dass du des it gwesa sei kannsch.«

»Ich bin mir da nicht so sicher«, widersprach Uschi. »Ich gehöre zu den Hauptverdächtigen. Wenn die erst mal eine positive DNA-Probe von mir haben, werden die vielleicht gar nicht mehr weitersuchen. Da kann ich dann lange sagen, dass ich es nicht war. Das glaubt mir doch keiner.«

»Jetzt sieh mal it so schwarz«, tröstete sie Renate. »Die ermittla beschtimmt in alle Richtunga. I frag mi nur, wer des gwesa sei kann. I kann an gar nix anderes mehr denka. Wer hat den Hans-Otto so ghasst?« Sie fing wieder an zu weinen. »Des hat er net verdient. Au wenn er manchmal a bissle schwierig war.« Sie schüttelte den Kopf. »Wenn des mei Mutter wüsst. Gut, dass sie des nimme erleba muss. Es isch so … so furchtbar.«

»In der Stadt sagen die Leute, dass Hans-Otto mit Waffen gehandelt hat«, sagte Uschi leise. »Stimmt das?«

»A wa, mei Brudar hat Waffa gsammelt. Aber er hat it damit ghandelt. Was die Leut au immer schwätza!«

»Dann glaubst du auch nicht, dass da irgendwelche Waffenhändler dahinterstecken könnten?«

Renate schnäuzte sich mit einem Papiertaschentuch die Nase und schüttelte wortlos den Kopf.

»Des isch doch Quatsch. Zuerscht hand d'Leut sogar gmeint, der Hans-Otto hätt sich selber von der Bruck gschtürzt. Aber des hätt der niemals dao. Des hätt i denna glei saga könna. Inzwischa hat des au d' Polizei bestätigt.«

»Und diese Tierschutzaktivisten? Traust du denen einen Mord zu?«

»Denna trau i älles zu!«

Leopold war glücklich, dass er Uschi begleiten durfte. Der Besuch des Polizeipräsidiums stellte für ihn eine willkommene Abwechslung dar. Begeistert stürmte er durch die Gänge, inhalierte mit hocherhobener Schnauze die Mixtur unterschiedlichster Gerüche und vollführte an der Leine Bocksprünge, wenn Uschi stehen blieb, um sich zu orientieren. Schließlich hatte sie die richtige Abteilung gefunden. Zimmer 219. Uschi blieb vor der Tür stehen, zögerte. Eigentlich hatte sie ja erst in zehn Minuten ihren Termin. Sollte sie sich noch eine Weile auf dieses Sofa da setzen? Das Möbelstück schien auch Leopolds Interesse geweckt zu haben. Verwundert sah ihm Uschi dabei zu, wie er seine Flanke an dem Sofa rieb, und begriff viel zu spät, was er zu tun beabsichtigte. Noch ehe sie »Nein!« kreischen konnte, hatte er auch schon das Bein gehoben.

Uschi blickte entgeistert auf die sich ausbreitende Pfütze. Was hatte er da nur angerichtet! Das cremefarbene Sofa war nun gelb gesprenkelt und die Lache benetzte inzwischen nicht nur die hellen Bodenfliesen, sondern drohte auch noch in den Fugen zu versickern. Sie würde vermutlich wegen Sachbeschädigung belangt werden. Hektisch sah sie sich um. Im Flur war niemand zu sehen. Sie musste die Schweinerei sofort entfernen! Aber wie? Wütend starrte sie Leopold an.

»Was hast du da gemacht!«, zischte sie ihm zu.

Am liebsten wäre sie jetzt einfach davongerannt. Ohne diesen furchtbaren Hund. Entnervt nahm sie die Leine und band Leopold an einen der Holzstühle an, die an der Wand aufgereiht waren.

»Du bleibst hier!«, wies sie ihn an. »Hörst du? Bleib!«

Leopold ließ sich langsam auf sein Hinterteil sinken und schaute ihr verdutzt nach, während sie davoneilte.

Sie brauchte Papierhandtücher. Viele Papierhandtücher! Uschi riss die Tür zu den Damentoiletten auf, stürzte sich ans Waschbecken und musste feststellen, dass es keine Papierhandtücher gab! Hier föhnte man sich die Hände trocken. Mist!

Dann musste sie eben eine Klopapierrolle mitnehmen. Aber Pustekuchen! Die Klorollen waren in einem verschließbaren Behälter diebessicher verstaut und konnten nicht entnommen werden. Uschi rüttelte verärgert an dem Kasten. Ja, glaubten denn diese Polizisten, dass jeder immer und überall klaute?

Kopfschüttelnd machte sie sich daran, das Klopapier aus dem Behälter zu ziehen und um ihr Handgelenk aufzurollen. In diesem Moment hörte sie es. Leopold! Er hatte angefangen zu heulen. Lautstark. Herrje, dieser Hund brachte sie noch um den Verstand! Im selben Augenblick ging das Heulen in aufgebrachtes Bellen über. Uschi rannte zur Tür. Der blöde Hund bellte ja das ganze Präsidium zusammen! Und tatsächlich: Als sie auf den Flur hinaustrat, hatte sich bereits eine ganze Traube von Leuten um Leopold versammelt. Bei dem Versuch, ihr zu folgen, hatte er den Stuhl den gesamten Gang entlang hinter sich her geschleift. Da die Schaulustigen ihn umzingelt hatten und zudem immer näher kamen, dachte er wohl, sein letztes Stündlein hätte geschlagen. Zähnefletschend und böse knurrend setzte er sich zur Wehr. Mit Erfolg. Von den Umherstehenden traute sich jedenfalls keiner an ihn heran. Stattdessen redeten die Leute beruhigend auf ihn ein.

»Entschuldigung. Dürfte ich mal durch? Das ist mein Hund.«

Als sich der Kreis öffnete, um Uschi Durchlass zu gewähren, flippte Leopold fast aus. Er freute sich unbändig. Als sei er zwei Tage und Nächte an diesen Stuhl gekettet gewesen. Als hätte sie ihn hier tatsächlich aussetzen wollen.

Uschi entging nicht, dass einige Leute argwöhnisch ihren Klopapierverband betrachteten. Trotzig hob sie das Kinn. Sollten sie doch denken, was sie wollten! Sie beschloss, so zu tun, als sei es das Normalste der Welt, einen Verband aus Klopapier um den Unterarm zu tragen. Ohne die Gaffer eines weiteren Blickes zu würdigen, löste sie Leopolds Leine vom Stuhl und machte sich daran, die stinkende Lache aufzuwischen. Als die Herumstehenden dies sahen, waren alle auf einmal ganz schnell verschwunden.

Argwöhnisch betrachtete sie das ruinierte Sofa. Ja, das hatte er nun davon, der Herr Hauptkommissar! Es war schließlich nicht ihre Idee gewesen, den Hund in dieses Präsidium mitzunehmen. Wütend packte sie den triefenden Papierhaufen und rannte damit zur Toilette. Leopold feuerte sie dabei lautstark an. Völlig erschöpft ließ sie sich schließlich auf einen der Stühle sinken. In diesem Moment öffnete sich die Tür und der Kriminalhauptkommissar trat in den Flur.

»Frau Lämmle?«

Als die Aufnahme der Personalien beendet war, zog Knoll den Schnappschuss seines Kollegen hervor und musterte Leopold eingehend. Uschi hatte den Tunichtgut an ihrem

Stuhlbein festgebunden. Damit der Kommissar nicht auf falsche Gedanken kam, bedeckte sie den Kratzer auf ihrem Handrücken vorsorglich mit der linken Hand. Sie fragte sich, weshalb er für die Identifizierung des Hundes so lange brauchte. Leopold war in seiner Farbgebung und Musterung ein Unikat. Was hätte der Kommissar wohl gemacht, wenn er einen Rottweiler oder Deutschen Schäferhund vor sich sitzen gehabt hätte?

Doch schließlich legte er das Foto beiseite und nickte.

»Hm, stimmt überein. Darf ich dir auch noch in die Augen schauen?« Knoll beugte sich herab und starrte prüfend in Leopolds gefleckte Augen. »Linkes Auge braun mit einem Stich blau. Rechtes Auge blau mit einem braunen Fleck. Interessant!«

Leopold konnte dem Röntgenblick des Kommissars nichts Positives abgewinnen, sondern empfand dessen Gebaren als pure Provokation. Er stieß ein tiefes Knurren aus und signalisierte dem fremden Mann damit unmissverständlich, dass es angeraten war, ihm nicht noch näher auf die Pelle zu rücken. Uschi schmunzelte. Bei der Entnahme der Haarprobe würde Knoll seine liebe Not haben.

Er schien ihre Gedanken gelesen zu haben.

»Die Entnahme der Haarprobe überlasse ich besser Ihnen.«

»Und wenn ich mich weigere?«, fragte Uschi spitz.

Knoll stöhnte.

»Jetzt machen Sie es doch nicht so kompliziert. Letztlich sitzen wir am längeren Hebel und Sie müssen unseren Wünschen nachkommen – ob Sie wollen oder nicht.«

»Vielleicht sollte ich ja doch besser einen Anwalt hinzuziehen«, überlegte Uschi laut.

Den Spruch kannte sie aus dem Fernsehen. Bei den Fernsehkrimis verlangten die Befragten beim Verhör fast immer nach einem Anwalt. Wenn es einer nicht tat, konnte man davon ausgehen, dass es sich um den Mörder handelte. Die Ich-hab-nichts-zu-verbergen-Masche diente nur der Irreführung der Zuschauer. Natürlich war ihre Forderung im Grunde genommen vollkommener Quatsch. Sie kannte keinen Anwalt. Und rechtsschutzversichert war sie auch nicht. Aber mal ganz davon abgesehen hatte sie das auch gar nicht nötig, da sie ja unschuldig war. Sie hatte ein reines Gewissen.

Knoll zuckte gelassen mit den Schultern. Eine tiefe Falte zwischen seinen Augenbrauen verriet aber, dass er diese Gelassenheit nur vortäuschte.

»Wenn Sie meinen …«, sagte er betont freundlich. »Aber nötig ist das nicht. Ich befrage Sie ja bislang nur als Zeugin. Und wenn Sie tatsächlich nichts mit dem Ableben von Herrn Schuster zu tun haben, müssen Sie sich doch überhaupt keine Sorgen machen.«

Er öffnete seine Schreibtischschublade, holte ein langes Wattestäbchen aus einem Röhrchen hervor und überreichte es Uschi mit einem so breiten Grinsen, als habe sie gerade den Hauptgewinn erhalten.

»Soll ich mir jetzt damit im Mund herumpinseln?«, fragte sie unsicher.

»Na, die Ohren sollen Sie sich damit jedenfalls nicht putzen!«

Uschi funkelte ihn böse an. Was für ein unverschämter Ton war das denn? Die Polizei konnte doch nicht davon ausgehen, dass man sich mit ihren Untersuchungsmethoden auskannte! Es war schließlich das erste Mal in ihrem Leben, dass sie eine Speichelprobe abgeben musste.

Da Knoll keine Anstalten machte, das Prozedere der Speichelprobenentnahme genauer zu erklären, schob sie sich das Stäbchen erst in die eine, dann in die andere Backentasche, rührte dann noch beliebig in ihrem Mund herum und überreichte Knoll anschließend das durchfeuchtete Stäbchen. Knoll nahm es mit spitzen Fingern entgegen und steckte es in das Röhrchen zurück. Schon streckte er Uschi das nächste Wattestäbchen entgegen.

»Das ist für Ihren Hund.«

Dürfte kein Problem werden, dachte sich Uschi beim Anblick des hechelnden Hundes.

»So, Leopold. Lass mal sehen …«

Rasch schob sie das Stäbchen über seine Zunge hinweg. Einmal hin und einmal … Leopolds Maul klappte zu. Sein stierer Blick verriet, dass er das vermeintliche Stöckchen so schnell nicht mehr hergeben würde.

»Nein, lass los«, schimpfte Uschi, während sie mit aller Kraft an dem Stäbchen zog und rüttelte.

Nach kurzem Kampf hatte sie es tatsächlich geschafft, ihm das Stäbchen zu entreißen. Leopold wedelte dennoch mit dem Schwanz. Er hatte ein Teil des Stäbchens abgebissen und kaute nun genüsslich auf dem Wattebausch herum. Nach zwei, drei Bissen würgte er schließlich die Watte herunter und sah Uschi herausfordernd an.

»Äh, haben Sie noch so ein Stäbchen?«

Knoll lachte schallend und reichte Uschi ein neues Stäbchen. Dieses Mal war Uschi rigoroser. Sie startete einen Überraschungsangriff, packte Leopolds Schnauze, schob dann das Wattestäbchen rasch unter die Lefzen. Ehe Leopold das Maul schließen konnte, hatte sie es auch schon wieder herausgezogen.

»Hier bitte!«, sagte sie knapp.

Knoll bedankte sich, steckte das Stäbchen in ein anderes Röhrchen und meinte dann:

»Und jetzt muss ich noch um die Haarprobe bitten.«

Diesem Wunsch war schnell Genüge getan. Uschi musste nur einmal mit dem mitgebrachten Hundekamm durch Leopolds Fell fahren und schon hing ein Büschel Haare zwischen den Zinken. Leopold wunderte sich ein wenig, weshalb er ausgerechnet jetzt gekämmt wurde, ließ es aber geschehen. Uschi klaubte die Haare aus dem Kamm, legte die Haarprobe vor Knoll auf den Schreibtisch und fragte keck:

»Wollen Sie noch mehr? Was Haare angeht, sind wir großzügig.«

Knoll hatte jedoch rasch zu seiner Ernsthaftigkeit zurückgefunden und schüttelte nur den Kopf.

»Nun erzählen Sie mir doch mal von diesem Abendessen im Haus von Frau Frisch«, ermunterte er Uschi, während er die Hundehaare in eine Plastiktüte schob. »Ist Ihnen an diesem Abend irgendetwas Besonderes aufgefallen?«

»Es war ein normales Abendessen. Ich kann mich nicht erinnern, dass Herr Schuster irgendetwas gesagt hätte, das mit seiner Ermordung zu tun haben könnte.« Sie dachte nach. »Oder vielleicht doch ... Er hat von irgendwelchen Tierschützern erzählt, die seinen Hochsitz angesägt haben. Es gab wohl sogar eine schriftliche Drohung gegen ihn. Aber seine Schwester weiß da sicher mehr darüber. Fragen Sie doch mal bei ihr nach.«

»Das werde ich tun. Was mich im Moment aber noch mehr interessiert, ist die Frage, weshalb Sie überhaupt mit dem Mordopfer in Streit geraten sind.«

Uschi drehte den silbernen Mond an ihrer Halskette zwischen den Fingern herum und schielte nervös zu dem Aufnahmegerät, das vor ihr auf dem Tisch lag. Jetzt galt es, jedes Wort genau abzuwägen. Nicht, dass sie sich in ihrer Unbedarftheit noch in irgendetwas reinritt.

»Es gab keinen Streit«, behauptete sie. »Wir haben lediglich diskutiert. Über die Jagd. Und über Wölfe.«

»Frau Frisch hat mir erzählt, dass Sie sehr wütend geworden sind. Sie sollen sogar während des Essens davongerannt sein. Das würde ich dann aber schon eher als einen Streit bezeichnen. Laut Frau Frisch sind da sogar richtig die Fetzen geflogen! Es ging wohl auch darum, dass Herr Schuster kürzlich gedroht hatte, Ihren Hund zu erschießen, falls er ihn nochmals beim Wildern erwischen würde.«

»Moment mal. Leopold hat überhaupt nicht gewildert. Er ist lediglich auf einer Wiese herumgerannt. Das war für Herrn Schuster Grund genug, mir zu drohen. Darüber darf man sich ja dann wohl auch aufregen, oder nicht?«

»Ist Herr Schuster bei diesem Streit mit Ihnen denn handgreiflich geworden?«

»Nein …«

»Und woher rührt dann dieser Kratzer auf Ihrem Handrücken?«

Uschi zuckte zusammen. Der Kommissar war aufmerksamer, als sie erwartet hatte.

»Den hat mir eine Katze verpasst. Frau Frisch hat zwei Katzen.«

Knoll nickte und tippte dann etwas auf der Tastatur seines Computers herum. Er sah nicht so aus, als würde er ihr glauben.

»Fühlten Sie sich durch Herrn Schuster bedroht?«

Uschi schüttelte wortlos den Kopf. Sie sah Knoll dabei aber nicht in die Augen. Stattdessen beugte sie sich nach vorn und kraulte Leopold ausgiebig hinter den Ohren.

Während der gesamten Fahrt nach Albstadt zurück, kaute Uschi nochmals das Gespräch mit dem Hauptkommissar in Gedanken durch. Was er gesagt hatte. Und was sie dann gesagt hatte. Und wie er dann geschaut hatte. Und wie unangenehm sie sich danach gefühlt hatte. Am meisten ärgerte sie sich aber darüber, dass Renate sie offenbar bei der Polizei entgegen ihrer Beteuerungen doch angeschwärzt hatte. So ein falsches Luder! Uschi nahm sich vor, sich Renate noch einmal zur Brust zu nehmen und ihr gehörig den Kopf zu waschen.

Zu Hause angekommen, versorgte sie zu allererst den Hund mit frischem Wasser und Futter. Während Leopold seine Pellets knusperte, schnappte sie sich das Telefon und ließ sich damit aufs Sofa sinken.

Sollte sie das wirklich tun? Was, wenn er sie mal wieder nicht ernst nahm? Oder, schlimmer noch, ins gleiche Horn blies wie der Knoll? Andererseits hatte sie in den letzten beiden Jahren einige brenzlige Situationen dank seiner Hilfe gemeistert und sie waren sich dabei letztlich doch etwas nähergekommen. Freundschaft konnte man es nicht nennen. Gute Bekannte umschrieb ihre Beziehung wohl treffender. Auf jeden Fall war Buckenmaier der einzige Mensch, der sie in dieser Angelegenheit kompetent beraten konnte. Uschi schob sich ein Kissen in den Rücken und wählte seine Nummer.

»Buckenmaier, Polizeirevier Hechingen?«

»Uschi Lämmle. Guten Tag, Herr Buckenmaier.«

»Frau Lämmle? Na, das ist ja eine Überraschung! Wie kann ich Ihnen helfen?«

»Ach, Herr Buckenmaier. Ich weiß eigentlich gar nicht, wo ich anfangen soll«, sagte sie und stieß einen Seufzer aus. »Ich komme gerade vom Polizeipräsidium in Sigmaringen. Stellen Sie sich vor – ich musste eine DNA-Probe abgeben!«

»Eine DNA-Probe?«, fragte Buckenmaier erstaunt. »Warum das denn?«

»Ja, es ist völlig absurd. Aber die Polizei denkt, dass ich einen Jagdpächter von der Brücke gestoßen habe.«

»Was? Also Frau Lämmle, ich versteh kein Wort. In was für einen Schlamassel sind Sie denn da schon wieder reingeraten?«

Uschis Augen wurden feucht und ihre Nase fing plötzlich an zu laufen. Rasch nahm sie ein Papiertaschentuch zur Hand und schnäuzte sich. Vielleicht hätte sie ihn besser doch nicht anrufen sollen.

»Ich hab doch gar nichts gemacht. Es ist reiner Zufall, dass ich die Leiche gefunden habe.«

»Sie haben eine Leiche gefunden? Wo denn?«

»In Inzigkofen. Unter der Teufelsbrücke.«

»Aha.« Buckenmaier sagte eine Weile gar nichts. Dann hörte Uschi, wie er sich räusperte. »Erzählen Sie mir doch mal die ganze Geschichte von vorn. Bis zu dem Zeitpunkt, als sie die Leiche gefunden haben.«

Uschi nickte und begann zu erzählen. Über ihr erstes Zusammentreffen mit Schuster, das Abendessen bei Renate und schließlich das Auffinden der Leiche. Als Buckenmaier nichts erwiderte, erzählte sie ihm auch noch von den Sorgen, die sie sich wegen des Kratzers machte.

»Was passiert, wenn man nun tatsächlich meine und Leopolds DNA-Spuren bei Schuster findet?«

»Na ja, im schlimmsten Fall müssten Sie dann in U-Haft.«

»In U-Haft?«, schrie Uschi bestürzt.

Leopold bezog das Geschrei sofort auf sich und verkroch sich so schnell er konnte unter den Couchtisch.

»Jetzt regen Sie sich doch nicht gleich so auf. Sie haben mich nach dem schlimmsten Fall gefragt. Aber so weit wird es ja vermutlich gar nicht kommen. Wann haben Sie denn die Speichelprobe abgegeben?«

»Heute Vormittag.«

»Bis die Probe analysiert und abgeglichen ist, wird es schon drei Tage dauern. Bis dahin kann ich Ihnen nur raten, ruhig zu bleiben und vor allem, Frau Lämmle, keine eigenen Nachforschungen anzustellen! Wenn Sie nämlich Pech haben, reiten Sie sich dann erst recht in die, äh, in den Schlamassel.«

»Oh je! Drei Tage! Ich hab schon letzte Nacht kein Auge zugetan. Wie soll ich das drei Tage lang aushalten … Ich kann an gar nichts anderes mehr denken.« Sie schluchzte auf. »Ich wünschte, ich wäre diesem blöden Schuster nie begegnet!«

»Das können Sie nun aber nicht mehr ändern«, sagte Buckenmaier ungerührt. »Jetzt müssen Sie eben darauf vertrauen, dass die zuständigen Polizeibeamten ihre Arbeit ordentlich machen und den wahren Mörder bald ausfindig machen. Und das schaffen die Kollegen ganz alleine. Haben Sie das verstanden? Ganz allein. Ohne Ihre Hilfe.«

Uschi presste die Lippen zusammen. Diese Polizisten waren doch alle gleich! Hatten null Einfühlungsvermögen und hielten zusammen wie Pech und Schwefel.

»Gut«, sagte sie knapp und zerknüllte das Papiertaschentuch in ihrer Faust. »Dann bedanke ich mich, dass Sie sich so viel Zeit für mich genommen haben und wünsche noch einen schönen Nachmittag.«

»Frau Lämmle«, sagte Buckenmaier gedehnt. »Sie wissen doch, wie ich das meine. Ich möchte nur vermeiden, dass Sie durch Ihren Aktionismus in die Schusslinie geraten. Darin haben Sie nämlich eine gewisse Begabung, nicht?« Er lachte auf. »Lassen Sie also einfach die Polizei ihre Arbeit machen. Und sobald Sie den Bescheid wegen der DNA-Analyse haben, können Sie mich ja noch einmal kurz anrufen. Ich bin mir sicher, dass das Ergebnis negativ sein wird. Machen Sie sich also nicht so viele Sorgen.«

Uschi war nicht nach Lachen zumute. Sie verabschiedete sich betont höflich, erhob sich dann und schleuderte das Papiertaschentuch in den Mülleimer. Aktionismus! Von wegen!

Das Theatercafé war gut besucht. Uschi blieb vor dem Eingang stehen und blickte durch die großen Glasfenster. Nur junge Leute. Vermutlich würden alle Köpfe herumfliegen, wenn sie das Café betrat. Sie betrachtete Leopold, der sich gerade daranmachte, einen Blumenkübel zu wässern. Zumindest war der bunte Hund an ihrer Seite ein schöner Blickfang und würde ein wenig von ihr ablenken.

Nach dem gestrigen Telefonat mit Buckenmaier hatte sie lange hin und her überlegt, wie sie mit dem gut gemeinten Ratschlag des Polizisten umgehen sollte. Sie spielte alle »Worst-Case-Szenarien« gedanklich durch und kam zu dem Entschluss, dass es durchaus Sinn machte, selbst etwas Recherche zu betreiben. Natürlich würde sie darauf achten, nicht in die Schusslinie zu geraten, wie Buckenmaier es ausgedrückt hatte. Aber die Hände in den Schoß zu legen und darauf zu vertrauen, dass die Polizei irgendwann doch noch die richtigen Schlüsse ziehen würde, wäre im Grunde naiv, wenn nicht gar fahrlässig.

Von Lena hatte sie erfahren, dass sich die Tierschutzaktivisten hier für gewöhnlich trafen. »Wolfsfreunde« nannten sie sich. Nun blieb nur die Frage, wie sie es anstellen sollte, diese Leute unauffällig zu belauschen. Sie konnte sich ja schlecht an deren Tisch dazusetzen. Aus diesem Grund hatte sie Leopold mitgenommen. Der Australian Shepherd hatte von seinem Habitus und Körperbau her durchaus eine gewisse Ähnlichkeit mit einem Wolf und Uschi hoffte, dass er bei den Wolfsfreunden für sie als Tür- und Herzensöffner fungieren konnte. Sie holte tief Luft und betrat das Café.

Trotz der vielen Gäste war es nicht übermäßig laut im Lokal. Und obwohl sie erst einmal unschlüssig herumstand, beachtete sie kein Mensch. Die Leute waren viel zu sehr mit sich selbst und ihren Gesprächspartnern beschäftigt. Uschi sah sich um. Das musste der Tisch der Wolfsfreunde sein. Rein äußerlich unterschieden sich die jungen Männer und Frauen überhaupt nicht von den anderen Gästen. Weder Strickpullover noch lange Haare oder runde Brillen verrieten ihre ökologische Gesinnung. Einer der jungen Männer trug allerdings auf seinem Shirt einen stilisierten Wolf, der in den Mond heulte. Uschi fasste Leopolds Leine etwas kürzer und näherte sich dem Tisch der Tierschutzaktivisten. Sie hatte Glück. Lediglich am Tisch der Wolfsfreunde war noch ein Stuhl frei. Alle anderen Plätze im Café waren besetzt. Kein Mensch würde unter diesen Umständen Verdacht schöpfen, wenn sie sich dazusetzte.

»Entschuldigung«, rief sie über die Geräuschkulisse hinweg, »ist dieser Platz noch frei?«

Die jungen Leute sahen erstaunt auf, musterten sie kurz, nickten dann aber, als sie Leopold entdeckten.

»Ja, was bist du denn für ein Süßer?«, säuselte eine dunkelhaarige Pippi Langstrumpf.

Sie stand auf, ging vor Leopold in die Hocke und streichelte ihn beherzt über den Kopf. Einer ihrer Zöpfe baumelte direkt vor Leopolds Schnauze, was ihn dazu verführte, vorsichtig danach zu schnappen.

»Aha, so einer bist du also! Ein kleiner Frechdachs!«, rief sie lachend, befreite ihre Haare aus seinen Fängen und stupste ihm mit dem unteren Ende des Zopfes neckend auf die Nase. »Wie heißt er denn?«, fragte sie Uschi.

»Leopold!«

»Oh, Leopold. Ein aristokratischer Name. Sehr schön!« Sie schüttelte ihm die Pfote. »Nice to meet you, Leo. Als reinrassiger Australian Shepherd sprichst du doch bestimmt Englisch, oder?«

»Äh, er ist eigentlich in Deutschland geboren«, berichtigte Uschi.

»Ach so! Dann bist du ein Swabian Shepherd!«, rief sie und schüttelte ihm die andere Pfote. »Na dann, grüß Gottle! Ich bin die Saskia.«

Uschi lächelte, nahm neben dem Mann mit dem Wolfsshirt Platz und studierte die Getränkekarte. Leopold stand erst noch eine Weile herum, doch als ihm klar wurde, dass Uschi hierbleiben wollte, legte er sich mit einem leisen Seufzer unter den Tisch.

Auch Saskia setzte sich wieder. Vor ihr lag eine dicke Mappe voller Zeitungsberichte. Sie nahm einen Bericht heraus und wedelte damit so lange herum, bis alle am Tisch aufmerksam geworden waren.

»Der Bericht ist von dieser Woche. Hochinteressant sag ich euch! Wusstet ihr, dass Wölfe in Deutschland lieber Militärgelände als Naturschutzgebiete besiedeln?«

»Aber da wird doch die ganze Zeit rumgeballert«, wandte ein rothaariges Mädchen ein, das nicht viel älter als 16 war. »Das kann ich mir nicht vorstellen!«

Saskia tippte mit dem Zeigefinger auf die Zeitung und schüttelte so vehement den Kopf, dass ihre Zöpfe herumflogen.

»Für die Wölfe sind die Schießübungen wohl kein Problem. Das sei«, sie suchte die entsprechende Stelle und zitierte, »... eine berechenbare Störung. Inzwischen leben auf 13 der 21 Truppenübungsplätze Wölfe.« Sie sah empört in die Runde. »Und jetzt, jetzt kommt's: Die Forscher vermuten, dass die Wölfe sich deshalb bevorzugt dort aufhalten, weil es in diesen Gebieten eine geringere Präsenz von Jägern gibt! Die Wissenschaftler haben herausgefunden, dass die Sterblichkeit auf Truppenübungsplätzen geringer ist als in Naturschutzgebieten. He, das muss man sich mal geben! Die Wölfe müssen sich in die abgesperrten Militärgebiete zurückziehen, weil sie im Naturschutzgebiet von den Jägern illegal abgeknallt werden. Das ist doch ein Skandal!«

»Wenn i des hör, könnt i grad neischlaga!«, sagte ein Mann, der trotz seines jungen Alters bereits lichtes Haar hatte. »Des isch kein Skandal, des isch a granatamäßige Sauerei, was da abgoht.« Er schlug mit der Faust auf den Tisch, woraufhin Leopold erschrocken hochfuhr und bellte. »Wer weiß, wie viele Wölf da scho dran glauba mussta. Des kann man ja gar net kontrolliera.«

Uschi linste unauffällig hinter ihrer Getränkekarte hervor und musterte den Mann. Na, der hatte seine Aggressionen aber auch nicht wirklich im Griff. Als er in ihre Richtung sah, beugte sie sich rasch zu Leopold hinunter und redete beruhigend auf ihn ein. Dann studierte sie erneut die Karte. Zumindest tat sie so. Ohne Lesebrille konnte sie die kleine Schrift sowieso nicht entziffern.

»Ich hab eher das Gefühl, das will keiner so genau kontrollieren«, meinte Saskia. »Wenn man mal die Leserbriefe in den Zeitungen anschaut, hat man das Gefühl, dass die meisten Leute inzwischen gegen den Wolf sind.«

Sie ordnete die Zeitungsberichte.

»Darum sag ich ja: Wir müssen die Bevölkerung aufklären«, warf ein blonder Mann mit akkuratem Kurzhaarschnitt ein. »Nur so erreichen wir was.«

»Warum setzen sich eigentlich die Kirchen nicht mehr für den Wolf ein?«, fragte das junge Mädchen. »Wenn die Bergpredigt ernst genommen wird, müssten sich die Christen doch auch für die Rechte der Tiere einsetzen!«

»So! Was möchten Sie denn trinken?«

Die Bedienung war so plötzlich neben Uschi aufgetaucht, dass sie überrascht zusammenzuckte. Oje, sie hatte immer noch keine Ahnung, was sie trinken sollte.

»Äh, ich brauche noch einen kleinen Moment«, sagte sie verlegen und holte das Brillenetui aus ihrer Handtasche hervor. »Ich habe mich noch nicht entschieden.«

Die Bedienung nickte und verschwand wieder in der Küche.

»Ich könnte mir vorstellen, den Part mit den Herdenschutzhunden zu übernehmen«, sagte der Blonde. »Da kursieren ja die wildesten Gerüchte. Da wird davon gesprochen, dass diese Hunde jeden platt machen würden, der ihnen vor die Schnauze kommt. Dabei weiß man aus anderen Ländern, dass diese Hunde so erzogen werden können, dass sie Menschen gegenüber nicht aggressiv sind. Die verbellen Eindringlinge, bleiben aber auf Abstand. Da sind selbst die Schäfer oftmals fehlinformiert.«

»Gut, Anselm. Dann kümmerst du dich künftig um die Infos zu den Herdenschutzhunden«, konstatierte der Mann mit dem Wolfsshirt. »Ich hätte da aber noch eine ganz andere Idee.« Er lehnte sich über den Tisch nach vorn. »Wir könnten uns doch auch dafür einsetzen, dass jeder Wolf ein GPS-Halsband bekommt. Das wird bei den Luchsen so gemacht. Damit könnte man die Position der Wölfe bestimmen und notfalls einschreiten, wenn sich der Wolf einer Schafherde nähert.«

»Ah, ich glaube, das ist nicht so einfach«, wandte Anselm ein. »Ich hab mal gelesen, dass die Dauerüberwachung in der Praxis nicht möglich ist, weil da die Akkukapazität der Geräte nicht ausreicht. Das ist eher zur nachträglichen Verfolgung geeignet, damit man sieht, wohin das Tier gewandert ist.«

Uschis Tischnachbar hob sein Bierglas, warf Anselm einen kühlen Blick zu und sagte dann halblaut:

»Was du schon wieder alles weißt.«

Er grapschte sich die Schachtel Zigaretten vom Tisch und erhob sich.

»Warte Robin, ich geh mit«, rief das junge Mädchen und rannte ihm hinterher.

»Bei der EU staunen sie schon, weshalb in Deutschland überhaupt mit solcher Schärfe in der Wolfspolitik gestritten wird«, wechselte Saskia das Thema und deutete auf einen kleinen Zeitungsausschnitt. »Als seien die paar Hundert Wölfe das zentrale Problem bei uns schlechthin. Die anderen EU-Staaten gehen mit dem Thema viel gelassener um.«

Robin und das junge Mädchen kamen zurück und setzten sich wieder an den Tisch. Uschi roch sofort, dass sie geraucht hatten.

»Bei uns würden sie am liebsten jeden dritten Wolf abknallen«, schimpfte Anselm. »Die wollen eine Wolfobergrenze einführen.« Er legte die Stirn in Falten. »500 Wölfe und kein Wolf mehr.«

»Wolfobergrenze! Was die sich mittlerweile für Wörter ausdenka! Und wie komma die überhaupt uf die Zahl? Wer legt denn so was fescht?«

»Ach, das haben sich unsere Politiker von den Franzosen abgeschaut. Ist natürlich vollkommen willkürlich festgelegt.«

»Ich dachte, die Population muss erst einmal gesichert werden?«, erkundigte sich das rothaarige Mädchen verwundert.

»Da hast du vollkommen recht, Lia«, meinte Saskia. »Nach den Bestimmungen der EU soll ein guter Erhaltungszustand des Wolfes gesichert sein. Und dieser Zustand ist europaweit noch lange nicht erreicht.« Sie nippte an ihrem Cocktail. »Die EU sieht bislang übrigens weder eine Obergrenze noch eine Regulierung des Wolfsbestands vor.«

Die Bedienung kam zurück, stellte sich neben Uschi und zückte Block und Stift.

»Ich hätte gerne eine Weißweinschorle sauer!«, sagte Uschi spontan und klappte die Karte zu.

Die Bedienung kritzelte etwas auf ihren Block und eilte davon. Da sie sich nun nicht mehr hinter der Getränkekarte verstecken konnte, holte Uschi ihren E-Book-Reader heraus und las. Zumindest tat sie so, als würde sie lesen.

»Wie sollen die 500 Wölfe denn auf die Bundesländer aufgeteilt werden?«, hakte Lia nach.

»Vermutlich wird es dann einen Länderwolfsausgleich geben«, meinte der Mann mit dem Wolfsshirt und grinste. »Oder der Osten kassiert für jeden Wolf einen Soli.«

»Eigentlich sollt's ja für jeden Wolf au a Begrüßungsschaf geba«, sagte der Mann mit dem schütteren Haar lachend.

»Ich glaub, dir hat das letzte Bier nicht gutgetan, Volker!«, maßregelte ihn Saskia. »Von wegen Begrüßungsschaf! Hör dir das mal an.« Sie blätterte in den Zeitungsberichten und zog schließlich den Ausschnitt hervor, den sie gesucht hatte. »In der rechten Szene wird die Zuwanderung des Wolfs sogar als…«, sie suchte nach der entsprechenden Zeile im Text, »… unkontrollierte Einwanderung kulturfremder Räuber bezeichnet. Der Wolf wird als eine Art ›Messermigrant‹ gesehen – nur halt mit Zähnen bewaffnet.«

»Da wird bewusst Stimmung gegen den Wolf gemacht«, sagte Anselm finster.

»So!«, sagte die Bedienung freundlich. »Ihre Weinschorle.«

Uschi bedankte sich und nahm sogleich einen Schluck.

»Ja, aber die Angst der Leute darf man nicht unterschätzen«, meinte Saskia. »Die Politik wird versuchen, die Bevölkerung durch Abschussquoten zu beruhigen. Deshalb wird es höchste Zeit, dass wir etwas tun, um die Sympathien für den Wolf zu erhöhen. Sonst geht es den Wölfen irgendwann an den Kragen. Der sogenannte ›gute Erhaltungszustand der Population‹ kann schnell erreicht sein.«

»Wenigstens hat man den Jägern nicht die rechtliche Verantwortung zur Tötung der Wölfe übertragen«, sagte der Mann im Wolfsshirt. »Den Job sollen nach wie vor Sonderbeauftragte aus dem Naturschutz übernehmen.«

»Apropos Jäger…«, warf Saskia ein und senkte die Stimme. »Habt ihr das vom Schuster gehört?«

»Der isch wohl verreckt!«, raunte Volker und nahm einen großen Schluck Bier.

Saskia und der Mann mit dem Wolfsshirt tauschten Blicke.

»Er soll von der Teufelsbrücke gestürzt sein«, flüsterte Saskia. »Die Leute im Ort sagen, dass vielleicht die Russenmafia dahintersteckt. Der Schuster soll ja mit Waffen gehandelt haben.«

Sie schielte zu Volker hinüber, als prüfe sie seine Reaktion. Doch der trank schweigend sein Bier.

»Jetzt hat er sich doch noch das Genick gebrochen«, sagte der Mann mit dem Wolfsshirt so leise, dass bei Uschi akustisch nur »Genick gebrochen« ankam.

Die zwei Worte reichten, um Uschis Gehör zu schärfen. Sie war wie elektrisiert! Vielleicht würde sie jetzt gleich erfahren, wer der Mörder war!

»Mensch, Robin!«, fuhr Saskia ihn an. »Das ist geschmacklos! Und hast du mal daran gedacht, dass ihr beide«, sie nickte mit dem Kopf zu Volker hinüber, »jetzt unter Verdacht stehen könntet?«

»Jetzt hör aber mal auf! Wir sind doch keine Mörder!«

»Ja, das weiß ich. Aber weiß das auch die Polizei?«

»Wenn du mir so kommst, kannst du heut Nacht ganz sicher nicht mit meiner Hilfe rechnen!«

Saskia warf Robin einen giftigen Blick zu und stach mit ihrem Röhrchen auf die Zitronen in ihrem Glas ein. Dann blickte sie offen in die Runde.

»Wer ist eigentlich nachher noch dabei?«

Der Parkplatz Josefslust lag verlassen da. Uschi wählte einen Platz mit genügend Abstand zur angrenzenden Bundesstraße. Auch wenn um diese Uhrzeit kaum noch Verkehr herrschte, wollte sie nicht riskieren, dass Leopold durch eine Unachtsamkeit ihrerseits unter die Räder kam. Du meine Güte, dachte sie, ist das dunkel hier! Aber klar, warum sollte man auch einen Wanderparkplatz bei Nacht beleuchten? Keine idealen Bedingungen für eine leicht kurzsichtige Spionin, die unter Nachtblindheit litt. Nun ja, ihr Blindenhund freute sich jedenfalls riesig über den unerwarteten Nachtspaziergang und würde sie gewiss im Eiltempo über Stock und Stein zerren. Sie musste ganz ans andere Ende des großen Parkplatzes laufen, bis sie auf die beiden Autos stieß. Das mussten sie sein. Die Wolfsfreunde.

Gut, dass ihr der Treffpunkt Josefslust zu Ohren gekommen war. Das hatte ihr eine Verfolgungsjagd mit dem Auto erspart. So konnte sie die Wolfsfreunde in Ruhe ziehen lassen, dann bezahlen und sich schließlich selbst auf den Weg zum Treffpunkt machen. Die jungen Leute hatten dadurch genügend Vorsprung gehabt und waren derweil schon längst irgendwo im Wald verschwunden.

Uschi unterdrückte ein Hüsteln. Ein bisschen mulmig war ihr natürlich schon zumute. Dieser »Aktionismus«, wie Buckenmaier es nannte, würde dem Polizisten mal wieder gar nicht gefallen. Aber ihre Neugierde war einfach zu groß. Sie musste wissen, was die Tierschutzaktivisten hier trieben. Angst hatte sie vor den jungen Leuten eigentlich nicht. Bei der Diskussionsrunde im Theatercafé hatte sie vielmehr den Eindruck gewonnen, dass die Wolfsfreunde recht vernünftige Ansichten hatten. Nur dieser Volker war ihr nicht ganz geheuer. Bei dem konnte sie sich schon vorstellen, dass er in seiner Wut unkontrollierte Dinge tat. Vor dem würde sie sich in Acht nehmen. Und Robin steckte mit Volker offenbar unter einer Decke. Der hatte auch irgendwie Dreck am Stecken. Aber Robin war ja nach Hause gegangen. Um den musste sie sich im Moment jedenfalls keine Gedanken machen.

Hm, und wo steckten die Aktivisten jetzt? Sie konnte weder irgendwelche Stimmen hören noch den Lichtschein von Taschenlampen erkennen. Gut, dass sie den Spürhund dabeihatte. War zu hoffen, dass Leopold ein Naturtalent im Spurensuchen war. Eine Ausbildung als Fährtenhund hatte er ja nicht. Uschi zog einen rosa Strohhalm aus ihrer Tasche und ließ Leopold daran schnüffeln. Es war Saskias Strohhalm, den sie sich aus dem Cocktailglas gemopst hatte, nachdem die Wolfsfreunde das Theatercafé verlassen hatten.

»Such! Wo ist die Saskia? Such, such!«

Leopold schaute sie verwundert an. Er verstand nicht, was sie von ihm wollte. Vielleicht war es ja das falsche Ende, das sie ihm da hinhielt und er roch nur den Rum? Uschi drehte das Röhrchen um und hielt ihm das andere Ende hin.

»Such«, flüsterte sie erneut. »Wo ist die Saskia? Such!«

Nun fiel die Reaktion tatsächlich anders aus. Leopold schwänzelte kurz und rannte dann los. Erst ging es ein Stück weit den Waldweg entlang, dann eilten sie auf einem schmalen Fußweg weiter, der kurz darauf in einen Trampelpfad überging. Ausnahmsweise wies Uschi ihn für sein Gezerre an der Leine nicht zurecht, sondern beeilte sich, ihm hinterherzukommen. Sie wollte ihn in seinem Eifer auf keinen Fall bremsen. Sonst verlor er noch die Spur, wenn sie ihn störte. Blieb nur zu hoffen, dass er sich inzwischen nicht von einer anderen Spur leiten ließ, die ihn mehr interessierte. Im schlechtesten Fall jagten sie gerade einem Kaninchen hinterher.

Doch Uschis Sorge war unbegründet. Es dauerte nicht lange, da hörte sie Geräusche. Sie blieb stehen und versuchte, die Richtung zu orten, aus der die Geräusche kamen. Schien so, als seien die Aktivisten ganz in der Nähe, ungefähr 50 Meter vor ihr.

Hm, was würde sie eigentlich tun, wenn die Wolfsfreunde sie beim Schnüffeln erwischten? Sie konnte ja schlecht behaupten, dass sie hier mitten in der Nacht rein zufällig mit Leopold herumspazierte. Nein, sie durfte sich auf gar keinen Fall erwischen lassen! Das würde ansonsten oberpeinlich werden! Und vielleicht auch gefährlich. Denn gewiss waren die Aktivisten nicht an diesen Ort gekommen, um sich zur Wolfsbeobachtung nachts auf die Lauer zu legen. Die trieben garantiert etwas Verbotenes. Illegales. Man konnte nicht vorhersehen, wie die Leute reagieren würden, wenn sie auf einen Spion stießen.

Aber wenn sie sich nicht ein Stück weiter vorwagte, würde sie nie herausfinden, was da vor sich ging. Und dann hätte sie sich diesen Nachtspaziergang sparen können. Sie zog Leopold näher zu sich heran und schlich weiter. Bildete sie sich das nur ein oder wurde es da vorne tatsächlich etwas heller? War dort womöglich eine Waldlichtung? Ein sägendes Geräusch drang durch die Nacht. Aha. Die Wolfsfreunde machten sich offensichtlich an einem Jägerhochsitz zu schaffen. Uschi verzog das Gesicht. Dabei hatten die jungen Leute vorhin doch so gute Ideen gehabt. Vor allem dieser Anselm schien ein cleverer Typ zu sein und hatte erkannt, dass Information das A und O war. Aber Hochsitze umsägen? Mochte für die Aktivisten ein spannender Zeitvertreib sein und dem Aggressionsabbau dienen, aber ansonsten brachte das dem Wolf doch gar nichts. Im Gegenteil. Mit so einem pubertierenden Verhalten würden sich die Wolfsfreunde schwertun, in der breiten Bevölkerung Rückhalt zu finden und ernst genommen zu werden.

Uschi näherte sich gerade so weit, dass sie die Lichtung überblicken konnte, ohne selbst gesehen zu werden. Es war noch keine Minute vergangen, da fragte sie sich bereits, ob es eigentlich Sinn machte, was sie da gerade tat. Wie sollte sie auf diese Weise herausfinden, ob sich unter diesen Leuten der Mörder von Schuster befand?

Just in diesem Moment ertönte ein gewaltiger Donnerschlag! Gefolgt von mehreren Schüssen. Uschi taumelte vor Schreck einen Schritt rückwärts. Leopold war längst im Fluchtmodus. Bereits nach dem ersten Knall hatte er den Schwanz zwischen die Beine geklemmt, die Ohren angstvoll zurückgelegt und war dann von Panik ergriffen davongerannt. Uschi konnte die Leine gerade noch rechtzeitig loslassen, um durch den massiven Ruck nicht umgeworfen zu werden. Entsetzt sah sie ihm nach, wie er in der Dunkelheit verschwand. Einfach auf und davon. Hoffentlich rannte er in seiner Aufregung nicht in ein Auto hinein!

Sie wollte Leopold gerade hinterhereilen, da hallten plötzlich Schreie durch den Wald. Eine Frau kreischte. Und dann fielen wieder Schüsse.

Uschi erstarrte. Um Himmels willen! Was sollte sie denn jetzt tun? Sie musste den jungen Leuten zu Hilfe kommen … Aber da ging es ja zu wie im Krieg! Ihr Herz schlug so wild in ihrer Brust, dass sie fürchtete, gleich einen Herzinfarkt zu bekommen. Angst. Sie hatte furchtbare Angst! Und sie wollte so schnell wie möglich weg von hier. Sobald sie in Sicherheit war, würde sie die Polizei rufen.

Bum! Ein ohrenbetäubender Knall ließ Uschi zusammenfahren. Verflixt! Was war das denn gewesen? Etwa eine Handgranate? Himmel hilf! Uschi überlegte nicht mehr lange. Sie rannte einfach los. Floh. Hörte erneute Schreie. Schüsse. Keuchte. Rannte. Weg! Nur weg!

Leopolds Pfoten ruderten wild durch die Luft. Er rannte so schnell er nur konnte. Das Gebell, das aus seiner Kehle drang, klang gedämpft. Und doch so aufgeregt, dass sich sein Brustkorb dabei heftig hob und senkte. Uschi kniete sich neben ihn und streichelte ihm sanft den zitternden Bauch.

»Ist ja gut«, flüsterte sie.

Leopold erwachte mit einem tiefen Seufzer aus seinem Albtraum und blinzelte sie verschlafen an. Offenbar hatte der junge Hund das nächtliche Abenteuer nicht so einfach weggesteckt. Und auch Uschi hatte das Erlebnis noch nicht ganz verdaut. Was für ein Horror! Sie rieb sich die Augen und gähnte. Kaum zu glauben, dass dies alles wirklich geschehen war. Jemand hatte auf die Tierschützer geschossen.

Vermutlich ein Jäger, der in der Nähe gewesen war. Vielleicht waren es aber auch mehrere Jäger gewesen. Sie hatte den Eindruck gehabt, dass sehr oft geschossen worden war. Das konnte aber auch bedeuten, dass die Jäger den Tierschützern dort aufgelauert hatten. Aber wodurch waren diese Kanonenschläge verursacht worden? Und woher sollten die Jäger gewusst haben, dass sich die Wolfsfreunde an diesem Abend exakt an diesem Hochsitz zu schaffen machen würden?

Zumindest hatte sie beim Parkplatz Leopold wiedergefunden. Der arme Hund war völlig verstört gewesen. Aber immerhin hatte er trotz allem zum Auto zurückgefunden.

Es war ihr schwergefallen, einen klaren Gedanken zu fassen. Trotzdem hatte sie es geschafft, einen Notruf an die Polizei abzugeben, ohne ihre Identität preiszugeben. Sie wollte nicht noch mehr Ärger bekommen. Die Anonymität brachte es leider mit sich, dass sie nicht nachhaken konnte, wie die Sache ausgegangen war. Dabei konnte sie seitdem an nichts anderes mehr denken. Dauernd hatte sie die Schreie der jungen Leute im Ohr und ihr schlechtes Gewissen plagte sie sehr. Hoffentlich hatte es keine Verletzte gegeben! Oder gar weitere Tote!

Sie schob die restlichen Nudeln auf ihrem Teller zusammen und beförderte den Haufen in den Hundenapf. Sie hatte keinen Appetit. Während sich Leopold schwanzwedelnd über die Pasta hermachte, griff sie zu ihrem Handy. Wozu hatte sie Kontakte? Der Buckenmaier war ihr sowieso noch was schuldig. Sie hatte ihn so oft bei seinen Ermittlungen unterstützt, dass er nun auch mal was für sie tun konnte.

»Buckenmaier?«

»Hallo, Herr Buckenmaier. Hier ist Uschi Lämmle.«

»Oh, Frau Lämmle! So schnell habe ich gar nicht mit Ihnen gerechnet. Haben Sie denn schon die Ergebnisse der DNA-Analyse erhalten?«

»Äh, nein. Ich weiß noch nichts. Aber deswegen rufe ich auch nicht an.«

»So? Wo drückt denn heute der Schuh?«

Uschi zögerte. Wie weit sollte sie ausholen? Auf keinen Fall wollte sie sich für ihren »Aktionismus« rechtfertigen oder gar entschuldigen müssen. Andererseits war sie froh, dass sie sich endlich jemandem anvertrauen konnte.

»Sie müssen entschuldigen, dass ich Sie schon wieder störe, aber ich habe ein Problem.« Sie holte nochmals tief Luft. »Ich hab gestern die Wolfsfreunde verfolgt. Und dann wurde plötzlich auf sie geschossen! Es war furchtbar! Da herrschten kriegsähnliche Zustände! Ich glaube, die Jäger haben sogar mit Handgranaten um sich geworfen …«

Es sprudelte nur so aus ihr heraus. Als sie erneut nach Luft schnappen musste, nutze Buckenmaier seine Chance.

»Jetzt mal alles der Reihe nach, Frau Lämmle. Sie sind ja richtig von der Rolle. Und ehrlich gesagt, ich versteh kein Wort.« Er räusperte sich. »Warum haben Sie denn diese – Wolfsfreunde sagten Sie? – verfolgt?«

»Ich war gestern bei einem Treffen der Wolfsfreunde, um mich mal ein wenig umzuhören. Schließlich haben diese Leute Schuster vor Kurzem massiv bedroht.« Sie schüttelte verärgert den Kopf. »Und trotzdem mussten sie keine DNA-Proben abgeben!«

»Das können Sie doch gar nicht wissen«, meinte Buckenmaier. »Und ich hab Ihnen schon neulich gesagt, dass Sie einfach mal die Polizei machen lassen sollten. Das sind schließlich Experten.«

»Ja, ich weiß. Aber es fällt mir halt schwer, einfach abzuwarten und Däumchen zu drehen, wenn ich verdächtigt werde. Das würde Ihnen vermutlich nicht anders gehen.« Da Buckenmaier nicht widersprach, fühlte sich Uschi ermutigt, mit ihrer Schilderung fortzufahren. »Ich habe gestern zufällig mitbekommen, wie sich diese Wolfsfreunde verabredet haben. Zu irgendeiner geheimen Aktion! Also bin ich zum Parkplatz Josefslust gefahren und hab mal geschaut, was die da so treiben.«

»Versteh ich Sie recht?«, unterbrach sie Buckenmaier erneut. »Sie haben diese Aktivisten beschattet?«

»Beschattet? So würde ich das jetzt nicht nennen. Ich musste ja sowieso noch meinen Pflegehund ausführen.« Uschi schielte zu Leopold hinüber, der inzwischen wieder eingeschlafen war. »Ich hab auch extra viel Abstand gehalten. Deshalb konnte ich ehrlich gesagt auch gar nichts sehen. Ich hab alles nur gehört.«

Buckenmaier stöhnte, verkniff sich aber eine Bemerkung.

»Ich glaube, die wollten einen Hochsitz umsägen. Zumindest hörte sich das so an. Und dann wurde auf einmal geschossen. Keine Ahnung von …«

»Moment«, fiel ihr Buckenmaier ins Wort. »Geschossen? Sind Sie sicher?«

»Ich konnte nicht sehen, wer geschossen hat. Aber ich habe eindeutig Schüsse gehört. Und die Wolfsfreunde haben furchtbar geschrien.« Sie schluckte und musste auf einmal mit den Tränen kämpfen. »Ich … ich hätte natürlich helfen müssen, aber ich hatte solche Angst. Und dann wurden noch diese Handgranaten geworfen! Leopold hat sich vor Schreck losgerissen und ist davongerannt.«

»Handgranaten?«, krächzte Buckenmaier.

»Ich weiß nicht, ob es wirklich Handgranaten waren«, schniefte Uschi. »Aber es klang wie Donnerschläge!«

»Und was haben Sie dann gemacht? Haben Sie die Polizei gerufen?«

»Ja, klar.« Uschi zögerte. »Allerdings hab ich darauf geachtet, anonym zu bleiben.«

»Anonym?«, rief Buckenmaier.

Uschi entging nicht, dass seine Stimme deutlich höher als gewöhnlich klang. Du musst dich nicht rechtfertigen, sagte sie sich, ging zu ihrer Zimmerpalme hinüber und steckte prüfend den Finger in die Erde. Trocken.

»Ja, anonym. Nach all dem Misstrauen, das mir die Polizei zurzeit entgegenbringt, ist das die logische Konsequenz. Ansonsten hat man doch nichts als Ärger. Man meldet sich als Zeuge und am Ende wird man zum Dank auch noch verdächtigt.«

»Sie wissen genau, dass das absoluter Humbug ist, was Sie da verzapfen!«, polterte Buckenmaier los. »Mensch, Sie führen sich schon wieder auf wie Miss Marple! Ich hoffe nur, Sie wollen nicht ins Zeugenschutzprogramm aufgenommen werden.«

»Quatsch«, gab Uschi zurück. »Das hat doch jetzt gar nichts mit der Sache zu tun. Natürlich möchte ich …«

»Hören Sie, ich hab nicht endlos Zeit. Kommen Sie jetzt einfach mal auf den Punkt. Was wollen Sie denn nun eigentlich von mir?«

Uschi nahm die Gießkanne in die Hand, ging damit zum Wasserhahn und hielt die Kanne unter den plätschernden Wasserstrahl.

»Wäre es nicht möglich … äh, könnten Sie vielleicht mal bei Ihren Sigmaringer Kollegen nachfragen, was da gestern Nacht genau passiert ist? Ich frage mich die ganze Zeit, ob jemand verletzt worden ist.« Sie strich sich eine Haarsträhne aus der Stirn. »Außerdem ist mir jetzt erst wieder der Name von dem Tierschützer eingefallen, der so aggressiv war. Der hat garantiert Dreck am Stecken. Und er kannte Schuster. Volker heißt er. Den müsste man mal überprüfen.«

Buckenmaier sagte eine Weile nichts. Uschi stand still und sah zu, wie sich die Kanne bis zum Rand füllte und schließlich überlief. Rasch drehte sie den Hahn ab.

»Meine liebe Frau Lämmle«, stieß Buckenmaier schließlich hervor. »Ich sag Ihnen das jetzt noch ein einziges Mal im Guten. Weil Sie wohl grundsätzlich etwas länger brauchen, um die Dinge zu kapieren.« Er wechselte in einen harten Befehlston. »Sie rufen jetzt selbst bei der Polizei in Sigmaringen an und sagen den Kollegen alles, was sie wissen. Und zwar unter Ihrem echten Namen und auf keinen Fall anonym!«

Uschi stiegen Tränen in die Augen. Wie redete denn der mit ihr? So ein undankbarer Schnösel! Auf diesen Mann war einfach kein Verlass! Verärgert straffte sie den Rücken und hob die Gießkanne mit einem Ruck aus der Spüle.

»Einen Teufel werd ich tun!«, zischte sie und beendete, bevor Buckenmaier etwas einwenden konnte, mit süßlicher Stimme das Gespräch. »Ich wünsche Ihnen noch einen schönen Tag. Und vielen Dank für Ihr offenes Ohr!«

Anschließend verpasste sie der Palme eine gehörige Ladung Wasser. Vor lauter Ärger bemerkte sie nicht einmal, dass das überschüssige Wasser bereits über den Untersetzer hinweg auf den Parkettboden lief. Es war ein Fehler gewesen, Buckenmaier anzurufen. Jetzt fühlte sie sich nicht besser, sondern sogar noch schlechter als zuvor. Weil sie diesen blöden anonymen Anruf gemacht hatte. Und weil sie nicht einmal versucht hatte, den jungen Menschen zu helfen. Sie hatte die Wolfsfreunde im Kugelhagel zurückgelassen und war davongerannt. Sie biss die Zähne aufeinander. Ja, das war wirklich feige gewesen.

Zur Strafe würde sie heute den Rest des Tages fasten. Sie kratzte die übrig gebliebenen Nudeln aus dem Topf und mischte sie Leopold ins Trockenfutter. Als sie den leeren Topf in die Spülmaschine stellte, blieb ihr Blick an der geöffneten Weinflasche hängen, die in der Ecke stand. Wenn sie sich schon das Essen versagte, konnte sie sich zumindest ein Glas Rotwein … Was bist du nur für ein schwacher Mensch, schimpfte sie sich und nahm seufzend ein Weinglas aus dem Schrank. Eigentlich wusste sie gar nicht, auf wen sie am meisten wütend war. Auf Buckenmaier, auf diese dummen Tierschützer oder auf sich selbst.

Leopold saß auf Uschis Fuß, den Rücken dicht an ihr Bein gepresst und genoss den Körperkontakt, während sie am Tisch saß und telefonierte.

»Der Mond?«, sie lächelte. »Nein, der hat sich leider nicht mehr blicken lassen. War aber halb so schlimm. Es ging ja bei der Führung nicht nur um den Mond, sondern auch um Hexen und Gespenster.«

»Hat sich dann wenigstens eines der Schlossgespenster gezeigt?«, erkundigte sich Grom.

»Nein«, lachte sie auf. »Selbst die Landgräfin hat sich geziert.«

Sie zog Leopold zärtlich am Ohr. Grom war charmant und hatte Format. Er wusste, wie man mit einer Dame umzugehen hatte. Da konnte sich der Buckenmaier eine ganz dicke Scheibe davon abschneiden. Als ob es nicht schon gereicht hätte, ihr diese ruppige Abfuhr zu erteilen, hatte er sie darüber hinaus auch noch aufgezogen. Miss Marple! Eine Frechheit war das! Sie hatte ein gesundes Maß Neugier und zeigte Zivilcourage. Das war nichts, worüber man sich lächerlich machen musste. Aber vielleicht würde sie das Gespräch mit Grom ja weiterbringen. Sie war gespannt, ob er die Wolfsfreunde kannte und was er aus der Jägerszene zu berichten hatte.

»Konnten Sie denn die eine oder andere Information aus meiner Führung einbauen?«

»Ja, vor allem der ausgestopfte Wolf stößt bei den Besuchern auf großes Interesse«, lenkte Uschi die Unterhaltung geschickt auf das für sie relevante Thema. »Ist ja auch ein heißes Eisen zurzeit. Ich war kürzlich bei einem Treffen der Wolfsfreunde. Haben Sie von denen schon mal gehört?«

»Nein, nicht dass ich wüsste.«

»Das ist so eine Gruppe von Tierschutzaktivisten. Die sagen, dass hinter den neuen Richtlinien zum Wolfsmanagement nur politisches Kalkül stecken würde.«

»So, sagen die das?«, sagte Grom mit skeptischem Unterton.

»Ja. Außerdem behaupten sie, dass die Bevölkerung bewusst durch eine wolfsfeindliche Berichterstattung aufgehetzt wird. Am meisten aber regen sie sich über die Jäger auf. Sie befürchten, dass die Jäger imstande sind, den Wolf ein zweites Mal auszurotten.«

»Das ist doch Blödsinn«, widersprach Grom verärgert. »Der Wolf ist streng geschützt. Und das wissen auch die Jäger. Nur Problemwölfe dürfen geschossen werden.«

»Aha. Und was genau ist ein ›Problemwolf‹?«

»Das sind Tiere, die mehrfach Zäune überwunden und Schafe getötet haben. Die dürfen abgeschossen werden. Aber nur, wenn von dem Wolf eine Gefahr für den Menschen ausgeht. Oder enormer wirtschaftlicher Schaden zu erwarten ist.«

»Aber bislang dreht es sich bei uns im Südwesten doch nur um einen einzigen Wolf. So viel Schaden wird der schon nicht anrichten können, oder?«

»Es geht ja nicht nur um diesen einen Wolf, der gerade hier in der Gegend ist. Der Deutsche Jagdverband schätzt, dass die Zahl der Wölfe jedes Jahr um 30 Prozent zunehmen wird. Man hält sogar eine Verdopplung der Population innerhalb von drei Jahren für möglich. Soweit ich weiß, gibt es in Deutschland derzeit ungefähr 100 Rudel und 30 Wolfpaare. In einem Rudel leben drei bis elf Tiere. Wenn man die Jungtiere mitzählt, könnten es bereits über 1000 Wölfe sein.«

»Über 1000?«, staunte Uschi. »Das hätte ich jetzt nicht gedacht!«

»Die Gesamtzahl kann man natürlich nur grob schätzen«, räumte Grom ein.

»Darf ich Sie noch was fragen?«

»Nur zu«, sagte Grom und lachte.

»Wie ist das denn mit den Luchsen?« Uschi stand auf, lief zum Küchenschrank und nahm ein Staubtuch heraus. »Ich hab in der Zeitung gelesen, dass vor Kurzem ein Luchs im Donautal gesichtet worden ist. Der Landesjagdverband hat sich so darüber gefreut, dass er sofort die Patenschaft für das Tier übernommen hat. Der Luchs hat sogar einen Namen erhalten. Linus oder so.«

»Er heißt Lias«, berichtigte Grom.

»Lias, ja. Und weshalb hat der Wolf keinen Namen erhalten? Der Luchs ist doch auch ein Raubtier und holt sich hin und wieder mal ein Schaf.«

»Also zwischen Wolf und Luchs gibt es schon einen großen Unterschied. Luchse sind Einzelgänger und jagen nicht im Rudel. Außerdem reißen sie ganz selten mal ein Schaf, und wenn, dann nur eines und nicht gleich im Dutzend.«

»Mag sein«, räumte Uschi ein und fing an, das Fensterbrett abzustauben. »Aber finden Sie nicht auch, dass diese aufkommende Wolfshysterie ziemlich irrational ist?«

»Verstehen Sie mich nicht falsch. Ich mag Wölfe. Aber ich denke, dass sie in Deutschland keinen idealen Lebensraum vorfinden. Deutschland ist viel zu dicht besiedelt. Der Wolf kann sich vom Menschen auf Dauer gar nicht fernhalten. Früher oder später wird er auch in die Ortschaften kommen. Und dann sind die Konflikte schon vorprogrammiert.«

»Aber der Wolf hat doch Angst vor dem Menschen«, entgegnete Uschi und ließ den Staublappen über die Tastatur ihres Klaviers gleiten, ganz vorsichtig, damit die Tasten keinen Klang erzeugten.

»Diese natürliche Scheu wird er verlieren, wenn er die Erfahrung macht, dass ihm in den Siedlungen nichts passiert«, meinte Grom. »Er lernt, dass er sich dort frei bewegen darf, vielleicht sogar Beute machen kann, ohne dass es Konsequenzen für ihn hat. Also kommt er wieder.«

Uschi betrachtete prüfend die entstaubte Hängelampe, die nun heftig hin- und herschwang.

»Wie die Füchse, die sich inzwischen nachts in den Städten herumtreiben und in den Gärten im Kompost wühlen«, sagte Uschi.

»Oder irgendwelche Kaninchenställe knacken. Inzwischen laufen die Füchse ja selbst bei Tag durch die Gärten. Und ich fürchte, das wird beim Wolf nicht anders sein.«

Uschi blickte aus dem Fenster und musste an den jungen Fuchs denken, der im Frühjahr am helllichten Tag mitten auf dem Rasen des Nachbargrundstücks seinen Mittagsschlaf abgehalten hatte. Es war so entzückend gewesen, ihn beim Aufwachen zu beobachten. Ganz genüsslich hatte er sich in der warmen Sonne gerekelt und dabei herzhaft gegähnt.

»Ich mag Füchse«, sagte Uschi trotzig. »Und Wölfe mag ich auch.«

»Das sind Wildtiere«, sagte Grom geduldig. »Keine Kuscheltiere. Mal ganz davon abgesehen, dass sie auch Krankheiten auf den Menschen übertragen können. Tollwut zum Beispiel.«

»Ich dachte, es gibt keine Tollwut mehr in Deutschland«, erwiderte Uschi und warf den Staublappen ins Spülbecken.

»In Deutschland nicht. Aber in Osteuropa ist die Tollwut noch weit verbreitet. Und woher kommen die Wölfe, die zu uns einwandern? Aus Osteuropa!«

»Die Wahrscheinlichkeit von einem Wolf gebissen zu werden, geht aber gegen null, oder nicht?«

»Ein tollwütiger Wolf kann durchaus für Menschen gefährlich werden. Mal ganz davon abgesehen, dass es für die Übertragung von Tollwut keinen Biss braucht. Die Krankheit kann allein schon über den Speichel übertragen werden.«

»Wie auch immer«, meinte Uschi stur. »Es muss meiner Meinung nach möglich sein, dass Wölfe und Weidevieh nebeneinanderher existieren. Würden die Viehhalter ihre Tiere sicher einzäunen, könnte der Wolf auch keinen wirtschaftlichen Schaden anrichten.«

»Was das Einzäunen angeht, gibt es ja genaue Vorgaben. So ein wolfssicherer Zaun muss 90 Zentimeter hoch sein. Und die Stromspannung sollte 4000 Volt betragen.«

»Na, da bekommt der Wolf aber ordentlich eine gewischt«, meinte Uschi und legte die Stirn in Falten. »Das macht der doch nur einmal und dann nie wieder.«

»Das schreckt ihn erst mal schon ab. Er muss die Erfahrung machen, dass sich das Risiko und der Schmerz nicht lohnen. Aber längerfristig garantiert das auch keinen Schutz. Sie müssen bedenken, dass der Wolf ja Hunger hat. Wenn er mehr als vier Tage nichts zu fressen bekommen hat, wird es für ihn kritisch. Schafft er es dann nicht, ein Wildtier zu erbeuten, kehrt er zu den Schafen zurück. Und irgendwie findet er dann seinen Weg durch den Zaun.«

»Kriecht er unter dem Zaun hindurch?«, mutmaßte Uschi.

»Das ist eine Möglichkeit. Ja. Er kann aber auch versuchen, zu springen. 90 Zentimeter sind für einen Wolf nicht wirklich hoch. Und da er in der Luft keinen Stromschlag erhält, macht es auch nichts, wenn er dabei den Zaun streift. Wenn er herausgefunden hat, dass das Überspringen funktioniert, bringt er die Methode auch seinen Jungen bei. Und das wäre dann der Super-GAU!«

»Und wenn man dann als Wolfswelpe das Pech hat, in der Verwandtschaft so einen Problemwolf zu haben, kann es schnell lebensbedrohlich werden. Haben Sie schon von dem neuen Entwurf des Umweltministeriums gehört?«

»Äh, ich bin mir nicht sicher …«

»Wenn nicht klar ist, welcher Wolf aus dem Rudel der Übeltäter war, wird einfach ein Rudelmitglied nach dem anderen erschossen. Und das wird so lange getrieben, bis endlich Ruhe herrscht. Sippenhaft sozusagen! Nur noch schlimmer! Wer sich das ausgedacht hat, tickt doch nicht mehr ganz richtig!«, ereiferte sich Uschi. »Also, wenn dieser Entwurf durchgeht, Herr Grom … Das ist dann der Super-GAU!«

Ein peinlicher Moment des Schweigens trat ein und Uschi tat es sofort leid, dass sie den freundlichen Revierförster so angefahren hatte.

»Entschuldigen Sie, dass ich gerade so wütend geworden bin. Aber diese Sache regt mich total auf.«

»Sie müssen sich nicht entschuldigen. Manche Themen sind so schwierig zu beurteilen, dass nur ein Meinungsaustausch zu guten Lösungen führen kann. Problematisch wird es nur, wenn die Leute radikal werden. Manche Tierschützer werden so wütend, wenn ein Wolf entnommen werden muss, dass sie sogar an den zuständigen Landrat Drohmails verschicken.«

»Fragt sich, ob die Wut auch so weit reicht, dass sie dafür einen Mord begehen würden …«, überlegte Uschi laut.

Napoleons Mameluckensäbel zählte zu den schönsten Stücken der umfangreichen Waffensammlung im Schloss. Die Mitbringsel aus Napoleons Ägypten-Feldzug hatten deshalb einen Ehrenplatz erhalten und wurden in einer Prunkvitrine ausgestellt. Uschi rückte die Kopfhörer ihres Audiosystems zurecht und genoss die klassische Musik, die zu Beginn des Vortrags abgespielt wurde. Nach all der Aufregung in den letzten Tagen schwirrte ihr der Kopf. Sie brauchte dringend etwas Ablenkung. Da war so eine Ausstellung genau das Richtige. Kultur hatte generell eine beruhigende Wirkung auf ihr Gemüt.

Sie ging etwas näher an die Vitrine heran, um die mit goldenen Blattornamenten verzierten Klingen aus Damaszenerstahl besser in Augenschein nehmen zu können. Meine Güte, das Metall war so mustergültig poliert worden, dass man sich darin spiegeln konnte! Also, davon musste sie unbedingt ein Foto machen! Aber durfte man hier überhaupt fotografieren?

Uschi sah sich um. Kein Verbotsschild zu sehen. Na, wunderbar! Ihre Kolleginnen auf der Burg würden Augen machen! Rasch knipste sie ein paar Fotos von der Vitrine, den riesigen Geschosskugeln und der Kanone, die »Hohenzollerische Feldschlange« genannt wurde.

Erst jetzt registrierte sie, wie groß diese Waffenhalle eigentlich war. Obwohl sich die Ausstellungsstücke hinter einem schlichten Maschendrahtzaun befanden und durch grelles Neonlicht beleuchtet wurden, wirkte der Saal prachtvoll. Musste wohl an der schönen Gewölbedecke und den gold- und silberglänzenden Exponaten an den Wänden liegen. Da konnte die Waffenkammer auf der Burg wahrlich nicht mithalten! Die männliche Stimme ihres Audioguides erklärte gerade, dass es sich hierbei um eine der größten privaten Waffenkollektionen Europas handle. Mehr als 3000 seltene und kostbare Exponate wurden in diesem Saal präsentiert.

Heitere Flötenmusik ertönte. Die männliche Stimme ihres Audiogeräts erklärte, dass die fröhliche Marschmusik bewusst geblasen wurde, um die Truppen bis zum Angriff zu motivieren und geordnet marschieren zu lassen. Die lauten Töne der Trommeln sollten die Gegner dagegen einschüchtern.

Sie drückte die nächste Nummer ihres Audiogeräts und vernahm augenblicklich das blecherne Hämmern eines Schmieds. Das Geräusch diente der Einstimmung zur Waffenkunde. Trotzwaffen, Schutzwaffen, Klingenwaffen und

Stangenwaffen wurden unterschieden. Während Uschi die Schwerter an der Wand betrachtete, nahm sie auf einmal ein unangenehmes Kribbeln im Oberarm wahr. Die Narbe meldete sich zurück. Heutzutage konnten wohl nur wenige Menschen von sich behaupten, mit einem mittelalterlichen Schwert ernsthaft gekämpft zu haben. Und noch weniger Menschen hatten schon mal den Hieb eines solchen Schwertes zu spüren bekommen. Auf diese außergewöhnliche Erfahrung hätte sie freilich gut verzichten können. Der Kampf auf der Burg Hohenzollern hatte nicht nur eine äußerliche Narbe hinterlassen. Obwohl dieses Erlebnis nun schon zwei Jahre her war, kämpfte sie immer noch in manchen Nächten. Wenn auch nur im Traum.

Während Uschi durch den Saal schlenderte, hatte sie stets den Ritter im Blick, der sich in einem angrenzenden Raum am Ende der Halle befand. Er zog sie geradezu magisch an.

Ein eindrucksvoller Bursche! Mit ausgestreckter Lanze saß er auf seinem prächtig geschmückten Streitross, bereit zum Angriff. Beleuchtet wurde das lebensgroße Ensemble durch eine Art Meerjungfrau, die an der Decke schwebte und Teil eines Hirschgeweih-Kronleuchters war. Sehr extravagant! Uschi zückte gerade ihre Kamera, als sie das Schild an der Wand entdeckte. Wie? Fotografieren verboten? Na, die waren ja gut! Weshalb hing das Schild denn erst hier und nicht im Eingangsbereich? Tja, jetzt war es schon zu spät. Löschen würde sie die Fotos jedenfalls ganz gewiss nicht! Grummelnd packte sie die Kamera wieder in ihre Handtasche zurück und betrachtete den Ritter mit gebührendem Respekt, da ein anderes Schild nachdrücklich davor warnte, ihn zu berühren. Alarmgesichert. Ja, auch damit hatte sie bereits auf der Burg so ihre Erfahrungen gemacht.

»... Die Heere gepanzerter Ritter erzielten beim Angriff mit ihren Lanzen eine vernichtende Wirkung«, erklärte die männliche Stimme ihres Audioguides. »Ziel war es, die feindlichen Linien zu sprengen. Im anschließenden Kampfgetümmel kam dann das Schwert zum Einsatz. Mit Axt und Streithammer versuchte der Ritter, den Helm des Gegners zu durchdringen.«

Uschi schluckte. Raue Zeiten waren das damals. Sie betrachtete das Streitross, dessen Schabracke mit dem Wappen der Hohenzollern verziert war. Der Mann in ihrem Ohr verriet ihr, dass so ein Streitross dem Wert von 25 gewöhnlichen Pferden entsprach. Es war speziell ausgebildet und konnte dem Ritter durch Ausschlagen der Hinterbeine notfalls aus der Patsche helfen, wenn er sich in einer bedrohlichen Lage befand und umzingelt war.

Der Audioguide lenkte sie in den hinteren Bereich des Raumes. Ein beinahe lebensgroßer Hirsch klebte an der Rückwand einer Jagdvitrine und starrte sie an. Uschi stand still vor dem Arrangement und betrachtete die Jagdwaffen. Was war das denn für ein Säbel? Uschi trat etwas näher heran, um das dazugehörige Schild besser lesen zu können. In diesem Moment wurde es schlagartig dunkel. Verflixt! Sie hatte sich zu lange nicht bewegt. Offenbar gab es einen Lichtsensor, der die Beleuchtung steuerte. Uschi machte einen Schritt zur Seite. Nichts. Genügte das etwa nicht? Seufzend wedelte sie mit den Armen über dem Kopf. Also, wenn das nicht half… Wo um Himmels willen befand sich dieser Sensor? Sie ging langsam, die Arme auf und ab bewegend ans andere Ende des Raumes. Und siehe da – es wurde wieder hell! Na, also…

Uschi ging zu der Jagdvitrine zurück. Aha, das war also kein Säbel, sondern ein Hirschfänger. Der Guide lenkte ihre Aufmerksamkeit auf eine Jagdarmbrust, die sich früher wohl besonderer Beliebtheit erfreute, da sie beim Schuss so gut wie kein Geräusch abgab. Und was war das für ein ausgestopfter Vogel am Boden der Vitrine? Aber warum war denn das Licht nun schon wieder ausgegangen? Musste sie etwa vor der Vitrine auf und ab hüpfen, um den Sensor bei Laune zu halten? Das konnte doch nicht wahr sein! Kopfschüttelnd ging Uschi erneut ans andere Ende des Raumes, schwang ihre Arme über dem Kopf und siehe da – es wurde Licht! Schnell ging sie wieder zu der Vitrine zurück, um noch die übrigen Exponate anzuschauen. Der Vogel entpuppte sich als Rotmilan. Daneben hingen ein Pulverhorn aus dem 17. Jahrhundert und ein verzierter Sauspieß, der eigentlich Saufeder genannt wurde. Uschi schauderte beim Anblick des langen Spießes und war heilfroh, dass das Audiosystem nicht die Schreie der erstochenen Säue wiedergab. Gerade als sie sich abwandte, ging das Licht aus. Uschi ließ es dabei bewenden. Sie hatte genug gesehen.

Der Mond«, raunte Uschi und bemühte sich, ihrer Stimme einen geheimnisvollen Klang zu geben.

Das Gedicht, das sie im Internet gefunden hatte, beschrieb die Magie der Mondsichel in düsteren Farben. Es war poetisch und unheimlich zugleich. Nachdem sie sich überzeugt hatte, dass alle Zuhörer gespannt an ihren Lippen hingen, fuhr sie fort:

»*Wie wundersam ist alles Tote*
und wie unaussprechlich:
ein totes Blatt, ein toter Mensch
des Mondes Scheibe.
Und alle Blumen kennen ein Geheimnis
welches der Wald bewahrt:
des Mondes Kreisumlauf um unsre Erde
ist des Todes Bahn.
Und der Mond spinnt sein Gewebe wundersam
welches die Blumen lieben,

und der Mond spinnt sein Märchennetz
um alles Lebende.
Und des Mondes Sichel mäht Blumen ab
in Spätherbstnächten,
und alle Blumen warten auf des Mondes Kuss
in endlosem Verlangen.«

Sie verstummte und blickte sinnierend in den Sternenhimmel. Die Worte mussten erst ihre Wirkung entfalten, ein wenig nachklingen, um in den Köpfen der Zuhörer die entsprechenden Bilder zu erschaffen. Die meisten Gäste hatten ihren Blick zum Mond gerichtet, der hoch über dem Schlossturm stand.

Uschi ließ den Anhänger ihrer Kette durch die Finger gleiten. Der silberne Halbmond funkelte mit seinem Ebenbild am Himmel um die Wette und bot einen schönen Blickfang auf dem dunkelblauen Stoff ihres Kleides. Damit die Zuhörer sie besser sehen konnten, stellte sie sich beim Treppenaufgang zur Portugiesischen Galerie auf die oberste Treppenstufe.

»Meine lieben Gäste! Ich hoffe, es ist mir gelungen, Sie mit den Worten der Dichterin Edith Södergran auf unsere Mondscheinführung einzustimmen. Ein wenig unheimlich ist das Gedicht ja schon. Aber das, was Ihnen in der nächsten Stunde bevorsteht, könnte noch weit unheimlicher werden.« Sie senkte die Stimme und zog ihren hochgerutschten Rock mit einem beherzten Ruck ein Stück tiefer. »Mit etwas Glück können Sie gleich unserem Schlossgespenst begegnen!«

Die Leute lachten.

»Ja, jetzt lachen Sie noch …«, sagte Uschi und hob die Augenbrauen, »aber das kann sich schnell ändern!«

Uschi führte ihre Gäste in die Ahnengalerie, ließ sie auf dem goldverzierten Gestühl Platz nehmen und erzählte dann von der spukenden Landgräfin. Frei. Sie benötigte keine Karteikarte hierfür. Schließlich hatte sie den Spuk am eigenen Leib erfahren.

»Gibt es eine bildliche Darstellung des Schlossgeists?«, wollte eine junge Frau mit schwarzer Daunenjacke wissen, nachdem Uschi am Ende der Geschichte angelangt war.

»Äh, nicht dass ich wüsste«, sagte Uschi. »Die Landgräfin spukt ja auch nur, wenn es stockdunkel ist. Das Einzige, was man von ihr wahrnimmt, sind ihre Schritte und das Klappern des Porzellans.« Sie nickte den Gästen zu und hielt die Laterne in die Höhe. »Wollen wir mal sehen, ob die Gräfin unter uns weilt …«, sagte sie und blies die Kerze der Laterne aus. Kaum war es dunkel, hatten einige Leute das Bedürfnis zu reden und zu lachen. »Sie müssen allerdings ganz leise sein. Die Gräfin ist sehr geräuschempfindlich.«

Augenblicklich wurde es leise. Irgendeine junge Frau kicherte noch ein wenig, doch als sie von verschiedenen Seiten ein ermahnendes Zischen zu hören bekam, verstummte auch sie.

Uschi hatte sich vorgenommen, zwei Minuten still auszuharren. Doch zwei Minuten waren eine lange Zeit, wenn man im Stockdunklen saß und lauschte. Sie drehte die Streichholzschachtel nervös zwischen den Fingern herum. Natürlich war nichts zu hören. Uschi hatte Danni ausdrücklich untersagt, nochmals Gräfin zu spielen. Nach einer Minute hielt sie es nicht mehr aus. Sie zündete ein Streichholz an und entfachte die bereitgestellte Laterne. Die Reaktion der Gäste fiel unterschiedlich aus. Manche wirkten erleichtert, andere enttäuscht.

»Es tut mir leid. Ich fürchte, die Gräfin ziert sich bei so vielen Besuchern. Aber vielleicht begegnen Sie ihr ja mal beim Flanieren ohne Führung. Auf der Homepage des Schlosses können Sie die Termine hierfür einsehen.«

»Haben Sie den Spuk selbst denn schon einmal erlebt?«, wollte eine ältere Dame wissen und lächelte.

Uschi zögerte. War dies eine rhetorische Frage oder nahm diese Dame die Spukgeschichte etwa für bare Münze? Nun gut – dies war eine Gruselführung. Da war es nachvollziehbar, dass der eine oder andere Zuhörer womöglich eine besondere Vorliebe für Spukgeschichten hatte oder gar an die Existenz von Gespenstern glaubte. Sie musste auf der Hut sein. Sonst würde sie diesen Gruselabend ad absurdum führen.

»Äh, ja. Ich habe tatsächlich einmal gemeint, das Klappern des Geschirrs vernommen zu haben.«

Sämtliche Köpfe fuhren herum. Damit hätte sie ja eigentlich rechnen müssen. Und nun? Sie hatte absolut keine Lust auf Nähkästchen-Geplauder.

»Aber wie das mit solchen Geistern eben ist – kaum hat man sie entdeckt, lösen sie sich auch schon in Luft auf.«

Sie stieß ein helles Lachen aus. Die Gäste waren höflich genug, um mit zu lachen, und verkniffen sich weitere neugierige Fragen.

Uschi hoffte, dass der Gruselaspekt der Führung mit der Geistergeschichte abgegolten war. Halloween war vorbei. Also war es auch legitim, Hexen und Vampire außen vor zu lassen. Sie würde dieses Mal den Schwerpunkt auf den Mond setzen.

Die Bibliothek war in Dunkelheit getaucht. Lediglich der beleuchtete Globus in der hinteren Ecke sorgte für ein schwaches, bläuliches Licht und diente zugleich als Blickfang.

»Dass der Mond auf die Erde einwirkt, ist kein Mythos, sondern eine wissenschaftlich bewiesene Tatsache«, eröffnete Uschi ihren Vortrag und gab dem Globus einen Stups, woraufhin sich dieser sofort zu drehen begann. »Mond und Erde ziehen einander an und dieser ›Schwerkrafteffekt‹ führt nicht nur zu Ebbe und Flut, sondern auch zum Heben und Senken des Erdmantels. Manche gehen so weit, dass sie dem Mond magische Kräfte zuschreiben und behaupten, er würde das Wachstum von Pflanzen bestimmen und auf den Menschen Einfluss nehmen.«

Uschi nahm den bereitgelegten Kalender vom Tisch und hob ihn für alle sichtbar in die Höhe.

»Die ersten Hinweise auf sogenannte Mondkalender wurden in spätmittelalterlichen Schriften entdeckt und stammten von Ärzten. Sie gaben in diesen Kalendern beispielsweise Ratschläge zum optimalen Zeitpunkt der Blutabnahme. Diese Mondkalender gibt es auch heute noch und manche Leute schwören darauf, bei bestimmten Mondphasen qualitativ hochwertiges ›Mondholz‹ zu schlagen oder Operationen durchzuführen.« Sie ließ den Kalender zur Ansicht herumgehen. »Da wir gerade die Phase des abnehmenden Monds haben, wäre dem Mondkalender nach jetzt der ideale Zeitpunkt, um eine Diät durchzuführen, zu putzen oder den Rasen zu mähen.«

Die Reaktionen der Gäste fielen auf diese Informationen höchst unterschiedlich aus. Während die einen zustimmend nickten, grinsten die anderen lediglich amüsiert.

»Allerdings konnten keine wissenschaftlichen Studien beweisen, dass es einen Zusammenhang zwischen den Mondphasen und Schlafstörungen oder gar Schlafwandeln gibt. Durchaus bewiesen ist aber, dass Zugvögel und auch einige nachtaktive Insekten die tägliche Bewegung des Mondes zur Navigation nutzen.«

Uschi ging zum Teleskop hinüber, das am Fenster stand.

»Der Mond ist der einzige natürliche und zugleich besterforschte Satellit der Erde. Die erdnahe Mondseite wird von dunklen Tiefebenen geprägt. Diese sogenannten »Maria« können wir von der Erde aus erkennen und werden volkstümlich als ›Mondgesicht‹ oder auch ›Mann im Mond‹ interpretiert.«

Sie wollte die Geduld ihrer Zuhörer nicht überstrapazieren. Deshalb zückte Uschi die nächste Karteikarte und informierte ihre Gäste kurz und bündig über die Entstehung des Mondes und seine Eigenschaften.

»Entschuldigung«, fragte eine junge Frau, »stimmt es eigentlich, dass es auch einen Mondregenbogen gibt?«

»Oh ja, ein Mondregenbogen kann entstehen, wenn es bei Vollmond nachts regnet. Obwohl der Mond nach der Sonne das hellste Objekt an unserem Nachthimmel ist, ist sein Licht dennoch so schwach, dass der Bogen für das menschliche Auge leider nur weiß erscheint. Bei Fotografien kann man das jedoch so bearbeiten, dass die Farben sichtbar werden.«

Sie hielt ein großes Foto in die Höhe, auf dem ein Mondregenbogen über einem Wasserfall zu sehen war. Lena hatte vorausgesehen, dass die Leute sich für dieses Thema interessieren könnten, und hatte das Foto bereitgelegt.

»Nicht zu verwechseln übrigens mit dem ›Mondhof‹, auch ›Halo‹ genannt. Das ist ein farbiger Ringeffekt, der durch die Beugung des Lichts an den Wassertropfen der Wolken verursacht wird.«

Die Leute waren entzückt vom Anblick des Regenbogens. »Oh!«, »Wie schön!« und »Toll!« war von verschiedenen Seiten zu hören.

Uschi zupfte an ihrem Hütchen herum. Hoffentlich kamen nicht noch mehr solcher Fragen! Ihr Wissen über die Astrophysik war äußerst beschränkt.

»Und wodurch entsteht eine Mondfinsternis?«, hakte die junge Frau nach.

»Ähm, eine Mondfinsternis kann ebenfalls nur bei Vollmond auftreten«, sagte Uschi und durchforstete sogleich ihre Karteikarten. Wo war nur diese Karte mit den Infos zur Mondfinsternis? Sie spürte, wie ihr das Blut ins Gesicht schoss. »Äh, der Mond steht dabei zwischen Sonne und Erde«, nahm sie den Faden wieder auf.

Eine Hand schnellte in die Höhe.

»Entschuldigung«, sagte ein korpulenter Mann mit Oberlippenbart. »Ich glaube, Sie verwechseln das mit der Sonnenfinsternis. Bei der Mondfinsternis steht die Erde zwischen Sonne und Mond.«

Uschi sah ihn verwirrt an. Hatte sie das nicht gerade gesagt?

»Ach so, ja, Sie haben recht«, sagte sie rasch, obwohl sie im Moment völlig aus dem Konzept war. »Der Mond wandert in den Schatten der Erde. Das nennt man dann eine ›totale Mondfinsternis‹.«

Unsicher sah sie den Mann an, doch dieses Mal widersprach er nicht. Sie nahm die nächste Karte hervor und tat so, als würde sie die Handmeldung einer kleinen Frau in der hinteren Reihe nicht sehen.

»In vielen Kulturen wurde der Mond früher als weibliche Göttin verehrt«, setzte sie ihren Vortrag fort. »Da die Umlaufzeit des Mondes dieselbe Anzahl an Tagen wie der Menstruationszyklus der Frauen beträgt, galt die Mondin als Herrin über das Blut und die Fruchtbarkeit. Einer südamerikanischen Legende nach wurde die Menschheit gar aus Mondblut geschaffen. Aus diesen alten Mythen entstanden in der Neuzeit die Legenden von Vampiren, die nachts durch das Trinken von Blut unsterblich wurden.« Uschi ließ das Bild eines Vampirs durch die Runde gehen. »Die Mondgöttin hatte häufig drei Gesichter: Bei zunehmendem Mond war sie die verführerische Jungfrau voller Sexualität, bei Vollmond die fruchtbare Mutter und bei abnehmendem Mond das alte Weib. Manchmal wurde die Große Mutter auch als ›dreifache Wölfin‹ bezeichnet. Darauf bezieht sich auch der Mythos von Endymion, der in einer Vollmondnacht auf einem geweihten Hügel der Mondgöttin einschlief und daraufhin von ihr zu einem Werwolf verwandelt wurde und zugleich zu ihrem ewig jugendlichen Liebhaber erkoren wurde.« Uschi machte ein paar Schritte zur Tür. »Und da wir gerade von Werwölfen sprechen, möchte ich Ihnen nun noch unseren Canis lupus namens Isegrim vorstellen …«

In der Hubertushalle war es sogar noch einen Tick kälter als in der Bibliothek. Uschi schob fröstelnd die Arme vor der Brust zusammen und wartete darauf, dass sich die Gäste im Halbkreis um Isegrim herum gruppiert hatten.

»Die alten Ägypter glaubten, dass Hunde, Wölfe sowie der Schakalgott Anubis Begleiter der Mondgöttin seien. Daher kommt auch das Sprichwort ›Hunde, die den Mond anheulen‹.«

Die Besucher beäugten das ausgestopfte Raubtier mit großem Interesse. Wann sah man schon mal einen echten Wolf?

»Der Wolf galt früher sogar als Todesbote«, fuhr Uschi fort. »Ein bekanntes Beispiel ist hierfür der Fenriswolf, der in der nordischen Mythologie zu Beginn der Götterdämmerung zuerst den Mond und später Odin verschlingt.«

»Warum nennt man Wölfe eigentlich Isegrim?«, wollte die wissbegierige junge Frau nun wissen.

»Der ›Isegrim‹ ist der böse Wolf aus der bekannten Fabel Reineke Fuchs«, erklärte Uschi.

»Schon wieder ein böser Wolf«, warf die junge Frau ein. »Weshalb kommen die Wölfe in den Märchen und Sagen eigentlich immer so schlecht weg?«

»Ich weiß es nicht«, sagte Uschi und tätschelte dem ausgestopften Wolf den Kopf. »Vielleicht ist es ja eine Projektion. Der Wolf ist dem Menschen wohl auf gewisse Weise zu ähnlich.« Sie lächelte in die Runde und legte eine kleine Kunstpause ein. »Zum Abschluss möchte ich Ihnen noch ein Zitat des römischen Komödiendichters Titus Maccius Plautus mit auf den Nachhauseweg geben. Dieses lautet: Homo homini lupus est. Es wurde durch den Philosophen Thomas Hobbes bekannt, der der Ansicht war, dass alle Menschen von Natur aus gleich böse seien. Übersetzt heißt es: Der Mensch ist des Menschen Wolf.«

»Nein, das Ergebnis von meiner Speichelprobe ist noch nicht da.«

Uschi entwand ihre Finger aus Leopolds Maul und sah ihn streng an. Leopold ignorierte ihren Tadel, schwänzelte und schnappte erneut zu.

»Aber zumindest ist jetzt mal mein Hund aus dem Schneider. Seine Probe war definitiv negativ.«

Sie schlug dem Frechdachs sanft auf die Schnauze und schob ihm rasch einen Hundeknochen zwischen die Zähne. Sie wusste sehr wohl, dass ihn dies künftig erst recht zu solchen Spielchen ermuntern würde, aber das war ihr im Moment egal. Sie brauchte jetzt ihre Ruhe. Der Knochen würde ihn hoffentlich eine Weile ablenken.

»Na, das ist ja schon mal was«, sagte Buckenmaier. »Ist denn inzwischen klar, welche Hunderasse gesucht wird?«

»Die Haare an der Leiche stammen wohl von einem Dobermann oder einem Rottweiler.«

»Ja, was jetzt? Dobermann oder Rottweiler? Die müssen doch nach einer DNA-Analyse einen eindeutigen Befund haben.«

»Was weiß denn ich?«, entgegnete Uschi. »Der Knoll war ziemlich zugeknöpft. Der wollte mir eigentlich gar nichts sagen. Aus ermittlungstaktischen Gründen.«

»Ja, klar. Das geht ja auch nicht.«

»Er hat mir nur verraten, dass sie einen Selbstmord inzwischen wohl ausschließen.«

»Aha. Kein Selbstmord also. Sie hatten übrigens recht …«, er überlegte kurz, »und auch wieder nicht.«

Uschi runzelte die Stirn. Leopold hatte die Überreste seines Kauknochens im Palmentopf verscharrt und sich daraufhin in den Flur verkrümelt.

»Äh, wie?«

»Auf diese Tierschutzaktivisten wurde tatsächlich geschossen. Wir wissen inzwischen, dass es zwei Jäger waren.

Die haben mit Luftgewehren rumgeballert. Wollten den Tierschützern Angst machen.«

»Aber woher wussten die denn, dass die Tierschützer zu diesem Zeitpunkt dort sind?«

»Das war Zufall. Die haben dort im Wald einen Hochsitz und als sie ihr Auto auf dem Wanderparkplatz abstellen wollten, sind ihnen die Autos der Tierschützer aufgefallen. Da …«

»Aber woran haben die denn erkannt, dass das die Autos von Tierschützern waren?«, fiel Uschi ihm ins Wort.

»Es kam ihnen komisch vor, dass jemand mitten in der Nacht im Wald spazieren geht. Und dann haben sie auf den Autos solche Pro-Wolf-Aufkleber gesehen.«

»Aha. Und was war mit den Handgranaten?«, hakte Uschi nach.

Buckenmaier lachte auf.

»Das waren Chinaböller! Die Jäger wussten ja, dass diese Tieraktivisten in der letzten Zeit immer wieder Anschläge auf Hochsitze gemacht haben. Deshalb haben sie sich vorsichtshalber entsprechend präpariert. Die Luftgewehre und Chinaböller hatten sie bereits für alle Fälle im Auto deponiert.«

»Ach so!«

Uschi wusste für einen Moment nicht so recht, was sie sagen sollte. Sie schämte sich. Sie hatte die Sache völlig falsch eingeschätzt. Hatte überreagiert. Und das passierte ihr leider nicht zum ersten Mal. Hoffentlich wurde das bei ihr nicht mit zunehmendem Alter symptomatisch!

»Hören Sie, das muss Ihnen jetzt aber nicht peinlich sein. Ist doch klar, dass Sie den Knall von einem Luftgewehr und einem echten Gewehr nicht unterscheiden können. Es war auf jeden Fall richtig, dass Sie den Vorfall bei der Polizei gemeldet haben.«

Uschi nickte still. Leopold hatte es soeben geschafft, eine Socke aus der Schublade zu klauen. Er schüttelte seine

Beute bis zur Bewusstlosigkeit durch und verließ dann, die Trophäe im Maul, hocherhobenen Hauptes den Raum. Er wusste genau, dass sie ihm nicht hinterherjagen würde. Nicht solange sie dieses Telefon in der Hand hielt. Als Uschi nichts erwiderte, meinte Buckenmaier:

»Auch wenn diese Wolfsfreunde bei dem Scheinangriff nicht verletzt wurden, wird dies eine Strafe nach sich ziehen. Es handelt sich dabei ja nicht um einen dummen Jungenstreich. Im schlechtesten Fall hätte einer der Wolfsfreunde vor Schreck vom Hochsitz stürzen oder sogar einen Herzschlag erleiden können.«

»Na ja, die sind ja noch jung«, warf Uschi ein. Sie hatte ihre Sprache wiedergefunden. »So schnell kriegen die keinen Herzinfarkt.«

»Trotzdem. Einen Fuß hat man schnell mal gebrochen. Und dann sind wir schon bei der Körperverletzung angelangt.«

»Haben Sie den Sigmaringer Kollegen auch von diesem Volker erzählt?«, wollte Uschi wissen.

»Nein, das hab ich nicht. Wie stellen Sie sich das auch vor? Soll ich sagen, dass ich einen Tipp von einer geheimen Informantin bekommen habe? So was gibt's nur im Sonntagabendprogramm, Frau Lämmle.«

Uschi schluckte trocken. Klar, nachdem es sich bei den vermeintlichen Handgranaten nur um Feuerwerkskörper gehandelt hatte, konnte sie es Buckenmaier nicht verübeln, wenn er ihre Hinweise nicht mehr ernst nahm. Aber dennoch …

»Außerdem«, fuhr Buckenmaier fort, »haben meine Kollegen diese Wolfsfreunde längst überprüft. Nachdem der Schuster sich öffentlich als Wolfgegner geoutet hat, lag es ja nahe, dass diese Typen ihn aus dem Weg geräumt haben könnten.«

»Ja, und?«, fragte Uschi nach, bemüht um einen unaufgeregten Tonfall.

»Gerade diesen Volker haben sie überprüft. Der ist nämlich schon mal aktenkundig geworden. Aber da muss ich Sie leider enttäuschen. Der Mann hat für die Mordnacht ein Alibi.«

»Es gab da auch so einen, der hieß Robin«, meinte Uschi. »Sagt Ihnen der Name was?«

»Sie haben jeden Einzelnen dieser Tierschutzaktivisten überprüft. Von denen kommt offenbar keiner infrage.«

»Vielleicht war es dann ja doch die Russenmafia«, mutmaßte Uschi. »Das wird zumindest im Ort rumerzählt.«

»Oh, die Leut schwätzen so manches, Frau Lämmle! Aber wissen Sie was? Ich hab ein ganz gutes Gefühl bei den Sigmaringer Kollegen. Die arbeiten gründlich und effektiv. Die finden den Mörder.«

»Ich hoffe es«, sagte Uschi. »Es ist kein schönes Gefühl, unter Mordverdacht zu stehen. Ich kann seitdem kaum noch schlafen.«

»Das kann ich mir vorstellen. Aber wenn die DNA-Probe von Leopold negativ war, sieht es ja gar nicht so schlecht für Sie aus. Verdrängen Sie die Sache ein wenig und unternehmen Sie lieber was Schönes mit Ihrem Pflegehund.«

Pflegehund? Uschi zuckte zusammen. Wo war denn eigentlich ihr Pflegehund? Normalerweise blieb er doch immer in ihrer Nähe. Das war kein gutes Zeichen!

»Ich danke Ihnen vielmals für den Anruf, Herr Buckenmaier. Ich muss nun nur leider schnell Schluss machen. Ich fürchte, Leopold hat schon wieder etwas angestellt!«

Uschi musste nicht lange suchen. Leopold lag zufrieden im Wohnzimmer und kaute auf einem Seil herum. Seil? Um Gottes willen! Das war ja ein Kabel! Und aus seinem Maul hing der Netzstecker! Uschi kreischte und zog ihm hektisch das Kabel aus dem Maul.

»Leopold! Nein! Was machst du denn da?«

War dieser Hund nun völlig verrückt geworden? Auf Schritt und Tritt lagen seine Kauknochen in der Gegend herum und er hatte nichts Besseres zu tun, als elektrische Kabel durchzunagen. Völlig konsterniert hielt Uschi das abgebissene Stück Kabel in den Händen. Nicht auszudenken, was passiert wäre, wenn die Stehlampe am Netz angeschlossen gewesen wäre! Dieser Hund war eine echte Zumutung! Und eine Gefahr für sich selbst. So konnte es auf keinen Fall weiter gehen. Sie warf Leopold einen grimmigen Blick zu und pfefferte das Kabel in den Müll. Gleich morgen früh würde sie in Sigmaringen in eine Hundeschule gehen. Sie brauchte einen Hundeflüsterer. Und zwar den besten!

Der Mann mit der Schirmmütze und der blauen Fleeceweste saß vor Leopold in der Hocke, blickte ihm tief in die Augen und kraulte ihm währenddessen das Kinn.

»Eigentlich siehst du doch ganz nett aus. Kann man kaum glauben, dass du so schlimme Sachen anstellst. Elektrokabel durchnagen! Das geht ja wirklich gar nicht, mein Lieber!«

Uschi lächelte gequält. Da hatte sie nun ihren Hundeflüsterer. Der Mann richtete sich auf und gab ihr die Hand.

»Ich bin der Udo. Wir duzen uns hier alle auf dem Hundeplatz. Ich hoffe, das ist okay für dich?«

Uschi nickte und stellte sich ebenfalls vor.

»Im Normalfall würde ich jetzt bei einem Australian Shepherd ganz anders vorgehen«, meinte Udo. »Diese Rasse braucht klare Ansagen und eine liebevolle, aber strenge Erziehung. Außerdem müssen die Aussies beschäftigt werden. Du musst ihnen immer irgendwelche Aufgaben geben, damit sie zufrieden sind.«

Uschi nickte. Bislang hatte ihr Udo nichts Neues erzählt. So viel hatte sie über diese Rasse auch schon in Erfahrung gebracht.

»Aber da der kleine Racker nur dein Urlaubshund ist, müssen wir die Sache anders anpacken. Du sagst mir einfach, was dich am meisten auf die Palme bringt, und dann versuchen wir, konkret dafür eine Lösung zu finden. Ob's was hilft, kann ich natürlich nicht versprechen.«

Er sah sie fragend an. Uschi betrachtete Leopold stirnrunzelnd und überlegte, was sie eigentlich am meisten an ihm störte.

»Für mich ist es furchtbar anstrengend, ihn an der Leine zu führen«, sagte sie schließlich. »Er schleift mich regelrecht hinter sich her.«

»Da gibt es einen ganz einfachen Trick. Wenn er zu stark zieht, bleibst du stehen und bewegst dich keinen Zentimeter mehr vom Fleck. Erst wenn die Leine locker durchhängt, läufst du weiter. Wird die Leine wieder straff, bleibst du erneut stehen. Für das Spielchen brauchst du anfangs ganz schön Geduld. Aber Aussies sind schlaue Hunde. Er wird schnell kapieren, dass es nur vorangeht, wenn er nicht zieht.«

»Gut«, sagte Uschi und ging einen Schritt auf Leopold zu, damit die Leine nicht so straff gespannt war.

»Aber so sollst du es gerade nicht machen«, sagte Udo und lachte. »Der Hund muss auf dich achten und nicht umgekehrt. Aber ich glaube, vom Prinzip her hast du es verstanden, oder?«

Er übernahm die Leine und führte Leopold eine Runde um den Platz. Anfangs musste Udo mehrfach stehen bleiben, doch dann hatte Leopold verstanden, was der Trainer von ihm wollte und passte sich Udos Schrittgeschwindigkeit an. Uschi staunte. So einfach ging das?

»Ich bin beeindruckt!«, rief sie ihm zu. »Machen die Hunde immer so schnell, was du möchtest?«

Udo grinste breit und überreichte Uschi wieder die Leine.

»Alles eine Sache der Kommunikation. Man muss sich klar ausdrücken. Und die Körpersprache muss mit dem

Kommando übereinstimmen. Sonst ist der Hund verwirrt und macht im Zweifelsfall das, was er will.«

»Und was mache ich, wenn er sich in den Fluss stürzt? Oder die Kabel in der Wohnung durchnagt und meine Socken von der Wäscheleine klaut?«

»Du musst bedenken, dass dein Leopold mit einem Jahr noch ein Junghund ist. Und Aussies sind sowieso Spätentwickler. Die stellen selbst im Jugendalter noch Unsinn an, die andere Hunde nur als Welpe veranstalten.«

Uschi seufzte.

»Oje, und was heißt das jetzt?«

»Nimm's locker.« Er beugte sich zu Leopold herunter und kraulte ihn hinter den Ohren. »Was die Gefahrenquellen angeht, musst du allerdings alles absichern. Wie bei einem Kleinkind. Das heißt, Elektrokabel ausstecken und giftige Pflanzen außer Reichweite stellen. Und was die Socken angeht – das ist ein Spiel. Wenn es dich stört, dann musst du deine Wäsche in den nächsten Tagen eben im Keller aufhängen.«

»Bei Ihnen, äh, bei dir hört sich das alles so einfach an«, stellte Uschi fest. »Aber ich bin wirklich dankbar für deine Anregungen. Das werde ich auf jeden Fall ausprobieren.«

»Gut. Freut mich, wenn ich dir weiterhelfen konnte.«

Er begleitete sie zu ihrem Auto und beobachtete schmunzelnd, wie es sich Leopold auf dem Rücksitz bequem machte.

»Sag mal, du hast doch gesagt, dass du auf dem Schloss Führungen machst. Kennst du dann eigentlich die Lena? Die war nämlich auch schon öfter bei uns.«

»Ja, klar kenne ich Lena. Wir haben sogar schon einen gemeinsamen Spaziergang mit den Hunden unternommen.«

»Mit Artus? Ja, der ist das richtige Kaliber für deinen Leopold. Der zeigt ihm, wo's lang geht!«

»Artus?«, fragte Uschi verwundert. »Nein. Lena hat einen Pudel. Wir waren mit Peggy spazieren.«

»Na, dann frag sie doch mal nach Artus. Das ist ein Klassehund, der hervorragend folgt. Er hat bei uns eine Schutzhundeausbildung absolviert. Ich selbst hatte in meiner Gruppe leider keinen Platz mehr für ihn frei. Aber ein Bekannter von mir, der früher mal bei der Polizei Schutzhunde ausgebildet hat, konnte ihn übernehmen. «

»Eine Schutzhundeausbildung?«, wunderte sich Uschi. »Warum das denn?«

Udo zuckte mit den Achseln.

»Sie hatte wohl Angst, mit dem Hund in der Dunkelheit allein spazieren zu gehen. Der Artus sollte für sie im Notfall so eine Art Bodyguard sein.«

Seltsam, dachte Uschi. Weshalb hatte Lena mit keinem Wort erwähnt, dass sie noch einen Hund hatte?

»Welcher Rasse gehört denn der Artus an?«, fragte sie neugierig.

»Er ist ein Mischling«, sagte Udo. »Ziemlich groß.« Er hielt seine Hand an den Oberschenkel, um die ungefähre Größe des Hundes anzudeuten. »Hat schönes schwarzes Fell.«

Uschi biss sich auf die Unterlippe. Sie hatte mit einem Mal einen Kloß im Hals. Und obwohl sie sich kräftig räusperte, fühlte sich ihre Stimme belegt an.

»Schwarzes Fell?«, krächzte sie.

»Ja. Ich glaube, es ist ein Mix zwischen Rottweiler und Dobermann.« Er lächelte. »Ist ein toller Hund. Lena hat ihn auch noch gar nicht so lange. Sie hat ihn vor einem halben Jahr aus dem Tierheim geholt. Kurz nach dem Tod ihres alten Hundes.«

»Aha, und was war das für eine Rasse gewesen?«, erkundigte sich Uschi.

»Ich glaube, es war ein Schäferhund. Muss wohl eine Seele von Hund gewesen sein. Lena hat in den höchsten Tönen von ihm geschwärmt. Und furchtbar um ihn getrauert.

Wahrscheinlich ist sie immer noch nicht drüber weg. Auch wenn jetzt Artus seinen Platz eingenommen hat.«

»Woran ist ihr alter Hund denn gestorben?«

Udo kratzte sich am Kopf.

»Das weiß ich gar nicht so genau. Sie wollte nicht darüber sprechen.« Sein Blick ruhte auf Leopold, der sich gerade ausgiebig kratzte. »Er ist jedenfalls nicht an Altersschwäche gestorben. Es war wohl eher ein Unfall oder so.«

»Es ist immer schlimm, wenn ein Haustier stirbt«, meinte Uschi und nickte. »Ist ja doch fast wie ein Familienmitglied.«

»Ich glaube, bei Lena ging das viel weiter. Dieser Hund war ihr Kindersatz. Sie kann ja keine Kinder bekommen. Und nach ihrer Scheidung war der Hund wohl auch ein Ersatz für ihren Partner. Ihr Ein und Alles sozusagen.« Er zog die Augenbrauen hoch und schüttelte den Kopf. »So sehr ich Hunde auch mag – es tut weder Hund noch Mensch gut, wenn man die Hunde zu sehr vermenschlicht.« Er zuckte mit den Achseln. »Aber das ist meine Meinung.«

Bei ihrer letzten Mondscheinführung war es Uschi nicht vergönnt, ihrem Publikum den Mond zu präsentieren. Dafür sollte es heute nochmals schwerpunktmäßig um Hexen und Wölfe gehen.

Während Uschi die Gruppe zur Bibliothek führte, hörte sie hinter sich das Getuschel der Gäste. Gleich würden sie noch mehr zu tuscheln haben, dessen war sie sich sicher.

Die Privatbibliothek des verstorbenen Fürsten Leopold beherbergte eine unüberschaubare Anzahl an Büchern, die gut geschützt in den Bücherwandschränken aufbewahrt wurden. Die Gäste verteilten sich rund um den weiß gedeckten Tisch in der Mitte des Raums und betrachteten die

Sternbilder, die sich zwischen goldenen Sternen über die Stuckdecke bogenförmig hinwegzogen.

»Die Fürstliche Hohenzollerische Hofbibliothek ist mit circa 200 000 Bänden eine der größten Privatbibliotheken Baden-Württembergs«, erklärte Uschi. »Der Schwerpunkt liegt bei Werken aus Literatur, Kunst und Geschichte, aber es gibt auch Sammlungen zum Thema Forst, Wappenkunde und Orchideen.«

»Entschuldigung«, unterbrach eine ältere Dame, »dürfte ich Sie kurz etwas fragen? Mir ist aufgefallen, dass an vielen Fenstern im Schloss Jalousien angebracht worden sind. Lässt man die abends herunter und zieht sie morgens wieder hoch?« Sie lächelte verlegen.

»Das haben Sie gut beobachtet«, sagte Uschi freundlich und war froh, dass sie diese Frage zuvor ebenfalls ihren Kolleginnen gestellt hatte. »Die Jalousien benötigt man, um die Möbel und Wände vor dem Sonnenlicht zu schützen. Sie sind immer heruntergelassen. Aber bei Tag sind sie transparent und lassen die Helligkeit soweit hindurch, dass man trotzdem nach draußen sehen kann.«

Die Dame nickte verständig und trat einen Schritt zurück.

»So! Da wir uns hier in einer Bibliothek befinden, möchte ich Ihnen von einem berühmt-berüchtigten Werk erzählen, das maßgeblich zur Verfolgung der Hexen in Deutschland beigetragen hat.«

Die Blicke der Zuhörer schweiften sogleich suchend über die ausgestellten Bücher hinter den Glasvitrinen.

»Das Werk werden Sie hier nicht finden. Aber ich werde Ihnen erzählen, was es damit auf sich hatte. Das Buch gilt als eines der verheerendsten Werke der Weltliteratur und heißt …«, sie machte eine rhetorische Pause, »… der ›Hexenhammer‹! Dieses Buch wurde von dem Dominikanermönch Heinrich Kramer verfasst und diente als Anleitung zur Hexenverfolgung. Mit dessen Verbreitung begann ein äußerst düsteres Kapitel in der europäischen Geschichte.« Uschi warf unauffällig einen Blick auf ihre Karteikarte. »Der ›Hexenhammer‹ erschien 1487 in der Erstauflage und wurde bis ins 17. Jahrhundert hinein 29 Mal neu aufgelegt. Es enthielt nicht nur genaue Anweisungen zur Überführung, Folter und Hinrichtung, sondern war auch illustriert. Wenn Sie spontan eine Hexe zeichnen sollten – was würden Sie da zeichnen?« Uschi sah fragend in die Runde.

»Ich würde eine Frau zeichnen, die auf ihrem Besen durch die Luft reitet«, meldete sich ein hochgewachsener Mann zu Wort.

Uschi nickte und nahm eine Papierrolle vom Tisch, die sie öffnete und in die Höhe hielt.

»So in etwa? Hier sehen Sie den Hexenritt auf dem Besen. Ja, dieses typische Bild wurde nach Kramers Beschreibung entwickelt und herrscht heute noch in unseren Köpfen vor.« Sie legte das Bild auf dem Tisch ab. »Als sicheres Erkennungszeichen einer Hexe galt nach Kramer übrigens auch das Hexenmal. Hatte man erst irgendein auffälliges Muttermal am Körper einer Frau entdeckt, wurde sie so lange gefoltert, bis sie zugab, einen Pakt mit dem Teufel geschlossen zu haben.«

»Ich wusste immer schon, dass du eine kleine Hexe bist«, raunte ein Mann seiner Partnerin zu.

Obwohl diese neckische Anspielung nur für ihre Ohren bestimmt gewesen war, hörten es einige Besucher und grinsten. Die junge Frau, die am Kinn einen etwas größeren Leberfleck hatte, lief rot an und rammte ihrem Mann den Ellbogen in die Rippen.

»Das Buch befeuerte die Angst vor Hexerei in solchem Ausmaß«, fuhr Uschi fort, »dass die Hexenverfolgung enorme Ausmaße annahm. Allein in Deutschland fanden 40 000 Hexenverbrennungen statt. Die letzte Verbrennung in Deutschland wurde 1781 in Kempten vollzogen.«

Uschi gab den Gästen noch Gelegenheit, Fragen zu stellen. Als sich niemand meldete, öffnete sie die Flügeltür und führte die Gruppe in die Hubertushalle. Sie stellte sich neben Isegrim, der von den Gästen sofort interessiert in Augenschein genommen wurde.

»Ein weiterer Vorwurf, der den Hexen häufig gemacht wurde, war das Beeinflussen der Wölfe. Hier sehen Sie unseren ›Isegrim‹.« Sie streichelte dem Wolf vorsichtig über den Kopf. »Er war der letzte existierende Wolf im Fürstentum Hohenzollern-Sigmaringen und wurde 1831 erschossen.« Einige Zuhörer fingen an zu tuscheln. »Heutzutage freuen sich die Tierschützer, dass die Wölfe nun nach über 150 Jahren nach Deutschland zurückkehren. Nun können Sie sich vielleicht vorstellen, dass der Wolf in Deutschland nicht ganz ohne Grund ausgerottet wurde. Selbst heute in unserer aufgeklärten Gesellschaft, heißen nicht alle Menschen die Wölfe willkommen. Früher aber«, sie nickte in die Runde und machte ein ernstes Gesicht, »stellte der Wolf für die Bevölkerung eine ernste Bedrohung dar. Vor allem für die Viehzüchter konnte ein Wolfsriss existenzbedrohend sein. Deshalb wurden große Treibjagden veranstaltet. Und man hatte dabei durchaus das Ziel, den Wolf auszurotten. Deshalb gab es sogar immense Prämien für das Erlegen eines Wolfes. Weiß jemand, wie man den Wölfen auf den Pelz gerückt ist?«

»Hat man nicht Wolfsgruben ausgehoben, um die Wölfe zu fangen?«, fragte ein älterer Herr mit Schnauzer.

»Richtig!«, bestätigte Uschi. »Man hat riesige Gruben ausgehoben und in die Mitte einen Pfahl mit einem Köder gerammt. Aber das war noch nicht alles. Der Mensch ist ja kreativ…« Die Gäste blickten Uschi neugierig an. »Noch viel brutaler waren die sogenannten ›Wolfsangeln‹. Diese Angeln hatten einen Köder mit einem Widerhaken an der Spitze. Wenn der Wolf zubiss, hing er wie ein Karpfen an der Angel und war gefangen.«

»Oh Gott!«, rief eine ältere Dame aus. »Das ist ja schrecklich!«

Einige Gäste schüttelten ebenfalls empört die Köpfe, andere betrachteten mitleidig den ausgestopften Wolf, der nun als Sinnbild des Frevels an den Wölfen stand.

»Damals entwickelte sich auch die Vorstellung, dass es so etwas wie einen ›Wolfsbann‹ gab. Demnach hatten die Hexen die Macht, die Wölfe zu beeinflussen. Sie konnten die Wölfe von den Viehhaltern fernhalten oder – wenn sie dem Viehhalter nicht wohlgesonnen waren – die Wölfe losschicken, um das Vieh zu reißen.«

Die Leute schauten betroffen drein.

»Wenn uns auch die Brutalität der Wolfsjagd bitter aufstößt, so muss man doch bedenken, dass mit den Menschen damals nicht weniger zimperlich umgegangen wurde.« Sie hielt kurz inne, bevor sie fortfuhr. »Nun ist dies alles vermutlich für viele von Ihnen nicht neu. Manches hat man bereits schon einmal in Büchern gelesen oder in Filmen gesehen. Ich bin mir aber ziemlich sicher, dass die wenigsten unter Ihnen wissen, dass die Hexenverfolgung auch heute noch in vielen Ländern, zum Beispiel in Lateinamerika, Südostasien und vor allem in Afrika, immer noch aktuell ist. Laut Informationen diverser Internetquellen sollen seit 1960 sogar mehr Menschen wegen Hexerei umgebracht worden sein als während der gesamten Zeit der europäischen Verfolgung. Ähnlich wie in früheren Zeiten werden die angeblichen Hexen in diesen Ländern für Epidemien, Naturkatastrophen oder Krankheiten wie Aids verantwortlich gemacht.«

Uschi fühlte sich an einen Schweigemarsch erinnert, als sie die Gruppe in den Schlosshof hinausgeleitete. Nun musste es ihr nur noch gelingen, zu einem fröhlicheren Abschluss überzuleiten, ohne unsensibel zu wirken. Die frische Luft tat gut. Das empfanden die Gäste wohl genauso, denn nach einigen Atemzügen löste sich die Stille und die Gruppe wurde wieder lebendiger.

»Liebe Gäste, wir sind nun am Ende unserer Führung angekommen. Zum Abschluss darf ich Sie noch zu einem Schlummertrunk und einem kleinen Betthupferl in die Schlossküche einladen.«

Die Gäste quittierten die angenehme Überraschung mit freudigem Gemurmel. Uschi deutete vage zum Himmel.

»Und wenn wir Glück haben, lässt sich der Mond nach unserem Umtrunk ja doch noch blicken …«

Am nächsten Morgen erwachte Uschi vor dem Wecker. Eine Amsel hatte im Garten ihr Lied angestimmt und Uschi mit ihrem Gesang geweckt.

Ihr erster halbwegs klarer Gedanke galt Lena. Konnte es sein, dass sie etwas mit dem Mord an Schuster zu tun hatte? Eigentlich widerstrebte ihr der Gedanke. Sie mochte Lena. Sie hätte die nette Kollegin nie und nimmer als Täterin in Betracht gezogen – wäre da nicht die Übereinstimmung mit den gesuchten Hunderassen gewesen. So sehr sie ihre Vorstellungskraft auch bemühte, dass Lena den Schuster von der Brücke gestoßen haben sollte, passte einfach nicht ins Bild. Aber gut, der Brückensturz konnte ja auch ein Unfall gewesen sein. Vielleicht hatte es einen Streit und daraus folgend ein Gerangel gegeben, das den folgenschweren Sturz nach sich gezogen hatte.

Und was war mit diesen Tierschutzaktivisten? Ihre Hauptverdächtigen schieden inzwischen ja aus. Die jungen Leute hatten laut Buckenmaier allesamt ein Alibi. Auch die russische Mafia hatte ihre Finger im Fall Schuster wohl nicht im Spiel gehabt. Zumindest erschien es Renate völlig abwegig, dass ihr Bruder irgendwelche dubiosen Geschäfte mit Waffenhändler geschlossen haben könnte. Selbstmord konnte auch ausgeschlossen werden.

Was blieb dann noch? Hm, diese Hundehaare an Schusters Kleidung – schwarze Haare. Von einem Dobermann oder einem Rottweiler. Und Lenas Zweithund war eine Mischung aus eben diesen Rassen. Das war schon ein eigenartiger Zufall!

Uschi schälte sich mit einem Ächzen aus der Bettdecke und schlappte in die Küche. Leopold begrüßte sie stürmisch. So wie jeden Morgen. Bestens gelaunt und voller Tatendrang. Uschi wusste jetzt schon, dass sie dieses Begrüßungsritual künftig vermissen würde. Sie tätschelte dem Aussie den Kopf und gähnte. Was sie jetzt brauchte, war erst einmal ein Kaffee. Und zwar einen starken.

Während das Mahlwerk des Kaffeevollautomaten lautstark die Bohnen zerkleinerte, holte sie schon mal die Milch aus dem Kühlschrank. Sie sah kein Motiv bei Lena. Weshalb sollte sie den Schuster denn von der Brücke geschubst haben? Gut, sie war eine Hundenärrin. Aber deshalb würde sie doch keinen Mord begehen. Nur weil Schuster gedroht hatte, einen vagabundierenden Wolf zu erschießen. Nein, das machte keinen Sinn. Vermutlich kannte sie Renates Bruder nicht einmal. Und was die Hundehaare anging, gab es gewiss eine logische Erklärung dafür. Vielleicht hatte Schuster einen Jagdfreund, der einen schwarzen Hund besaß. So wie die Hunde haarten, hatte man ruckzuck auch mal ein fremdes Hundehaar auf der Kleidung.

Andererseits: Wenn die Polizisten in alle Richtungen ermitteln wollten, wie sie immer behaupteten, dann war es dringend nötig, ihnen jetzt eine andere Richtung aufzuzeigen. Waren ja total auf dem Holzweg gewesen mit ihren dummen Verdächtigungen Leopold gegenüber. Dadurch hatten sie kostbare Zeit verloren. Zeit, um den wahren Täter zu ermitteln. Ein scheppperndes Geräusch ließ sie aufhorchen. Leopold hatte seine Leine vom Haken gezogen und schleifte sie freudig zur Tür.

»Du musst noch warten«, beschied ihm Uschi, nippte an ihrem Kaffee und versuchte, die Nervensäge zu ignorieren.

Sie würde versuchen, diesem Artus ein paar Haare abzuluchsen. Der Buckenmaier konnte die Haarprobe dann ja an seine Sigmaringer Kollegen weiterreichen. Lenas Name würde sie nur für den Fall bekannt geben, dass es einen positiven Befund geben sollte. Sie hoffte natürlich, dass sich ihr Verdacht nicht bestätigen würde. Aber überprüfen musste sie das. Auch wenn es ihr unangenehm war, Lena so in den Rücken zu fallen.

Sie seufzte. Unangenehme Dinge sollte man nicht auf die lange Bank schieben. Deshalb trank sie rasch ihren Kaffee aus, griff zum Telefon und verabredete sich mit Lena zu einem Morgenspaziergang. In aller Kürze berichtete sie ihr von ihrem Besuch in der Hundeschule und betonte, dass sie rein zufällig mit Udo auf Artus zu sprechen gekommen war. Den Vorschlag, mit den beiden Hunden gemeinsam einen Spaziergang zu unternehmen, lehnte Lena erst einmal kategorisch ab.

»Artus fährt nicht gerne Auto«, sagte sie. »Er jault mir während der Fahrt immer die Ohren voll. Deshalb nehme ich ihn ja auch nie zur Arbeit mit.«

»Hm, das ist aber schade«, entgegnete Uschi. »Udo hat in den höchsten Tönen davon geschwärmt, wie gut dein Artus erzogen ist. Warum hast du denn bislang gar nichts von ihm erzählt? Udo meinte, er sei der perfekte Spielkamerad für Leopold.«

Lena sagte eine Weile nichts. Dann meinte sie schließlich: »Also gut. Dann treffen wir uns vor dem Restaurant Bootshaus. Da können wir schön an der Donau entlanglaufen.«

»Äh, wäre es auch in Ordnung, wenn wir in Inzigkofen laufen gehen? Weißt du, mir ist was ganz Dummes passiert. Leopolds Steuermarke hat sich vom Halsband gelöst. Sie kann eigentlich nur beim letzten Spaziergang dort verloren gegangen sein. Deshalb wollte ich unbedingt noch einmal die Strecke ablaufen. Vielleicht finden wir die Marke ja.«

»Na ja«, sagte Lena zögernd. »Ungern. Aber wenn es sein muss …«

»Super!«, rief Uschi begeistert. Sie lachte gekünstelt. »Vier Augen sehen mehr als zwei.«

Eigentlich hätte Uschi ihren Plan auch in Sigmaringen umsetzen können. Eine innere Stimme sagte ihr aber, dass sie mit Lena den Tatort begehen musste. Vielleicht konnte sie ja aus Lenas Reaktion irgendwelche Schlüsse ziehen. In den Fernsehkrimis machten die Kommissare das auch manchmal so, wenn sie sich keinen anderen Rat mehr wussten. Kehrte der Mörder an den Ort seines Verbrechens zurück, wurde er offenbar dermaßen von seinen Schuldgefühlen überwältigt, dass er manchmal ein Geständnis ablegte. Als sich Uschi der Garderobe nur näherte, flippte Leopold bereits vor Freude schier aus, schleuderte seine Leine wild umher, stieg an der Tür hoch und drückte die Klinke herunter.

»Langsam, Leopold! Langsam!«

Schnell nahm sie ihren schwarzen Wollmantel vom Haken. Du meine Güte! Das gute Stück sah inzwischen aus wie ein Pelzmantel! Dabei hatte sie den Mantel erst gestern ausgiebig mit ihrer besten Fusselrolle bearbeitet. Stirnrunzelnd sah sie sich im Spiegel an. So konnte sie unmöglich aus dem Haus gehen. Sie war gerade dabei, den Mantel wieder auszuziehen, da hielt sie plötzlich inne. Moment mal! Dieses Kleidungsstück war perfekt geeignet, um Lenas Hund ein paar Haare abzuluchsen. Der Stoff schien die Haare ja geradezu magnetisch anzuziehen. Rasch zog sie sich den Mantel wieder über, steckte sicherheitshalber noch das Pfefferspray ein und verfrachtete Leopold ins Auto, um nach Inzigkofen zu fahren.

Musik hörte sie keine. Sie hatte ein schlechtes Gewissen. Es war nicht nett, was sie da mit Lena vorhatte. Genaugenommen war es hinterhältig und verlogen. Und deshalb war sie inzwischen so richtig mies drauf. Trotz Sonnenschein.

Lena stand im Eingang des Klostergartens. Uschi sah schon von Weitem den großen, schwarzen Hund an ihrer Seite. Ein eindrucksvolles Tier mit glänzendem Fell. Als Leopold seinen Artgenossen entdeckte, bekundete er sein Interesse durch lautstarkes Jaulen. Er war nicht mehr zu bremsen und nötigte Uschi zu einem äußerst strammen Schritt.

»Mach ihn am besten von der Leine los«, schrie ihr Lena entgegen und ließ Artus im selben Moment frei.

Hoffentlich fällt dieses Muskelpaket jetzt nicht über Leopold her, dachte Uschi ängstlich, während sie den Karabinerhaken vom Geschirr löste. Zögernd folgte sie Leopold, der bereits bei seinem Artgenossen angelangt war. Artus überragte den Australian Shepherd locker um eineinhalb Köpfe und wog vermutlich mehr als das Doppelte. Die beiden Hunde umkreisten sich vorsichtig, schnüffelten ein wenig aneinander und rannten dann plötzlich los. Artus sprang leichtfüßig neben Leopold her und wies den jugendlichen Wirbelwind gelegentlich mit einem tiefen »Wuff« zurecht. Gefährlich wirkte er nicht, aber respekteinflößend. Die gut ausgebildeten Muskeln zeichneten sich deutlich unter seinem glatten Fell ab und ermöglichtem ihm nicht nur ausgesprochen kraftvolle und geschmeidige Bewegungen, sondern auch hohe Sprünge. Diesen Hund wollte man nicht zum Feind haben. So viel war klar.

»Die verstehen sich gut«, sagte Uschi erleichtert.

Nachdem die Hunde ihr Begrüßungsspiel beendet hatten, gingen sie dazu über, das Revier zu markieren.

»Ich werde Artus hier draußen anbinden«, sagte Lena entschieden und wickelte die Leine um den nächstbesten Baum. »Ich glaube nicht, dass die Leute es gerne sehen, wenn er in seinem Markiereifer über die Kräuter pieselt.«

Uschi ging vor ihm in die Knie und schenkte ihm ein freundliches Beschwichtigungslächeln.

»Lässt du dich mal von mir streicheln?«, fragte sie mit zuckersüßer Stimme und streckte behutsam die Hand nach ihm aus.

Ich will nur ein paar Haare von dir, dachte sie und spürte im selben Moment, wie ihr der Schweiß ausbrach. Herrje! Hieß es nicht, dass Hunde die Angst riechen konnten? Sie lächelte noch etwas breiter und streichelte ihm mit der flachen Hand sacht über den Kopf. Doch Artus blieb ruhig, blickte sie aus seinen bernsteinfarbenen Augen freundlich an und nahm die Streicheleinheiten ohne Argwohn entgegen.

»Du bist ja ein ganz Lieber!«, lobte sie ihn, während sie unauffällig mit dem Ärmel ihres Wollmantels über seine Flanke strich. Vermutlich genügte schon ein einziges Haar, um eine Analyse durchführen zu können. »Und was für kluge Augen du hast!«

Lena freute sich über das Kompliment und nickte zustimmend.

»Ja, nicht? Das ist mir damals auch gleich aufgefallen, als ich ihn das erste Mal sah.« Sie lachte. »Man könnte wohl sagen, es war Liebe auf den ersten Blick!«

Uschi überlegte kurz, ob sie Leopold ebenfalls irgendwo anbinden sollte, verwarf dann aber den Gedanken sogleich wieder. Nein, sie konnte den jungen Aussie auf keinen Fall hier draußen alleine lassen. So wie sie Leopold kannte, würde er sich gewiss die Seele aus dem Leib heulen. Und nach spätestens zwei Minuten würde der nächstbeste Wanderer den armen Tropf vor lauter Mitleid ins Auto packen und ihm ein neues Zuhause schenken.

Als Uschi den Klostergarten betrat, fühlte sie sich sofort an ihre früheren Besuche erinnert. Hier war die Zeit offenbar stehen geblieben. Nichts hatte sich verändert. Knorrige alte Obstbäume, üppig bepflanzte Beete, ein kleiner Teich und einige Holzbänke, die zum Verweilen einluden – es war ein kleines Paradiesgärtlein, das den Besucher hier erwartete. Schmale Pfade untergliederten die Beete thematisch in Gemüse und Zierpflanzen, Küchen- und Heilkräuter. Doch trotz der formalen Einteilung und der geometrischen Struktur der Beete, wirkte die Anordnung nicht streng. Im Gegenteil. Die efeubewachsenen Steinmauern, das wilde Durcheinander an Pflanzenarten und die vielen Rosenbüsche, die entlang der Außenmauer gepflanzt worden waren, verliehen dem Klostergarten einen wildromantischen Charakter. Dennoch konnte man erahnen, wie viele Pflegemaßnahmen dieser vermeintliche Wildwuchs mit Sicherheit tagtäglich benötigte.

Unter normalen Umständen wäre Uschi die Pfade in gemächlichem Tempo entlanggeschlendert und hätte still den Geistlichen gedacht, die hier einst in meditativer Ruhe gearbeitet hatten. Ora et labora. Heute war sie jedoch nicht zum Lustwandeln hergekommen. Zudem hatte sie einen stürmischen Junghund an der Leine, der vorandrängte. Also marschierte sie in strammem Schritt die Wege entlang und versuchte, im Vorbeieilen die Pflanzennamen auf den Schildern zu entziffern. Wermut, Artischocke, Kugeldisteln. Wirklich interessante Kompositionen! Natürlich konnte man Anfang November keine Blütenpracht mehr erwarten, aber zumindest setzten Fuchsschwänze und Dahlien leuchtende Akzente in Violett und Pink und harmonierten hervorragend mit den braunen Fruchtständen und den leuchtend roten Hagebutten.

Auch Leopold fand an dem Garten großen Gefallen. Uschi sah ihm an, dass er es kaum erwarten konnte, seine Duftmarke zu hinterlassen.

»Sei ja brav!«, zischte sie. »Hier wird nicht gepieselt, hörst du?«

Der Aussie verstand nur »gepieselt« und drängte sogleich zum nächsten Busch hin, um Uschis Aufforderung nachzukommen. Hektisch zog sie ihn etwas näher zu sich heran. Hauptsache, er kam nicht auch noch auf den Gedanken, hier zwischen den Kräuterbeeten sein großes Geschäft zu verrichten! Die Tütchen für die Entsorgung lagen praktischerweise im Auto.

»Sind dir die Nistkästen aufgefallen?«, rief ihr Lena über die Beete hinweg zu und deutete auf eine Holzwand neben dem Eingang, die mit einer Vielzahl unterschiedlicher Nistkästen bestückt worden war.

Uschi drehte sich um und nickte.

»Ja, was für ein Luxus! Für jede Vogelart gibt es hier das passende Häuschen!«

Ein Schmatzgeräusch ließ sie aufhorchen. Herrje! Dieser ewig umtriebige Australian Shepherd hatte den unbeobachteten Augenblick ausgenutzt und sich über irgendein Kraut hergemacht.

»Leopold! Was frisst du denn da, um Himmels willen?«

Ihr Pflegehund schenkte ihr einen unschuldigen Augenaufschlag und kaute weiter. Vielleicht war das ja eine Giftpflanze, die er da gerade verschlang! Uschi stürzte sich auf ihn, schob ihm die Finger unter die Lefzen und versuchte, das Maul aufzudrücken. Doch Leopold presste das Gebiss nur umso fester zusammen und schluckte den Batzen Grünzeug hastig hinunter.

Konsterniert wischte sich Uschi die Finger an der Hose

ab. Was hatte er da nur gefressen? Sie ging in die Hocke und betrachtete die Pflanze näher. Hatte sie noch nie gesehen! Es handelte sich um eine Schlingpflanze mit grünen, kleinen Blättchen. Man hatte die Ranken an kleinen Stöcken befestigt, doch die Pflanze wucherte dermaßen, dass sogar das zugehörige Schild unter dem Grünzeug verschwunden war. Uschi schob die Ranken etwas zur Seite. Wie? Was stand da? *Kraut der Unsterblichkeit*? Nie gehört! Sollte das etwa ein Witz sein? Offenbar nicht. Das Schild unterschied sich nicht von all den anderen Schildern, die man zur Kennzeichnung in die Beete gesteckt hatte. Familie der Kürbisgewächse. Beugt Herz- und Kreislauferkrankungen vor. Na so was! Leopold hatte also instinktiv von der förderlichsten Pflanze in diesem Garten genascht. Kraut der Unsterblichkeit! Was der Verzehr dieser Pflanze wohl für Auswirkungen haben würde? Würde er dadurch etwa noch vitaler werden? Noch wilder? Jetzt war dieses kleine Monster womöglich auch noch der langlebigste Hund aller Zeiten! Nun ja, zumindest schien das Kraut nicht giftig zu sein.

Uschi schielte zu Lena hinüber, doch die studierte nach wie vor die Beschilderungen der Nistkästen. Kraut der Unsterblichkeit – das war mindestens so gut wie der Stein des Weisen. Uschi knipste geschwind ein Blatt ab und verstaute es in ihrer Jackentasche. Sicher setzte die Unsterblichkeit einen regelmäßigen Konsum der Blätter voraus. Aber selbst, wenn dieses eine Blatt ihr Leben nur ein paar Monate verlängern konnte – einen Versuch war es wert. Sie würde vor dem Verzehr allerdings erst einmal recherchieren müssen, ob das Kraut Nebenwirkungen hatte. Und Leopold diesbezüglich im Auge behalten. Schließlich hatte er sich aus freien Stücken zum Versuchshund gemacht. In der Zwischenzeit konnte ihr das Kraut als Talisman dienen.

»Na, hast du was Interessantes entdeckt?«

Uschi fuhr erschrocken herum.

»Äh, ja. Artischocken. Ich wusste gar nicht, dass die bei uns auch gedeihen.«

Sie ging rasch ein paar Schritte weiter. Sie wollte nicht, dass Lena das Kraut entdeckte. Noch wollte sie bei unverfänglichen Themen bleiben. Man konnte nicht über die Unsterblichkeit sprechen, ohne an den Tod zu denken. Sie hatte sowieso schon ein mulmiges Gefühl. Wenn Lena wüsste, was sie gerade für ein falsches Spiel mit ihr trieb …

»Hast du das Kraut der Unsterblichkeit gesehen?«, fragte Lena prompt und zwinkerte ihr zu. »Erstaunlich, dass das noch keiner ausgebuddelt hat. Es gibt bestimmt genügend Menschen, die für solche eine Wunderpflanze jeden Preis bezahlen würden.«

»Ach, wer will schon wirklich unendlich leben?«, entgegnete Uschi.

Derweil ließ sie ihre Hand unauffällig in die Jackentasche gleiten und strich mit den Fingern über das Blatt. Leopold hechelte. Der Länge seiner herausgestreckten Zunge nach zu urteilen, schien das Kraut der Unsterblichkeit enorm durstig zu machen.

Uschi führte den Aussie zu dem Wasserbecken, das sich an der Außenmauer des Gartens befand. Fische gab es offenbar keine. Dafür trieb ein einsames, gelbes Quietsche-Entchen zwischen den Seerosenblättern herum. Leopold war so durstig, dass er das Entchen geflissentlich ignorierte. Er stütze sich mit den Pfoten auf dem Rand des gemauerten Beckens ab, beugte den Kopf zum Wasser herunter und schlabberte begierig das kühle Nass in sich hinein. Erst als plötzlich die Klänge einer Trompete aus dem angrenzenden, erhöht liegenden Grundstück erklangen, schreckte er auf. Uschi sah erstaunt zu dem jungen Mann auf, der hier im Freien übte. Wie schön er spielte! Leopold war komplett anderer Meinung. Er legte die Ohren zurück und zerrte mit aller Kraft Richtung Ausgang. Weg hier, nur weg hier, schien er sagen zu wollen. Uschi wusste, dass gutes Zureden in diesem Fall nichts bringen würde. Die Stippvisite im Kräutergarten war hiermit beendet.

»Wäre es für dich in Ordnung, wenn wir denselben Weg ablaufen, den ich letztes Mal mit Leopold gegangen bin?«, fragte Uschi, während Lena Artus vom Baum losband.

»Wo bist du denn langgelaufen?«, wollte Lena wissen.

»Ich bin vom Kiosk runter bis zum Donau-Ufer, von dort hoch zur Teufelsbrücke und dann wieder zurück zum Kloster«, erklärte Uschi. »Ich kann nur hoffen, dass wir die Steuermarke finden. Meine Nichte wäre bestimmt nicht erfreut, wenn sie eine neue anfordern müsste.«

»Okay«, sagte Lena gedehnt. »Eigentlich wollte ich …« Sie überlegte und sah für einen Moment unschlüssig aus. »Also gut. Mir wäre es nur recht, wenn wir einigermaßen zügig laufen würden. Peggy erwartet mich bestimmt schon sehnsüchtig.«

»Klar können wir zügig laufen«, versprach Uschi. »Aber warum hast du Peggy denn nicht mitgebracht?«

»Ach, das ist mir zu anstrengend. Mit zwei Hunden. Bei mir zu Hause ist das was anderes. Da laufe ich extra Wege, die kaum jemand kennt. Da kann ich die beiden frei laufen lassen.«

»Hm, das kann ich nachvollziehen«, sagte Uschi und zog Leopold von einer interessanten Stelle weg, an der er gerade schnüffelte. »Ich bin ja schon mit einem Hund überfordert.«

»Wie sieht denn die Steuermarke aus?«, erkundigte sich Lena. »Damit ich weiß, wonach wir suchen.«

Uschi dachte an die Marke, die zu Hause auf dem Küchentisch lag. Welche Farbe hatte das Ding noch mal gehabt?

»Sie ist dreieckig. Und … äh … rosa.«

Leopold ließ endlich von der Stelle ab und rannte weiter. Während Uschi ihm mit ausgestrecktem Arm hinterhereilte, erinnerte sie sich an Udos Worte. Die Leine muss immer locker bleiben, hatte er gesagt. Abrupt blieb sie stehen. Leopold wurde jäh zurückgerissen und drehte sich verwundert um. Warum ging es denn nicht weiter? Er zog etwas stärker, doch Uschi hielt stand und bewegte sich keinen Millimeter vom Fleck. So standen sie eine Zeit lang. Bis sich Leopold schließlich setzte. Sobald die Leine locker war, signalisierte Uschi ihm, dass es weiterging. Ein paar Schritte lief er ordentlich. Dann peste er wieder los. Also begann das Spiel von vorn. Uschi blieb stehen. Der Hund gab nach. Die Leine hing locker durch. Es ging weiter. Aber nur zwei, drei Schritte. Denn dann war die Leine schon wieder straff. Uschi seufzte. So würden sie für die geplante Strecke Stunden brauchen. Sie blickte Lena von der Seite an. Auch wenn sie äußerlich ruhig war, konnte Uschi ihre Anspannung spüren.

»Seit wann hast du den Artus eigentlich?«, fragte Uschi während einer Phase des Stillstands.

»Ich hab ihn erst seit einem halben Jahr. Der arme Kerl saß monatelang im Tierheim und keiner wollte ihn haben.«

»Und warum wollte ihn keiner?«, hakte Uschi nach. »War er aggressiv?«

»Nein, überhaupt nicht. Aber bei schwarzen Hunden haben die Leute generell mehr Angst als bei weißen Hunden. Und dann ist er ja auch noch so groß und kräftig.«

»Hm, er ist schon imposant, dein Artus.«

»Ja, das ist er.« Lena nickte stolz. »Er ist wirklich ein toller Hund. Aber seine Erziehung hat mich ganz schön Kraft gekostet. Er war schon drei Jahre alt, als ich ihn aus dem Tierheim geholt habe. Und seine Vorbesitzer hatten es nie für nötig erachtet, mit ihm in eine Hundeschule zu gehen.« Sie schüttelte empört den Kopf. »Ein Unding bei so einem großen Hund!«

»Und dann hat unser Hundeflüsterer ihm Manieren beigebracht?«

»Ja. Udo hat gute Arbeit geleistet.« Lena deutete auf Leopold. »Aber jetzt wird es Zeit, dass du deinem Aussie mal Manieren beibringst.«

Nach zehn Minuten hatte Uschi das Donau-Ufer immer noch nicht erreicht. Sie war völlig entnervt. Auch Leopold hechelte mehr als gewöhnlich. Das unentwegte Stopp-and-Go strengte ihn furchtbar an. Am liebsten hätte er die Leine durchgebissen, um sich von diesem nervigen Bremsklotz am anderen Ende zu befreien. Zumal Artus samt Frauchen längst außer Sichtweite geraten waren. Uschi zog eine Schnute.

»Du bist doch so ein intelligenter Hund«, zischte sie. »Warum begreifst du das Prinzip denn nicht endlich? Leine locker bedeutet vorwärts. Leine stramm bedeutet stehen. Und wir wollen doch beide vorwärts, oder etwa nicht?«

Leopold gab ein herzergreifendes Winseln von sich. Uschi seufzte tief und machte ihn los. Kaum hatte Leopold das Klicken des Karabinerhakens gehört, schoss er auch schon auf und davon. Weg war er.

Zumindest hatte sie nun ein paar ruhige Minuten, um ihr Vorhaben zu überdenken. Inzwischen plagten sie nämlich massive Zweifel, ob dies alles wirklich Sinn machte. Lena war doch viel zu liebenswürdig, um einen Menschen kaltblütig zu ermorden. Das konnte sie sich einfach nicht vorstellen! Und vermutlich gab es eine ganz plausible Erklärung für die Hunde-DNA an der Leiche. Vielleicht hatte Lena den Schuster bei einem Spaziergang entdeckt und Artus hatte an dem Toten geschnüffelt. Blieb die Frage, wann das gewesen sein sollte. Schließlich hatte sie den Schuster ja schon am frühen Morgen gefunden. Es war nicht sehr wahrscheinlich, dass Lena noch früher mit Artus unterwegs gewesen war. Und dann auch noch zufällig dort unten im Höllental herumgewandert ist. Ach, warum musste alles immer so verworren und kompliziert sein!

Ah, da waren sie ja … Die beiden Hunde tollten bereits übermütig über die sogenannte »Steinwiese«, während Lena danebenstand und ihr Spiel beobachtete.

Seltsam, dachte Uschi. Es war noch gar nicht lange her, dass Schuster sie an genau diesem Ort zur Rede gestellt hatte. Und jetzt war er tot.

»Hast du die Steuermarke gefunden?«, erkundigte sich Lena.

Uschi schüttelte den Kopf.

»Nein, leider nicht.«

»Mist! Dann müssen wir jetzt weiter.«

Lena steckte sich zwei Finger zwischen die Lippen und stieß einen schrillen Pfiff aus. Artus verharrte mitten im Spiel, stellte die Ohren auf und kam augenblicklich angerannt, um vor Lena »Sitz« zu machen. Leopold folgte seinem Beispiel und pflanzte sich neben ihn.

»Wow!«, rief Uschi begeistert. »Der folgt ja hervorragend!«

»Ja«, lachte Lena auf. »Und Leopold hat ihn sich bereits zum Vorbild genommen. Vermutlich hatte Udo das im Sinn, als er den gemeinsamen Spaziergang empfohlen hat.«

Der Weg zur Teufelsbrücke führte steil durch den Wald. Auf halber Strecke musste Lena austreten.

»Du kannst ruhig schon mit den Hunden weitergehen«, rief sie und stelzte im Storchengang über die Brennnesseln und Farne hinweg.

Artus schaute ihr argwöhnisch nach. Ihm behagte es gar nicht, dass sein Frauchen einen separaten Weg eingeschlagen hatte. Als sie aus seinem Blickfeld verschwand, beschloss er, ihr nachzusetzen. Uschi konnte ihn gerade noch am Halsband packen, bevor auch er im Gebüsch verschwinden konnte. Verärgert fuhr er mit dem Kopf herum, schnappte aber nicht nach ihr.

»Dein Frauchen kommt ja gleich wieder«, sagte Uschi beruhigend und streichelte ihn.

Kurze Zeit konnte man noch das Knacken des Unterholzes hören, dann war alles still. Von Lena war nichts mehr zu sehen und zu hören. Uschi beäugte prüfend den Ärmel ihres Wollmantels. Inzwischen hafteten so viele Hundehaare daran, dass sie kaum dem Drang widerstehen konnte, die Haare endlich abzuzupfen. Sie besah sich die Haare genauer. Wie sollte sie denn nun erkennen, welche Haare zu Leopold und welche zu Artus gehörten? Es würde ihr nichts anderes übrig bleiben, als den Mantel bei der Polizei abzugeben. Die Experten würden schon etwas damit anzufangen wissen. Sie ließ ihre Finger durch das warme, weiche Fell des Mischlings gleiten. Oder sie entnahm ihm jetzt eine Haarprobe. Dann war die Sache eindeutig. Sie hielt nach Lena Ausschau. Nichts zu sehen. Beherzt griff sie Artus ins Fell und striegelte ihn mit gespreizten Fingern. Bingo! Ruckzuck hatte sie einen kleinen Haufen Haare beieinander, den sie rasch in ihrer Jackentasche verschwinden ließ.

In diesem Moment brach Lena aus dem Dickicht hervor. Ihre Miene wirkte starr, so als hätte mit einem Mal eine tiefe Sorge von ihr Besitz ergriffen. Uschi ließ Artus rasch los, richtete sich auf und lächelte.

»Na, alles klar?«

»Ja«, sagte Lena ernst. »Nur blöd, dass da so viele Brennnesseln waren.« Sie rieb sich die Hand. »Habe eine gestreift. Das brennt jetzt wie verrückt!«

»Spitzwegerich soll helfen«, meinte Uschi und hielt sogleich nach der Pflanze am Wegesrand Ausschau. »Ich glaube, man muss die Blätter kauen und den Brei dann auf der Haut verreiben.«

»Also ich seh keinen Spitzwegerich«, stellte Lena fest, befeuchtete ihre Finger mit Speichel und benetzte damit die gerötete Stelle. »Aber Spucke tut's auch!«

Die Hunde freuten sich, dass es endlich weiterging, und stoben davon. Die beiden Frauen schnauften hinterher.

»Eigentlich sollte ich mir die Leine um den Bauch binden und mich von Leopold das letzte Stück hochziehen lassen«, sagte Uschi und lachte.

Lena ging auf den Scherz jedoch nicht ein. Sie wirkte immer noch angespannt.

»Ohne Hund kannst du den Weg viel besser absuchen. Wenn die Steuermarke allerdings im Gebüsch gelandet ist, wird es schwer sein, sie zu finden. Auch wenn sie rosa ist.«

Uschi richtete ihren Blick gleich pflichtschuldig auf den Boden. Die Steuermarke! Hatte sie schon wieder vergessen. Wenn sie nicht aufpasste, würde Lena bald merken, dass dies alles nur eine Finte war. Sie tastete mit den Fingern nach dem Haarknäuel in ihrer Tasche. Als sie die weichen Haare unter den Fingerspitzen spürte, bekam sie sofort Hitzewallungen. Wenn Lena wüsste… Sie drückte die Zunge fest an den Gaumen und schob das aufkommende schlechte Gewissen beiseite. Auf der anderen Seite war es ihr selbst ja auch keinen Deut besser gegangen. Sie war auch unschuldig verdächtigt worden. Und hatte sich auf dem Präsidium auch noch den Mund auspinseln müssen! Sie ließ Lena ein paar Schritte vorausgehen, wickelte das Haarknäuel rasch in ein Papiertaschentuch und stopfte das Päckchen in ihre Hosentasche. Hier war das Beweisstück sicherer.

Kurz vor der Teufelsbrücke verlangsamte Lena ihren Schritt. Sie senkte den Blick und suchte intensiv den Weg ab. Die Hunde hatten die Brücke längst überquert, rannten nun aber in Hütehund-Manier zurück zu Lena und umkreisten sie. Uschi ging voraus und gab vor, die Brücke abzusuchen.

»Leopold ist letztes Mal mit den Vorderpfoten hier hochgestiegen, weil er unbedingt über die Mauer gucken wollte«, rief sie Lena zu. »Es könnte sein, dass sich dabei die Marke gelöst hat. Das ist sogar ziemlich wahrscheinlich.«

Sie lehnte sich ein Stück weit über die Mauer und blickte in die Tiefe. In diesem Augenblick vernahm sie das raue, heisere Rätschen eines Eichelhähers. Sofort hatte sie das Bild wieder vor Augen. Dieses Bein. Wie es aus dem Gebüsch geragt hatte, eigenartig verdreht. Da unten hatte er gelegen. Meine Güte, war das tief! Wie es wohl sein mochte, wenn man aus dieser Höhe herunterfiel? Wie lange es wohl dauerte, bis man unten aufprallte? Eine Sekunde, zwei oder gar drei? Und wie fühlte sich der Schmerz wohl an, wenn man am Boden zerschellte? Je länger sie in die Tiefe starrte, desto schwindliger wurde ihr.

»War es ein schlimmer Anblick?«

Uschi zuckte erschrocken zusammen.

»Himmel!«, japste sie. »Hast du mich erschreckt!«

»Entschuldigung, war nicht meine Absicht.«

»Ein schlimmer Anblick?«, vergewisserte sich Uschi. »Als ich Schuster gefunden habe? Ja, schon. Obwohl ich ja nur sein Bein gesehen habe …« Sie holte das Päckchen mit den Papiertaschentüchern aus der Jackentasche hervor, entnahm eines der Tücher und schnäuzte sich. »Aber man kann sich ja vorstellen, wie jemand nach so einem Sturz aussieht.« Sie verdrehte die Augen. »Schlimm. Echt schlimm.«

Als sie das Taschentuch wieder zurück in die Tasche steckte, strichen ihre Finger an etwas Weichem entlang. Das Blatt der Unsterblichkeit! Uschi rieb es zwischen den Fingern und befühlte die zarten Adern ihres Talismans.

»Kanntest du Schuster eigentlich persönlich?«, fragte Uschi in beiläufigem Ton.

»Wir sind uns zwei-, dreimal begegnet«, entgegnete Lena. »Aber kennen ist zu viel gesagt.«

»Na ja, eigentlich soll man ja nicht schlecht über Tote reden«, sagte Uschi zögernd. »Aber ich konnte den Schuster ehrlich gesagt nicht ausstehen.«

Lena sah sie fragend an.

»Wir sind aneinandergeraten, weil Leopold nicht angeleint war.« Sie schüttelte den Kopf. »Er hat total überzogen reagiert. Sich voll wichtig gemacht und mir gedroht, Leopold abzuknallen, wenn er dem Wild in seinem Revier nachstellen würde. Stell dir das mal vor!«

Lena nickte und wickelte ihren Schal etwas fester um den Hals.

»Ich glaube nicht, dass du die Steuermarke da unten findest«, sagte sie bestimmt.

»Da könntest du recht haben.«

Uschi beugte sich vor, warf nochmals einen Blick nach unten und vernahm dann ein Räuspern hinter ihrem Rücken.

»Sag mal, warum hast du eigentlich die Haare von Artus eingesteckt?«

Uschi erstarrte. Wie? Hatte sie das etwa gesehen? Nervös biss sie sich auf die Lippen. Und was jetzt? Langsam, ganz langsam, drehte sie sich um.

Diese Lämmle macht mich noch wahnsinnig, dachte Buckenmaier entnervt, nachdem er nun schon zum fünften Mal auf ihren Anrufbeantworter gesprochen hatte. Warum rief sie denn nicht zurück? Dass sie auch auf dem Handy nicht erreichbar war, überraschte ihn dagegen wenig. Das war ja typisch für sie.

Er ließ seine verspannten Schultern nach hinten kreisen, nahm dann einen Schluck von seinem lauwarmen Kaffee und schlug die vor ihm liegende Akte auf. Als er die ersten Sätze gelesen hatte, fuhr er sich seufzend über seinen spärlich behaarten Schädel und blickte aus dem Fenster. Dann trank er wieder vom Kaffee, räusperte sich und las den ersten Abschnitt erneut. Erst als die Buchstaben vor seinen Augen verschwammen, merkte er, dass seine Gedanken abermals abgedriftet waren. Verdammt! Er konnte sich einfach nicht konzentrieren! Wo trieb sich die Lämmle nur rum? Sie war nicht zu Hause und im Schloss hatte auch keiner gewusst, wo sie steckte. Buckenmaier schob seinen Stuhl zurück, erhob sich mit einem Ächzen und ging zum Fenster. Seit dem letzten Telefonat mit ihr hatte ihn ein ganz schlechtes Gefühl beschlichen. Seine Besorgnis ließ sich nicht rational begründen. Es war mehr so ein Bauchgefühl. Irgendetwas heckte die pensionierte Lehrerin schon wieder aus.

Aber Sigmaringen war nun mal nicht sein Zuständigkeitsbereich. Er musste darauf vertrauen, dass seine Kollegen die Sache im Griff hatten. Er konnte nur abwarten. Abwarten. Genau das hatte er ja auch der Lämmle angeraten. Aber so wie er sie kannte, würde sie sich vermutlich einen Teufel darum scheren, was er ihr riet. Nicht, wenn sie selbst betroffen war und unter Verdacht stand, einen Mann ermordet zu haben. Gut, die Lämmle hatte bereits mehrfach einen erstaunlich guten Riecher bewiesen. Das musste er zugeben. Allerdings wäre es auch nicht das erste Mal, dass sie sich durch ihre Schussligkeit in eine prekäre Lage brachte.

Buckenmaier öffnete das Fenster und ließ die kühle Luft ins Zimmer strömen. Zumindest hatte er einen guten Draht zu den Sigmaringer Kollegen. Er musste den Sonnleitner unbedingt mal demnächst auf ein Bier einladen. War schließlich nicht selbstverständlich, dass er ihn über die Ermittlungsergebnisse bislang auf dem Laufenden gehalten hatte.

Erneut griff Buckenmaier zum Telefon und aktivierte die automatische Wahlwiederholung. Er musste die Lämmle unbedingt erreichen und sie auf den neuesten Stand der Dinge bringen. Das würde sie vielleicht davon abhalten, selbst herumzuschnüffeln. Zum jetzigen Zeitpunkt war ja noch völlig unklar, welches Motiv sich hinter dem Mord an der Teufelsbrücke verbarg. Vom Sonnleitner wusste er nur, dass der Mörder äußerst clever vorgegangen war. Es hatte kaum verwertbare Spuren gegeben – weder am Tatort noch am Fundort. Und falls die Lämmle dem Mörder bei ihren Nachforschungen zu nahekommen sollte, konnte das deshalb durchaus gefährlich für sie werden. Buckenmaier setzte sich wieder an den Schreibtisch und lauschte dem Telefonsignal.

»Leider bin ich im Moment nicht zu Hause. Ich würde mich aber freuen, wenn Sie auf dem Band eine Nachricht hinterlassen. Ich rufe Sie dann gerne zurück.«

Buckenmaier verdrehte verärgert die Augen.

»Ja«, sagte er forsch. »Hier noch mal Buckenmaier. Rufen Sie mich bitte umgehend zurück. Ich muss Ihnen etwas Wichtiges mitteilen. Hören Sie, Frau Lämmle! Es ist dringend!«

Im Grunde war es auch egal, ob es sich bei dem Mörder um einen dilettantischen Ersttäter, einen Profikiller oder tatsächlich um die russische Mafia handelte, dachte er verdrossen. Wer es einmal über sich gebracht hatte, einen Menschen zu töten, konnte dies jederzeit auch ein weiteres Mal tun. Wenn der Mörder vorhatte, die Lämmle aus dem Weg zu räumen, hatte sie nicht den Hauch einer Chance, sich zur Wehr zu setzen.

Uschi fühlte sich völlig vor den Kopf geschlagen. Ihr Herz flatterte nervös in ihrer Brust, ihre Gedanken überschlugen sich geradezu. Warum fragte Lena erst jetzt nach den Haaren? Jetzt, da sie die Brücke erreicht hatten? Und wie sollte sie das, was sie getan hatte, rechtfertigen? Das Haarknäuel in ihrer Hosentasche wog auf einmal tonnenschwer.

»Ich habe nur die Haare entfernt, die sich eh schon gelöst hatten«, setzte sie zu einer Rechtfertigung an. »Bei Leopold mache ich das auch immer so …«

Sie verzog den Mund zu einem schiefen Grinsen. Ein kläglicher Versuch, ihren Schreck zu überspielen.

»Was hast du mit den Haaren denn vor?«, insistierte Lena, verschränkte die Arme vor der Brust und funkelte sie herausfordernd an.

Ängstlich blickte Uschi zu Artus, der den Gemütswandel seines Frauchens längst intuitiv erfasst hatte. Misstrauisch fixierte er sie durch seine halb geöffneten Augenschlitze. Lena wippte ungeduldig mit dem Schuh und wartete immer noch auf eine Erklärung.

»Wie kommst du denn überhaupt darauf, dass ich die Haare eingesteckt haben könnte?«, sagte Uschi und schüttelte mit gespielter Empörung den Kopf. »Das ist doch Quatsch. Was soll ich denn damit? Ich hab die Haare gleich ins Gebüsch geworfen.«

Eigentlich wusste sie, dass das nichts brachte. Sie beide wussten, dass dies nicht der Wahrheit entsprach, und es war auch klar, dass es hier nicht nur um ein paar lose Hundehaare ging.

»Ich vermute mal, dass wir die weggeworfenen Haare bei entsprechender Suche genauso wenig wiederfinden würden wie Leopolds Steuermarke«, sagte Lena prompt. »Weißt du was? Mir reicht's jetzt mit deinen Lügen!« Sie straffte ihre Schultern und reckte das Kinn. »Sag doch einfach mal die Wahrheit!«

Uschis Mundwinkel sanken nach unten. Die Wahrheit? Normalerweise war Uschi ein ehrlicher Mensch, und wenn keine triftigen Gründe dagegensprachen, präferierte sie die Wahrheit. Aber nun gab es durchaus triftige Gründe, die dagegensprachen. Es waren keine anderen Menschen zugegen – und sie standen mitten auf der Teufelsbrücke. Kein guter Ort für eine ehrliche Aussprache mit einer mutmaßlichen Mörderin. Uschi hatte mit einem Mal erhebliche Zweifel, ob diese »Tatortbegehung« ein guter Einfall gewesen war. Ihr war so elend zumute, dass ihr Körper nicht mehr die Kraft hatte, der Schwerkraft zu trotzen. Alles an ihr hing kraftlos herab, ihre Schultern, ihre Arme, ihr Rücken gekrümmt, die Augenlider gesenkt. Sie fühlte sich wie eine Hundertjährige.

»Äh, ich wollte … ich muss … also, äh, ich weiß nicht, wie ich es dir erklären soll.«

Uschi sah sie hilflos an. Sie war mit dieser Situation völlig überfordert.

Leopold gähnte nervös und kratzte sich dann heftig. Irgendetwas stimmte hier nicht. Die Stimmung war bedrohlich und er verstand nicht weshalb.

Uschi knetete die Leine in ihrer Hand. Aus der Sache kam sie nicht mehr raus. Die einzige Alternative, die ihr zur Wahrheit einfiel, war die Flucht. Sie konnte Lena die Antwort schuldig bleiben und davonlaufen. Wie die Sache dann aber ausgehen würde, war klar: Artus hätte sie nach spätestens drei Sekunden eingeholt und würde sie stellen. Also blieb ihr jetzt nur die Kunst der Rhetorik. Sie musste die Wahrheit so formulieren, dass Lena für ihre Beweggründe Verständnis aufbringen würde.

»Die Polizei sucht einen Hund mit schwarzem Fell«, sagte sie leise. »Sie haben an Schusters Leiche Hundehaare gefunden, die nicht von seinem Jagdhund stammen.«

»Was?«, schrie Lena mit überkippender Stimme. »Und da verdächtigst du Artus? Und mich dazu? Nur weil er schwarzes Fell hat?« Sie lachte auf. »Du bist doch nicht bei Trost!«

Als Uschi keine Miene verzog und beharrlich schwieg, verhärteten sich Lenas Gesichtszüge.

»Du gibst mir jetzt sofort diese Haare.« Sie streckte fordernd die Hand aus und schürzte verächtlich die Lippen. »So etwas macht man nicht unter Freunden!«

Uschi biss die Zähne zusammen. Sie fühlte sich schlecht. So was von schlecht. Doch dann dachte sie an den Moment, als sie dieses Wattestäbchen im Mund gehabt hatte. Auch sie war gedemütigt worden. Völlig zu Unrecht. Und nun war sie dabei, ihre Unschuld zu beweisen. Sie hielt Lenas Blick stand.

»Ich kann sie dir nicht geben.«

Lena sog geräuschvoll die Luft ein.

»Dann nehme ich sie mir eben.«

Im selben Moment stürzte sie sich bereits auf Uschi, packte sie mit einer Hand am Kragen und durchsuchte mit der anderen Hand die linke Jackentasche.

Uschi wusste gar nicht, wie ihr geschah. Von einer Sekunde auf die nächste hatte sich Lena in eine Furie verwandelt. Von wegen Rhetorik! Sie hatte in ein Wespennest gestochen! Ungeschickter hätte sie es nicht anfangen können … Als Lena merkte, dass sie in der falschen Tasche wühlte, zerrte sie Uschi herum und untersuchte die andere Tasche.

»Was haben wir denn hier?«, schrie Lena triumphierend, zog das Pfefferspray heraus und hielt es Uschi unter die Nase. »Wolltest du mir das Zeug da etwa in die Augen sprühen?«

Obwohl es weit klüger gewesen wäre, die Augenlider zu schließen, riss Uschi sie vor lauter Angst weit auf. Selbst als sie sah, dass Lena darauf verzichtete, ihr aus Rache die Augen zu verätzen, und das Teil in der Innentasche ihrer Jacke verschwinden ließ, stellte sich keine Erleichterung ein.

»Wo sind diese verdammten Haare?«

Lena schüttelte Uschi so fest am Kragen, dass sie verstört nach Luft japste.

Leopold merkte prompt, dass dieses Verhalten nicht normal war. Sofort war er zur Stelle, um Uschi zu verteidigen. Da er die Situation aber nicht eindeutig einordnen konnte, hüpfte er lediglich an Uschi hoch und äußerte seine Irritation durch lautes Bellen.

»Aus!«

Dieses eine Wort, von Lena entsprechend scharf gebrüllt, genügte, um den Aussie nachhaltig einzuschüchtern. Verängstigt duckte er sich weg, zog den Schwanz ein und trollte sich. Toller Beschützer, dachte Uschi beklommen. Immerhin hatte Lena durch Leopolds Intervention von ihr abgelassen. Uschi wich zurück und rückte dann mit hochrotem Gesicht den Kragen ihrer Jacke zurecht.

»Nun sag schon!«, schrie Lena erneut. »Wo hast du sie hin?«

»Ich … Ich hab die Haare unterwegs weggeworfen!«, stammelte Uschi und streckte Lena zum Beweis ihre leeren Hände entgegen.

»Weggeworfen?« Lena stutzte. Sie überlegte einen Moment, schüttelte dann aber resolut den Kopf und meinte: »Das glaubst du ja selbst nicht.«

Nervös ließ Uschi ihren prüfenden Blick über sich ergehen.

»Hast du den Schuster hier runtergestoßen?«, hörte sich Uschi fragen und spürte im selben Augenblick, wie ihr Auge nervös zuckte.

Lenas Miene verfinsterte sich schlagartig.

»Nein!«, kreischte sie aufgebracht. »Das hab ich nicht! Wie kommst du denn darauf?«

»Weil du wegen der Haare so ein Theater machst«, sagte Uschi verärgert.

»Na, du würdest dich bestimmt auch aufregen, wenn ich von deinem Hund Haare klauen würde, um sie bei der Polizei abzugeben. Das ist doch echt das Allerletzte!«

Sie hatte recht. Aber das tat ja nichts zur Sache. So wie sie sich aufführte, hatte sie etwas zu verbergen. Es lag auf der Hand, dass sie etwas mit dem Tod von Schuster zu tun hatte.

»Weißt du Lena, ich kann mir ehrlich gesagt nicht vorstellen, dass du den Schuster hier mit Absicht runtergestoßen hast. Aber vielleicht war es ja ein Unfall? Hattet ihr Streit?

Der Schuster konnte einen ja furchtbar auf die Palme bringen.« Sie überlegte. »Oder hat er dich zuerst angegriffen? War es Notwehr?«

Na, jetzt hatte sie ihr aber viele Brücken gebaut.

Doch Lena war nicht gewillt, über Uschis Brücken zu gehen. Sie presste die Lippen so fest zusammen, dass nur noch ein schmaler, blassroter Strich zu sehen war. Eine Weile starrte sie Uschi einfach nur böse an und schüttelte stumm den Kopf. Dann stieß sie hervor:

»Du bist doch paranoid! Ich weiß wirklich nicht, weshalb du dich so auf mich eingeschossen hast. Jeder zweite Hund hat doch schwarzes Fell! Wie kommst du denn da ausgerechnet auf mich?«

»Die Polizei weiß inzwischen, dass die Haare an Schusters Leiche von einem Mischling stammen«, sagte Uschi leise und wies auf Artus. »Sie suchen einen Mischling aus Rottweiler und Dobermann.«

Lena erstarrte. Wie ein Zinnsoldat stand sie da, steif, die Hände zu Fäusten geballt, die Augen weit aufgerissen. Als Uschi die Panik in ihren Augen sah, wusste sie, dass sie gerade einen entscheidenden Fehler gemacht hatte. Doch für Deeskalation war es nun zu spät. Lena beugte sich nach vorn, nahm mit Artus Blickkontakt auf und gab ihm das Kommando. Sie war so erregt, dass ihre Stimmbänder versagten und aus ihrem Mund nur ein heiseres Flüstern herauskam.

»Spring!«

Uschi stockte der Atem. Artus zögerte nur einen winzigen Moment, dann drückte er sich mit den Hinterläufen vom Boden ab und sprang. Uschi sog die Luft ein, unfähig sich zu bewegen. Starrte wie parallelisiert auf den schwarzen Hund, der mit ausgestreckten Pfoten auf sie zuflog. Er hatte sie fast erreicht, als urplötzlich ein grauer Schatten von links angeschossen kam und gegen Artus' Leib knallte. Auch wenn Leopold wesentlich kleiner als sein Gegner war, hatte er es geschafft, den Angreifer aus der Bahn zu werfen. Völlig außer sich vor Wut fuhr Artus herum und biss Leopold in den Hals. Der kreischte auf vor Schmerz und packte seinen Widersacher nun ebenfalls am Fell. Die beiden Hunde knurrten und jaulten, während sie übereinander herfielen. Völlig in Raserei verfallen, bissen sie sich aneinander fest, die blanke Wut in den Augen.

Endlich schaffte es Leopold, sich aus Artus' Fängen zu befreien, und warf sich, so schnell er konnte, auf den Rücken, der verzweifelte Versuch, sich zu ergeben und seinen Gegner zu besänftigen. Doch Artus ignorierte die Unterwerfungsgeste. Er war so wütend, dass er sich mit einem Satz erneut auf Leopold stürzte und ihn zwang weiterzukämpfen. Innerhalb weniger Sekunden waren sie so ineinander verknäult, dass man nur noch die weit aufgerissenen Mäuler mit den gefletschten Zähnen erkennen konnte. Wieder stieß Leopold einen gellenden Schmerzensschrei aus. Uschi taumelte bestürzt rückwärts und prallte mit den Beinen gegen die Brückenmauer. Wie furchtbar! Sie zerfleischten sich! Leopold würde das, konnte das nicht überleben!

»Aaartus! Aus!«

Lena brüllte so laut, dass sich ihre Stimme überschlug. Doch Artus war in Rage und in diesem Zustand nahm er nichts und niemanden mehr wahr. Er würde nicht eher Ruhe geben, bis sich sein Gegner nicht mehr rührte. Als sie merkte, dass sie nicht zu ihm durchdrang, wühlte sie in ihrer Jackentasche, zog eine Hundepfeife hervor und pustete mit aller Kraft hinein. Ein hoher, schriller Pfiff ertönte. Irritiert hielt Artus inne, ließ von seinem Artgenossen ab und blickte zu Lena auf. Leopold nutze seine Chance, rappelte sich auf und ergriff die Flucht. Doch Artus war geistesgegenwärtig, setzte Leopold nach und konnte ihn gerade noch an der Flucht hindern, indem er ihn an der Schwanzspitze festhielt. Leopold jaulte auf und drängte vorwärts. Das führte jedoch nur dazu, dass sich Artus noch etwas fester in den buschigen Schwanz verbiss. So fixiert, konnte sich Leopold nur innerhalb seines Radius nach links und rechts bewegen.

»Aus!«, brüllte Lena erneut.

Artus anzufassen, getraute sie sich in dieser Situation nicht. Als er auf das Kommando nicht reagierte, blies sie erneut in die Pfeife. Doch auch das Pfeifsignal vermochte Artus nicht dazu bewegen, sein Maul zu öffnen und Leopolds Schwanz freizugeben. Da sich Lena keinen anderen Rat mehr wusste, riss sie sich ihren Wanderschuh vom Fuß, holte aus und schlug ihrem Hund damit kraftvoll auf die Schnauze. Der gewünschte Effekt trat sofort ein. Artus heulte auf und öffnete dabei das Maul. Als Leopold merkte, dass er frei war, klemmte er seinen malträtierten Schwanz zwischen die Beine und stob davon. Über die Brücke, durch den Tunnel und weg war er.

Lena hatte Artus derweil am Halsband gepackt und musste ihre ganze Kraft aufwenden, um ihren Hund davon abzuhalten, die Verfolgung aufzunehmen.

»Hör – jetzt – auf!«, brüllte sie und schüttelte ihn bei jedem Wort am Halsband.

Dann griff sie mit zitternder Hand nach der Leine, die neben ihr auf dem Boden lag, und leinte ihn an. Als er sich soweit beruhigt hatte, dass sie die Leine lockerlassen konnte, lehnte sie sich an die Brückenmauer und ließ sich erschöpft an der Mauer entlang zu Boden sinken. Sie kauerte sich zusammen, legte den Kopf auf die Knie und vergrub ihr Gesicht in den Armen. Uschi stand da, immer noch wie gelähmt und blickte auf Lena herab, die nun so heftig schluchzte, dass ihr ganzer Körper bebte. Sie lugte zum Tunnel, in dem Leopold verschwunden war. Vielleicht sollte sie es ihm gleichtun und ebenfalls davonrennen?

»Es tut mir so leid!«, presste Lena wimmernd hervor. »Es war ein Reflex.«

Uschi legte den Kopf schief und betrachtete sie skeptisch.

»Ich … ich wollte dich nicht umbringen.«

Sie blickte auf, und als Uschi ihre großen verheulten Augen sah, glaubte sie ihr das sogar.

»Hast du es so auch bei Schuster gemacht?«, fragte sie leise.

Lena biss sich auf die Unterlippe und schwieg. Als Uschi sie weiterhin nur durchdringend anstarrte, wischte sie sich schließlich die Tränen vom Gesicht und räusperte sich.

»Es ist …«

Ein erneuter Heulkrampf überfiel sie.

Uschi fühlte nichts. Kein Mitleid. Keine Angst. Nicht einmal Wut. Sie war einfach nur innerlich leer. Geschockt. Natürlich war ihr klar gewesen, dass diese Konfrontation mit dem Tatort unter Umständen heikel werden könnte. Aber mit diesem Worst-Case-Szenario hatte sie nicht gerechnet. Artus hätte sie beinahe von der Brücke gestoßen. Und so wie es aussah, war Schuster weder durch einen Unfall noch durch Totschlag ums Leben gekommen. Nein, es handelte sich hier um Mord. Da gab es nichts zu beschönigen. Sie hatte es hier mit einer eiskalten Mörderin zu tun!

»Bruno war mein Ein und Alles«, sagte Lena mit brüchiger Stimme. »Er war so ein Lieber! Total gutmütig und verschmust. Ein absolutes Sensibelchen.« Ihr Blick verlor sich in der Ferne. »Aber im Alter sah er nicht mehr so gut. War fast blind. Gehört hat er auch schlecht. Er war immerhin fast 13. Das ist für einen Deutschen Schäferhund hochbetagt.« Sie schniefte. »Er hat sich hauptsächlich mit seinem Geruchsinn orientiert.« Sie strich sich die Haare aus dem Gesicht. »Trotzdem lief er immer noch gerne spazieren. Am liebsten frei.« Sie schüttelte traurig den Kopf. »Das Blöde war, dass er manchmal einfach von alleine kehrtmachte und zum Auto zurücklief, wenn es ihm zu viel wurde. Bis ich merkte, dass er abgehauen war, befand er sich meist schon außer Hörweite.«

Uschi blickte besorgt zum Felsentunnel. Ob Leopold wohl auch zum Auto zurückgerannt war? Was sollte sie nur tun, wenn er nicht am Parkplatz war?

»Genau so war es auch an diesem Tag im März«, fuhr Lena fort und seufzte tief. »Auf dem Känzele war er noch da gewesen und ganz plötzlich war er dann weg.«

Lena blickte zu Uschi auf. In ihren Augen lag weder Zorn noch Aggressivität. Da war nur noch Trauer.

»Ich war mir sicher, dass er beim Auto auf mich warten würde. Aber da war er nicht. Ich hab totale Panik bekommen. Es wurde nämlich schon dunkel. Und außerdem war es extrem neblig. Also bin ich die ganze Runde nochmals abgelaufen, hab wie verrückt nach ihm geschrien und gepfiffen. Nichts! Als ich wieder zum Parkplatz zurückkam, war es stockdunkel. Mann, ich wusste gar nicht mehr, was ich tun sollte. Es war ja kein Mensch mehr unterwegs, den ich um Hilfe hätte bitten können.« Sie schüttelte betrübt den Kopf. »Ich konnte Bruno doch nicht einfach zurücklassen! Bei Nacht. Im Wald. Blind. Total hilflos.«

Tränen rollten über ihre Wangen. Die Erinnerung an diese Nacht schien noch so präsent bei ihr zu sein, als seien nur Tage und nicht Monate seitdem vergangen.

»Ich kann dir nicht sagen, wie oft ich die Wege abgerannt bin. Hin und her. Irgendwann hatte ich mich heiser geschrien. Konnte nur noch heulen. Da bin ich zum Auto zurück und hab dort gewartet. Die ganze Nacht. Hab kein Auge zugetan. Aber er kam nicht!«

Sie fuhr sich mit dem Ärmel ihrer Jacke über das Gesicht, um die Tränen wegzuwischen. Jetzt erst fiel Uschi auf, wie stark Lenas Hände zitterten.

»Hast du nicht bei der Gemeinde Bescheid gegeben?«, fragte Uschi leise.

»Doch. Nachdem ich ihn auch am nächsten Morgen nicht finden konnte, bin ich zum Rathaus gegangen und habe ihn als vermisst gemeldet. Dann hab ich Zettel geschrieben und sie überall in Inzigkofen und bei den Aussichtsstellen im Park ausgehängt. Ich hab im Tierheim Bescheid gegeben, hab jeden Spaziergänger befragt … Ich hab alles gemacht, was nur möglich war. Aber es hat alles nichts gebracht.« Sie schüttelte wieder den Kopf. »Erst nach vier Tagen haben ihn durch Zufall zwei Wanderer gefunden. Er … er … sah schrecklich aus.«

Eine Weile saß sie nur still da und starrte vor sich hin. Sie würde den Anblick nie mehr aus dem Kopf bekommen. Wie er da lag. Ihr Bruno. Ihr geliebter Bruno. So steif. Und kalt. Ganz sanft hatte sie seinen zertrümmerten Kopf gestreichelt, während ihr unentwegt die Tränen übers Gesicht liefen. Hatte versucht, nicht auf das klaffende Loch zu starren, das ihm die Patronenkugel in den Unterkiefer gerissen hatte. Dann hatte sie ihm ein letztes Mal den Rücken gekrault. So vertraut hatte sich das Fell unter ihren Händen angefühlt. Der Tierarzt hatte ein weißes Tuch über seine Bauchverletzung gelegt, sodass sie den Anblick des blutverkrusteten Fells und der heraushängenden Innereien nicht auch noch ertragen musste. Lange war sie neben ihrem toten Hund gehockt und hatte ihm aber und abermals über den Kopf gestreichelt.

So viele Jahre hatte er sie treu begleitet. Und nun hatte er auf solch grausame Art und Weise sterben müssen! Das hatte Bruno wahrlich nicht verdient. Nicht dieses liebe Tier. Und sie war in den letzten Stunden, in den Stunden der größten Angst und Hilflosigkeit nicht bei ihm gewesen. Irgendwann war sie dann ganz nah an ihn herangetreten und hatte ihm eine letzte Botschaft ins Ohr geflüstert. Es tut mir so leid, hatte sie geflüstert. Es tut mir so leid. Ich konnte dich nicht beschützen. Ich hab dich überall gesucht.

Aber ich konnte dich einfach nicht finden! Sie wusste, dass sie keine Schuld trug, aber dennoch begleitete sie von diesem Tag an ein solch tiefes Schuldgefühl, dass sie nicht mehr ruhig schlafen konnte.

Uschis Hüsteln holte Lena in die Gegenwart zurück. Ihr Blick klärte sich, doch als sie mit ihrer Geschichte fortfuhr, bebten ihre Lippen.

»Er muss unsägliche Schmerzen gehabt haben. Ist die ganze Zeit im Wald umhergeirrt und hat mich gesucht!« Sie vergrub das Gesicht in ihren Händen und schluchzte laut auf. »Der Tierarzt hat gesagt, dass es mindestens zwei Tage gedauert hat, bis er endgültig tot war. Er ist durch die Schussverletzung jämmerlich verblutet.«

Lenas Geschichte berührte Uschi zutiefst. Betroffen ging sie vor Lena in die Knie und legte ihr sachte eine Hand auf die Schulter. Wie schrecklich! Sie konnte sich gut vorstellen, welche Angst dieser blinde Hund gehabt haben musste. So schwer verletzt und ganz allein mitten im Wald.

Lena blickte auf.

»Ich hatte gleich den Schuster im Verdacht«, sagte sie grimmig. »Es war ja naheliegend, dass der Jagdpächter des Reviers die Schüsse auf ihn abgegeben hatte. Außerdem hatte ich in der Nacht, als Bruno verschwand, einen abgestellten Geländewagen im Wald gesehen.«

Uschi sah sie entsetzt an. Dann hatte sie den Schuster also aus Rache umgebracht? Weil er ihren Hund erschossen hatte?

»Und genau dieser Geländewagen stand dann tatsächlich vor seinem Haus«, fuhr Lena fort.

»Du bist einfach zu ihm hingefahren?«, wunderte sich Uschi.

»Ja. Ich wollte ihn zur Rede stellen. Ich konnte einfach nicht begreifen, weshalb er meinem Bruno das angetan hatte.«

»Und? Hat er es zugegeben?«

»Ja. Er sah sich nämlich absolut im Recht. Stell dir das mal vor!«

»Was? Er hat dir einfach so ins Gesicht gesagt, dass er mit Absicht deinen Hund abgeknallt hat?«

»Nein. Erst mal hat er gar nicht kapiert, was ich von ihm will. Dann hab ich ihm das Foto gezeigt, das der Tierarzt von Bruno gemacht hat. Das hat ihm zumindest zu denken gegeben. Und nach einigem Hin und Her hat er es letztlich zugegeben.«

»Aber warum um Himmels willen hat er das getan?«, fragte Uschi.

»Er hat behauptet, dass Bruno wildern wollte. Ich hab ihm dann erklärt, dass Bruno alt und blind war. Er wäre ja gar nicht mehr in der Lage gewesen wäre, Wild zu verfolgen.«

»Das hat er bestimmt nicht gelten lassen«, mutmaßte Uschi.

»Natürlich nicht«, schnaubte Lena. »Eigentlich hätte ich erwartet, dass er Reue zeigt und sich entschuldigt. Stattdessen fing er an, mich zu belehren! Im März sei Schonzeit für die Wildtiere und während der Schonzeit gelte für Hundehalter Leinenpflicht. Ich sei an allem selbst schuld. Weil ich meinen Hund nicht vorschriftsmäßig angeleint hätte. Und dann schrie er mich an, ich solle mich vom Acker machen!«

Uschi blies die Backen auf und ließ langsam die Luft entweichen. Das war ein starkes Stück! Lena sprach aus, was sie in diesem Moment dachte.

»Schuster war eiskalt. Ein richtiges Monster!«

Als sie schweigend zum Parkplatz zurückgingen, war Lena tief in Gedanken versunken. Eigentlich, so dachte sie sich, war der Plan ja hervorragend gewesen. Nicht einen einzigen Moment hatte sie Angst davor gehabt, geschnappt zu werden. Wie hätte man ihr diesen Mord auch nachweisen sollen? Es gab keine Zeugen. Und da sie Schuster selbst nie berührt hatte, gab es auch keine DNA-Spuren von ihr. Zudem hatte sie kein Motiv. Sie kannte Schuster kaum und hatte damals keine Anzeige gegen ihn erstattet, als er Bruno erschossen hatte. Ihr falsches Facebook-Profil, mit dem sie Schuster heißgemacht und zur Teufelsbrücke gelockt hatte, war längst gelöscht. Ihr Teufelskostüm hatte sie im Kaminofen verbrannt.

Die Idee, Artus abzurichten, war genial gewesen. Doch gerade dieses ausgeklügelte Detail hatte sich nun als Schwachstelle erwiesen. Sie betrachtete Artus stirnrunzelnd. Wie waren seine Haare nur auf Schusters Kleidung gelangt? Eigentlich hatte er ihn doch nur kurz mit den Pfoten an der Brust berührt. Sie hatte die modernen Labormethoden unterschätzt. Heutzutage genügte schon eine einzige Hautschuppe, um identifiziert werden zu können.

Verstohlen schaute sie zu Uschi hinüber. Sie war die einzige Person, die wusste, von welchem Hund die gefundenen Haare stammten. Artus war ein Mischling aus einem spanischen Tierheim. Nirgends gab es Unterlagen über ihn. Und da sie ihn nie bei der Gemeinde gemeldet hatte, war er auch hier in Deutschland nicht registriert worden. Selbst den Tierarzt hatte sie bar bezahlt. Niemals, niemals wäre die Polizei auf sie gekommen.

Und jetzt? Sie war jedenfalls nicht bereit, für diesen Schuster ins Gefängnis zu gehen. Auch wenn sie sich durchaus schuldig fühlte. Aber mit dieser Schuld musste sie leben. Das war ihr persönliches Päckchen, das sie bis an ihr Lebensende mit sich herumtragen würde. Seit dem Mord plagten sie wiederkehrende Albträume. Immer wieder musste sie aufs Neue erleben, wie Schuster in die Tiefe stürzte. Am schlimmsten aber war sein gellender Schrei. Dabei hatte er damals ja gar nicht geschrien. Er hatte sie entsetzt angeblickt und den Mund weit aufgerissen. Sein Schrei aber, der war stumm gewesen. Nun dröhnte es fast jede Nacht in ihren Ohren. Sein Todesschrei hatte sich in ihrem Gehirn festgesetzt, wie ein Tinnitus, der sie bis an ihr Lebensende verfolgen und quälen würde.

Dabei war es ganz egal, ob sie im Gefängnis saß oder in Freiheit lebte. Es gab allerdings einen äußerst triftigen Grund, weshalb sie alles in ihrer Macht Stehende tun würde, um nicht im Gefängnis zu landen: ihre Hunde! Sie trug die Verantwortung für diese Tiere. Und wenn sie selbst ins Gefängnis musste, landeten Artus und Peggy wieder im Tierheim. Und das wäre für ihre beiden Hunde weit schlimmer als jeder Knast. Ihre Hunde würden eine Strafe erhalten, die sie nicht verdient hatten. In all ihrer Unschuld würden sie für das Vergehen ihres Frauchens bestraft werden. Plötzlich wieder allein im Tierheim zu sitzen, das würde ihnen das Herz brechen. Mehr noch. Im schlimmsten Fall würde das Urteil für die beiden »lebenslänglich« lauten. Denn welcher Besucher würde sich bei all den süßen Hunden und Katzen ausgerechnet für die altersschwache Peggy und den Furcht einflößenden Artus entscheiden? Nein! Sie würde die beiden auf gar keinen Fall im Stich lassen! Sie hatte Bruno in der schlimmsten Not allein lassen müssen. Aber Peggy und Artus würde sie beschützen. Koste es, was es wolle!

Das Problem war einzig und allein diese Frau, die sich in Dinge einmischte, die sie nichts angingen … Fast hätte es geklappt und sie wäre diese Sorge auch los gewesen. Wenn nicht dieser Leopold dazwischengefunkt hätte. Andererseits war diese Frau unschuldig. Wie hätte sie diesen Mord mit ihrem Gewissen vereinbaren sollen? Das hätte sie sich nie schönreden können. Insofern war sie ein Stück weit auch froh, dass sie nicht von der Brücke gestürzt war. Aber warum nur, warum nur hatte sie diese Beichte vor Uschi abgelegt? Was hatte sie da nur geritten? Und wie sollte es jetzt weitergehen? Sie ging etwas langsamer, damit Uschi aufholen konnte.

»Der Schuster hat seine gerechte Strafe erhalten. Verstehst du das nicht?«

Uschi konzentrierte sich mit gesenktem Haupt auf den Weg vor ihr und lief weiter, als hätte sie nichts gehört.

»Und die Teufelsbrücke war genau der richtige Ort, um Bruno zu rächen. Dort wurde schließlich der Legende nach ein Hund dem Teufel geopfert.« Sie holte Luft. »Und nun hat dafür ein Hund den Hundemörder zum Teufel gejagt.«

Uschi wusste nicht, was sie darauf erwidern sollte. Was war denn das für ein kindisches Gefasel? Der Legende nach …

»Was hast du denn davon, wenn du mich anzeigst?«, versuchte es Lena erneut. »Das macht den Schuster auch nicht mehr lebendig. Ich muss dann ins Gefängnis und meine Hunde werden sie ins Tierheim stecken. Willst du das wirklich?«

Als Uschi immer noch keine Reaktion zeigte, fasste sie Lena an der Schulter und zwang sie, stehen zu bleiben.

»Willst du das?«

Uschi sah sie einen Moment nur konsterniert an. Schließlich presste sie hervor:

»Ich weiß es nicht.«

Es entsprach der Wahrheit. Sie wusste inzwischen wirklich nicht mehr, was richtig und was falsch war.

»Ich konnte den Schuster ja auch nicht ausstehen«, sagte sie zögernd und befreite sich durch eine leichte Drehung des Oberkörpers aus Lenas Griff. »Und ich versteh auch, dass du ihn dafür gehasst hast, was er dir und deinem Bruno angetan hat. Aber …«, sie schüttelte den Kopf, »… wie du die Sache für dich gelöst hast, war nicht richtig. Siehst du das denn nicht? Du hast einen Menschen getötet!«

»Willst du damit sagen, dass sein Leben mehr wert war, als das Leben von Bruno? Immerhin war er sofort tot! Bruno hatte es nicht so einfach. Er musste lange leiden, bis er endlich tot war! Und darum hat sich kein Mensch geschert! Findest du das gerecht?«

»Nein«, sagte Uschi, zog das bereits benutzte Papiertaschentuch aus der Jackentasche und schnäuzte sich. »Natürlich war das nicht gerecht. Aber Lena, du wirst bestimmt keine Ruhe mehr finden. Mit dieser Schuld kann man doch nicht leben!«

»Schuster konnte mit seiner Schuld jedenfalls sehr gut leben.«

Uschi seufzte. Es hatte keinen Zweck, mit Lena zu diskutieren. Sie hatte ihre ganz eigenen moralischen Vorstellungen. Mensch und Tier waren in ihren Augen gleichwertig. Prinzipiell war ihr diese Sichtweise ja sympathisch. Immer noch viel zu vielen Leuten fehlte das Bewusstsein, dass auch Tiere eine Würde besaßen, die es zu achten galt. Aber was wollte man von Menschen erwarten, die es nicht einmal schafften, mit ihrer eigenen Spezies würdevoll umzugehen. Die Gesellschaft wurde zunehmend kälter und rücksichtsloser. Und immer öfter hatte sie den Eindruck, dass sich die Rechtsprechung heutzutage mehr mit den Befindlichkeiten des Täters auseinandersetzte als mit dem Leid des Opfers. Kein Wunder spielten manche Leute mit dem Gedanken, selbst für Gerechtigkeit zu sorgen.

Aber es war eben ein himmelweiter Unterschied, mit dem Gedanken zu spielen oder die Rachegedanken in die Tat umzusetzen. Selbstjustiz war absolut inakzeptabel, war sie doch zu eng mit Willkür und Chaos verknüpft.

Ein Spaziergänger kam ihnen entgegen. Als der ältere

Mann den schwarzen Hund auf sich zukommen sah, blieb er vorsichtshalber stehen.

»Artus!«, rief Lena. »Sitz!«

Artus drehte sich zu seinem Frauchen um, ließ sich dann gehorsam an Ort und Stelle nieder und wartete, bis Lena ihn eingeholt hatte, um ihn an die Leine zu nehmen. Lena zog Artus so nah wie möglich zu sich heran, nickte dem Spaziergänger zu und ließ ihn passieren.

Den Rest des Weges über blieb Artus an der Leine. Lena benötigte ihre ganze Konzentration, um ihren Plan B gedanklich durchzugehen. Uschi war eine große Gefahr. So wie es aussah, hatte sie längst ihr eigenes Urteil gebildet und würde nie und nimmer mit ihr solidarisch sein. Für Uschi war sie einfach nur eine Mörderin. Ihre Beweggründe interessierten sie nicht. Jedenfalls nicht so sehr, dass sie davon abrücken würde, die Mörderin ihrer gerechten Strafe zuzuführen. Der tiefe Seufzer, den sie vorhin von sich gegeben hatte, ließ keine andere Interpretation zu.

Als sie auf dem Parkplatz vor dem Kloster angelangt waren, fiel Uschi ein Stein vom Herzen. Leopold hatte tatsächlich zum Parkplatz zurückgefunden und sprang ihr nun freudig entgegen.

»Da bist du ja!«, rief sie erleichtert, nahm seinen Kopf zwischen die Hände und knuddelte ihn kräftig durch. »Mein Lieber!«

Rasch öffnete sie das Auto, ließ Leopold auf den Rücksitz klettern und versorgte ihn mit Wasser. Leopold trank gierig und hörte erst auf zu trinken, als der Wassernapf leer war. Auch Lena hatte Artus derweil in seiner Box Platz nehmen lassen und füllte ihm Wasser in den Napf. Während er trank, öffnete sie das Handschuhfach und nahm eine kleine Schachtel heraus, die sie zusammen mit dem Werkzeugkasten in eine Jutetasche packte. Sie verstaute die Tasche hinter ihrem Rücksitz und ging dann zu Uschi hinüber.

»Vielleicht hast du ja recht«, sagte sie leise und lehnte sich an Uschis Auto. »Ehrlich gesagt plagen mich jede Nacht Albträume ...«

Uschi sah sie erstaunt an und war ganz Ohr.

»Ich ... hab Angst vor dem Gefängnis. Furchtbare Angst.« Sie sah mit einem Mal wirklich verzweifelt aus. »Könntest du wenigstens die Geschichte, die ich dir vorhin anvertraut habe, für dich behalten? Ich werde mich bei der Polizei stellen. Aber ich werde sagen, dass es ein Unfall war. Dass Artus den Schuster völlig unerwartet angegriffen hat und ...«, sie zögerte, »dass er dabei plötzlich von der Brücke gestürzt ist. Vielleicht kann ich die Polizei davon überzeugen, dass es ein Unfall war.«

Uschi dachte nach. Eigentlich genügte es ja, wenn Lena sich bei der Polizei stellte. Es war Sache der Polizei, die Wahrheit herauszufinden. Als sie Lenas flehenden Blick wahrnahm, nickte sie schließlich.

»Gut. Wenn du dich stellst, werde ich mich zurückhalten.«

Lena lächelte sie erleichtert an.

»Ich danke dir! Ich verspreche dir auch, dass ich in den nächsten Tagen zur Polizei gehen werde.«

Uschi runzelte die Stirn. In den nächsten Tagen? Und wenn Lena es sich bis dahin anders überlegte? Nun ja, zumindest hatte sie dann noch Artus Haare, die sie bei der Polizei abgeben konnte.

»Ich muss noch einiges wegen Artus abklären«, schob Lena hinterher, als sie Uschis misstrauischen Blick bemerkte. »Wenn die Polizei erfährt, dass er den Schuster von der Brücke gestoßen hat, wird es gefährlich für Artus. Die sind ruckzuck dabei und lassen ihn einschläfern. Ich hab eine Freundin, die ihn ins Ausland schaffen kann.«

Uschi presste die Lippen zusammen. Sie traute Lena nicht.

»Mir wäre es lieber, wenn du gleich morgen zur Polizei

gehen würdest. Die verdächtigen mich. Ich möchte das jetzt schnell geklärt haben.«

Lena schnalzte verärgert mit der Zunge.

»Jetzt setz mich doch nicht so unter Druck! Auf zwei, drei Tage kommt es doch nicht an.«

»Doch, das tut es«, beharrte Uschi. »Unsere Abmachung gilt nur, wenn du die Sache morgen klarstellst.«

Lena schwieg eine Weile und dachte nach.

»Also gut«, sagte sie schließlich. »Dann erledigen wir die Sache eben heute Abend noch. Ich muss aber zuerst noch Artus zu Hause absetzen und meine Freundin kurz informieren. In einer Stunde treffen wir uns dann beim Schloss. Im Shop können wir alles nochmals bei einer Tasse Kaffee durchsprechen.« Sie legte den Kopf schief. »Was hältst du von einem Tauschhandel? Ich gebe dir das Pfefferspray zurück und mache ein schriftliches Geständnis, das du zur Sicherheit mitnehmen darfst. Und im Gegenzug gibst du mir Artus' Haare.«

»Warum willst du denn unbedingt die Haare?«, fragte Uschi argwöhnisch. »Du wirst doch sowieso zugeben, dass er es war.«

»Dann hast du die Haare also doch eingesteckt?«, platzte Lena heraus und zog die Augenbrauen hoch.

Als Uschi ihren triumphierenden Gesichtsausdruck bemerkte, schlug ihr Herz sogleich aufgeregt Alarm. War das Ganze nur ein Trick gewesen?

Lena war Uschis erschrockener Blick nicht entgangen. Beschwichtigend legte sie ihre Hand auf Uschis Unterarm.

»Weißt du, ich fühle mich einfach wohler, wenn du mir die Haare gibst. Ich muss sichergehen können, dass du nicht selbst zur Polizei gehst.« Sie sah Uschi eindringlich an. »Du lässt dich bei der Polizei auf keinen Fall blicken. Wenn die dich nämlich in die Mangel nehmen und als Zeugin befragen, rutschen dir vielleicht Sachen raus, die du eigentlich gar nicht sagen wolltest. Die Polizei soll den Eindruck erhalten, dass ich mich von allein stellen wollte.«

Eigentlich war Uschi ja froh bei dem Gedanken, nicht mehr zur Polizei gehen zu müssen. Sollte Lena sich doch allein darum kümmern. Sie hatte sich in dieser Sache nun genügend engagiert. Fast hätte sie ihr Einsatz sogar das Leben gekostet. Und das alles für diesen widerwärtigen Schuster, der es im Grunde genommen gar nicht verdient hatte, dass man sich so für ihn ins Zeug legte. Er hätte das gewiss nicht für sie getan!

»In Ordnung«, sagte sie deshalb und nickte.

Lena lächelte. Irgendetwas irritierte Uschi jedoch an diesem Lächeln. Dann wusste sie plötzlich, was es war. Lenas Augen lachten nicht mit.

Das Geständnis war schnell verfasst. Die Mine des Kugelschreibers machte ein kratzendes Geräusch, als Lena am Tresen des Schlossshops ihre Erklärung niederschrieb. Nur ein einziges Mal hielt sie kurz inne und überlegte sich, wie sie den nächsten Satz formulieren sollte. Als sie fertig war, spitzte sie die Lippen und unterschrieb das Schriftstück, ohne sich die Mühe zu machen, den Text nochmals zu überprüfen. Dann riss sie die Seite heraus, falzte das Papier in der Mitte zusammen und schob es Uschi über den Tresen hinweg zu.

»Hier, lies. Ich lass uns solange mal einen Kaffee raus.« Sie nahm zwei Pads aus einer Dose und machte sich an der Kaffeemaschine zu schaffen. »Du trinkst ihn mit Milch, nicht?«

Uschi nickte, faltete das Blatt auseinander und überflog die Zeilen mit zusammengekniffenen Augen.

Hiermit bestätige ich, dass mein Hund Artus Herrn Schuster auf der Teufelsbrücke angesprungen hat, nachdem dieser ihn durch lautes Schreien und einen Fußtritt provoziert hatte. Dabei stürzte Herr Schuster von der Brücke. Es handelt sich hierbei um einen tragischen Unfall.

Lena Winter

Die Unterschrift bestand aus einem elegant geschwungenen »L«, gefolgt von einigen unregelmäßigen Zacken, ähnlich einer Dax-Kurve.

Nun gut, der Wahrheitsgehalt dieses Geständnisses war zwar gering, aber zumindest hatte die Polizei dadurch einen guten Anhaltspunkt für ihre weiteren Ermittlungen. Uschi faltete das Schriftstück wieder sorgfältig zusammen und schob es in ihre Jackentasche. Der Duft von frisch aufgebrühtem Kaffee lag mit einem Mal in der Luft. Und gerade weil Uschi in diesem Moment so angespannt war, hatte dieser vertraute Geruch etwas Beruhigendes an sich.

Als sie aufblickte, beugte sich Lena gerade über den Tresen. Ähnlich dem Angriff einer Viper, schnellte ihr ausgestreckter Arm blitzschnell vor, die Reizgasdose im Anschlag. Uschi starrte sie entgeistert an. Himmel! Wollte sie ihr das Zeug etwa in die Augen sprühen? Doch Lena hatte anderes im Sinn.

»So!«, sagte sie. »Das Reizgas für dich, die Hundehaare für mich.«

Uschi war verunsichert. Natürlich wollte sie das Reizgas wieder zurückhaben. Andererseits wollte sie ihr einziges Beweismittel nicht aus der Hand geben. Sie traute Lena nicht über den Weg. Sie hatte Angst vor ihr. Zögernd griff sie nach dem Reizgas, verstaute es in ihrer Jacke und übergab Lena dann das zusammengeknüllte Papiertaschentuch, das sie so sehr begehrte. Diese kontrollierte sogleich den Inhalt. Als sie sah, dass sich darin tatsächlich die schwarzen Haare ihres Hundes befanden, knüllte sie das Tuch wieder zusammen und stopfte es in die Brusttasche ihrer Jacke.

»Okay. Dann läuft es jetzt wie abgemacht. Ich versorge zuerst Artus und morgen geh ich dann zur Polizei.«

Sie reichte Uschi die Kaffeetasse über den Tresen.

Uschi betrachtete nachdenklich die schwarze Flüssigkeit in ihrer Tasse, durchzogen von cremefarbenen Schlieren. Ob Lena dieses Versprechen einhalten würde? Es war mehr als fraglich. Sie verrührte mit dem Kaffeelöffel die Milch, wodurch der Kaffee sogleich eine hellbraune Farbe annahm. Sie nahm ein paar Schlucke, lehnte sich dann zurück und seufzte. Ach, irgendwie war sie auf einmal so müde. Sie gähnte. Es war ein anstrengender Tag gewesen. Vermutlich war dies nun die Reaktion auf all das Adrenalin, das ihr Körper in den letzten Stunden ausgeschüttet hatte. Sie fühlte sich total erschöpft. Da kam der Kaffee nun gerade recht. Schließlich musste sie ja noch nach Albstadt zurückfahren. Sie nippte nochmals an ihrer Tasse.

»Wo hast du eigentlich geparkt?«, wollte Lena wissen.

Uschi sah sie verwirrt an.

»Wie?«, fragte sie. »Geparkt? Äh …«

Sie versuchte sich, daran zu erinnern, wo sie das Auto abgestellt hatte, aber so sehr sie sich auch bemühte, es fiel ihr im Moment einfach nicht ein. Sie kniff die Augen zusammen. Es war ja nicht neu, dass sie bei Müdigkeit schlechter sah, aber so gravierend war dieses Phänomen ja noch nie gewesen! Sie konnte Lena nur noch schemenhaft erkennen.

»Uschi, wo hast du geparkt?«, wiederholte Lena eindringlich. »Ist Leopold noch gut mit Wasser versorgt?«

»Wassr …«, nuschelte Uschi. »Ja, gib mir Wassr. Mir ist so schwinnelig!«

Lena nahm Uschis Gesicht zwischen beide Hände und kam so nahe heran, dass sich ihre Nasen berührten.

»Hör zu!«, zischte sie. »Hat Leopold Wasser? Hat dein Hund Wasser?«

Uschi zuckte mit den Achseln und wackelte lächelnd mit dem Kopf.

»Komm, nimm noch einen Schluck Kaffee«, sagte Lena und führte die Tasse zu Uschis Mund. »Das wird dir guttun.«

Uschi beugte den Kopf vor, presste die Lippen an den Rand der Tasse und schlürfte die warme Brühe in sich hinein.

»Sooo«, sagte Lena. »Jetzt willst du sicher ein wenig schlafen. Komm mit. Da drin kannst du dich hinlegen.«

Sie hakte die taumelnde Uschi unter, öffnete mit der rechten Hand eine angrenzende Tür und schob Uschi hindurch. Gleich hinter der Tür half sie Uschi, sich auf den Boden zu setzen. Es dauerte nur zwei Sekunden, da sackte sie bewusstlos in sich zusammen.

Lena zog sie an den Beinen ein Stück zur Seite, damit sie mehr Platz für die nun anstehende Arbeit hatte.

Der erste Teil ihres Plans hatte jedenfalls schon mal perfekt geklappt. Es war ein Kinderspiel gewesen, Uschi die K.-o.-Tropfen im Kaffee zu verabreichen. Und wie schnell die gewirkt hatten! Dieses GBL war ein Teufelszeug! Unglaublich eigentlich, dass man Gamma-Butyrolacton legal als Reinigungsmittel im Internet bestellen konnte. Freiverkäuflich. Und billig noch dazu. 100 Milliliter hatten nur knapp 20 Euro gekostet. Die Flüssigkeit war farblos, hatte keinen Eigengeschmack und ließ sich nach ein paar Stunden im Körper nicht mehr nachweisen. Wenn die Angaben, die sie auf diversen Youtube-Videos gesehen hatte, stimmten, würde Uschi nun die nächsten sechs Stunden im Tiefschlaf verbringen und sich nach dem Aufwachen an nichts mehr erinnern können. Perfekt!

Sechs Stunden waren nicht schlecht. Sie würde aber deutlich länger brauchen, um ihre Zelte abzubrechen und zu verschwinden. Deshalb hatte sie sich noch etwas anderes ausgedacht, um Uschi darüber hinaus in Schach zu halten.

Lena holte ihre Tasche, nahm das Multifunktionswerkzeug heraus und machte sich an dem Plexiglas zu schaffen, mit dem der Geheimgang unzugänglich gemacht worden war.

Es war eine Höllenarbeit, die Metallbolzen aus dem Glas herauszulösen. Sie kratzte, bohrte, klopfte und schrie vor Wut auf, als die Klinge des Sägemessers abbrach. Sie probierte nahezu alle Werkzeuge aus, bis endlich einer der Bolzen nachgab. Immerhin, bei den nächsten Bolzen ging es schon etwas leichter. Schließlich hatte sie es geschafft. Sie hielt die Glasplatte in den Händen. Und war nun komplett nassgeschwitzt.

Sie sah sich nach Uschi um. Oh Gott! Die lag ja da wie tot! War die Dosis etwa zu hoch gewesen? Panisch stürzte sie auf Uschi zu, griff nach ihrer Hand und überprüfte mit angehaltenem Atem ihren Puls. Doch, ganz schwach konnte sie ihn spüren, den Puls. Aber die Atmung war so flach, dass man kaum erkennen konnte, dass sich der Brustkorb hob und senkte.

Lena spürte, wie ihr der Schweiß die Achseln herunterlief. Hoffentlich kam sie überhaupt wieder zu sich. Wer weiß, was Uschi für gesundheitliche Vorgeschichten hatte – und die Jüngste war sie schließlich auch nicht mehr. Lena biss sich auf die Lippen und betrachtet Uschi für einen Moment unschlüssig. Sie sah auf die Uhr. Schon kurz vor Mitternacht. Es war höchste Zeit, dass sie hier fortkam. Ändern konnte sie jetzt eh nichts mehr. Um sich Sorgen zu machen, würde später noch genügend Zeit bleiben.

Sie entwendete Uschi das Reizgas und ihr Handy, packte sie dann unter den Achseln und zerrte sie keuchend zum Geheimgang. Meine Güte! Was wog diese Frau! Uschi war schwer wie ein Sack! Au! Jetzt hatte sie sich auch noch den

Kopf am Felsen angeschlagen. Verflucht noch mal! Warum musste hier auch alles so eng sein! Und warum hatte man die Öffnung des engen Geheimgangs auch noch mit einer Ummauerung verkleinert. Es war fast unmöglich, Uschi da hineinzubugsieren. Sie packte sie am Hintern und schob mit aller Kraft. Zumindest der Oberkörper steckte nun im Geheimgang. Die Füße ragten aber immer noch heraus. Herrje! Lena griff nach Uschis Füßen und stieß sie Stück für Stück voran, hinein in den dunklen Tunnel. Schließlich hatte sie es geschafft. Jetzt waren nur noch Uschis Schuhsohlen zu sehen. Der Rest des Körpers steckte im Geheimgang. Dabei würde sie es nun belassen. Mehr ging beim besten Willen nicht. Um die Sache abzuschließen, stellte sie nun noch die Glasplatte vor den Tunneleingang und betrachtete von außen ihr Werk.

Eigentlich war es schrecklich, was sie da gerade tat. Aber Uschi hatte ihr keine andere Wahl gelassen. Ein Stück weit war sie schon auch selbst schuld, dass es nun so weit gekommen war.

Uschi hatte null Verständnis für ihre Situation aufgebracht. Wollte auf Biegen und Brechen erreichen, dass sie sich stellte. Aber warum sollte sie das tun? Das Schwein hatte es doch verdient! Da gab es nichts zu bereuen. Für dieses miese Stück Dreck würde sie ganz sicher nicht ins Gefängnis gehen!

Sie ging in den Shop zurück, steckte das Schriftstück mit ihrem Geständnis ein, das sie der bewusstlosen Uschi aus der Jacke gezogen hatte, und hing sich die Tasche um. Dann zog sie die Tür hinter sich zu und schloss sorgfältig ab.

Uschi erwachte mit einem leisen Stöhnen. Himmel, hatte sie Kopfschmerzen! Warum … warum lag sie eigentlich in dieser eigenartigen Position, auf dem Bauch, die Arme seitlich an den Körper gepresst? Unter ihrem Gesicht, unter ihren Händen fühlte sie raues, kaltes … Gestein! Sie fröstelte. Lag sie etwa im Freien? Angsterfüllt riss sie die Augen auf. Alles schwarz. Wo war sie nur? Es war so verdammt dunkel hier! Und ihre Wange brannte, als sei sie aufgeschürft. Sie winkelte ihre Arme an und drückte sich mit den Händen vom Boden ab. Ein gleißender Schmerz durchdrang ihren Schädel. Verflixt, tat das weh! Keuchend ließ sie sich niedersinken und tastete dann mit zitternden Fingern ihren Kopf ab. Die schmerzende Stelle schwoll bereits an. Sie hatte sich den Kopf angeschlagen. Aber wie … wie konnte das sein? Was war denn da über ihrem Kopf?

Sie streckte die Hand aus und tastete. Fels! Über ihr befand sich eine Felswand! Ihr Herz schlug so laut, dass sie ihren eigenen Pulsschlag in den Ohren hörte. Die aufkommende Panik schnürte ihr den Hals zu und verwandelte ihr Jammern in ein klägliches Röcheln. Sie hatte keine Ahnung, wo sie war! Sie konnte sich an keinen Vorfall erinnern, der erklären konnte, weshalb sie hier so beengt lag. War sie beim Spazierengehen in eine Felsspalte gestürzt? Aber weshalb lag sie dann horizontal? Sie japste nach Luft. Raus! Sie musste raus hier. Ihr Handy! Damit konnte sie um Hilfe rufen. Hoffentlich, hoffentlich war der Akku dieses Mal nicht leer! Sie klopfte die rechte Jackentasche ab. Nichts. Mit klopfendem Herzen untersuchte sie die andere Jackentasche, ihre Hosentaschen. Nichts! Das durfte, das konnte doch nicht wahr sein! Sie suchte die Taschen ein zweites Mal durch. Nichts. Stöhnend vergrub sie den Kopf in ihren Armen. Es half alles nichts. Sie musste sich zusammenreißen. Und irgendwie selbst aus diesem schwarzen Loch herausfinden. Sie drückte sich vom Boden ab, hob den Kopf und stieß sich ihn prompt erneut an. Mist! Die Decke war niedriger als gedacht. Tränen schossen ihr in die Augen. In was für einen Albtraum war sie da nur hineingeraten?

Erinnerungen stiegen aus der Tiefe ihres Bewusstseins hervor, verdrängte Erinnerungen, die sich nun mit aller Macht in ihren Gehirnwindungen ausbreiteten und ein schreckliches Gefühl der Angst hinterließen. Zweimal schon in ihrem Leben hatte sie dies erleben müssen. Eingeschlossen. Im Dunkeln. Voller Angst zu ersticken.

Uschi brach in heftiges Schluchzen aus. Ihr Geheul war so durchdringend, so entmutigend, dass sie sich schließlich die Hand in den Mund schob. Nun kamen die Schluchzer nur noch gedämpft hervor. Sie biss sich auf die Finger. Sie musste sich beruhigen. Sie zog die Luft zischend zwischen den Zähnen ein und presste sie sofort wieder aus ihren Lungen. Und noch einmal. Einatmen. Ausatmen. Und dann denken. Denken!

Wie war das denn noch mal gewesen, wenn man von einer Lawine verschüttet wurde? Man war orientierungslos und blind. So wie sie jetzt. Sie hatte mal gelesen, dass man als Lawinenopfer auf den Boden spucken sollte. Um zu wissen, wo oben und wo unten war. Schließlich konnte es ja auch sein, dass man kopfüber in den Schneemassen steckte. Die Spucke fiel aufgrund der Schwerkraft stets nach unten und zeigte dem Verschütteten die Richtung, in die er buddeln musste. Eigentlich wusste Uschi sehr wohl, dass diese Gedanken unsinnig waren. Dennoch spuckte sie aus. Im Moment war sie so verunsichert, dass alles möglich erschien. Gut. Die Spucke war auf ihrem Handrücken gelandet. Auf dem Kopf stand sie demnach nicht. Irgendwie war sie in einen schmalen Tunnel oder Schacht hineingeraten. Wie, war im Moment sekundär. Wichtig war nur, dass sie auf demselben Weg, wie sie hereingekommen war, auch wieder hinausgelangen konnte!

Um nicht nochmals an die Decke zu stoßen, hob sie den Kopf dieses Mal nur geringfügig an. Sie musste sich ganz flach halten. Instinktiv entschied sich Uschi, vorwärts zu robben.

Es war Schwerstarbeit. Zentimeter für Zentimeter tastete sie sich voran, schürfte sich die Hände und Knie am kantigen Gestein auf und streifte mehrmals haarscharf die Decke. Bereits nach kurzer Zeit schmerzten ihre Unterarme und Ellbogen dermaßen, dass sie immer wieder pausieren musste, um sich die Arme zu reiben. Irgendwie hatte sie das Gefühl, dass es bergab ging. Oh ja! Eindeutig. Jetzt ging es sogar steil bergab!

Mit einem Mal hatte sie ein Bild vor Augen. Von einem schmalen Gang, der steil durch einen Berg hindurchführte. Wo hatte sie das nur schon einmal gesehen? Hm. Es war eine Skizze gewesen! Im Schloss! Himmel noch mal! Es war die Skizze vom Geheimgang gewesen, der vom Schloss zum Donau-Ufer führte! Mit einem Mal durchlief es sie eiskalt. Konnte es sein, konnte es tatsächlich sein, dass sie in diesem Geheimgang steckte? Oder in einem anderen Geheimgang? Aber wenn dies der Fall war – wie um alles in der Welt war sie nur hier hineingeraten? Wenn sie sich nur erinnern könnte. Aber ihr Gehirn fühlte sich regelrecht benebelt an.

Hm. Lena. Sie war mit Lena unterwegs gewesen. Und Artus hätte sie fast von der Brücke gestoßen, wenn sich nicht Leopold dazwischengeworfen hätte. Leopold. Wo war eigentlich der Hund? Im Auto. Weil sie selbst … ins Schloss gegangen war! Aber an mehr konnte sie sich beim besten Willen nicht erinnern. Uschi sog geräuschvoll die Luft ein. Sie konnte sich nicht vorstellen, dass sie freiwillig in diesen Gang gekrochen war. Aber im Moment zählte nur, dass sie auf schnellstem Weg wieder hier herauskam. Sie krabbelte weiter. Irgendwo da unten musste ja ein Ausgang sein.

Plötzlich hielt sie inne. Oh je! Dieser Ausgang am Donau-Ufer war doch gewiss nicht offen! Sonst könnte ja jeder über diesen Weg ins Schloss eindringen. Mit Sicherheit hatte man den alten Ausgang geschlossen. Falls es ein Metallgitter gab, konnte sie zumindest um Hilfe rufen und darauf hoffen, dass sie jemand hörte und befreite. Falls der Ausgang allerdings zugemauert worden war, hatte sie Pech. Das würde bedeuten, dass sie den gesamten Gang wieder rückwärts hochrobben musste. Oh, nein – nur das nicht! Sie schob sich versuchsweise ein Stück weit nach hinten. Aua! Jetzt hatte sie sich das Steißbein angeschlagen. Der Schmerz war so stark, dass sich ihre Augen noch in derselben Sekunde mit Tränen füllten. Das war ja noch schwieriger als vorwärts! Warum war sie nur so weit hier heruntergekrabbelt?

Sie hätte sich irgendwie drehen müssen und zum Eingang kriechen sollen. Sie konnte sich noch daran erinnern, dass der obere Eingang des Geheimgangs mit einem Plexiglas gesichert war. Da hätte sie sich spätestens am Morgen, wenn der Schlossbetrieb wieder losging, bemerkbar machen können. Sie war so dumm! Jetzt musste sie die gesamte Strecke wieder zurückkriechen! Sie heulte auf. Warum passierten solche Sachen immer ihr? Sie presste die Zähne zusammen, drückte sich mit den Unterarmen hoch und hob das Becken an. Dann schob sie sich keuchend ein kleines Stück rückwärts. Sie schniefte. Natürlich ging das. Aber es würde eine Ewigkeit dauern.

Wie weit war sie wohl bergab gekrochen? 20 Meter? 15 Meter? Oder war sie in Wirklichkeit gar nicht so weit vom oberen Ausgang entfernt? Sie hätte es nicht sagen können. Sie stemmte sich erneut hoch und versuchte, sich ausschließlich auf ihren Körper zu konzentrieren. Eine schwarze Wolke hatte sich in ihren Kopf gedrängt. Sie breitete sich rasend schnell aus, waberte in sämtliche Gehirnwindungen. Aus ihrer dunklen Mitte schossen Gedankenblitze hervor, die das

Dunkel scheinbar erhellten, in Wahrheit aber die letzte Zuversicht in Brand steckten und eine lähmende Angst hinterließen.

Sie haben Ihr Ziel erreicht! Das Ziel liegt auf der linken Seite!«

Buckenmaier hielt nach der Hausnummer 8 Ausschau. Ja, das musste es sein. Ein hübsches, kleines Fachwerkhaus, umgeben von einem verwilderten Rosengarten. Passte zur Lämmle.

Sie schien allerdings nicht da zu sein. Das Garagentor stand offen, die Garage war leer. Hm, das war kein gutes Zeichen. Sein Bauchgefühl war also doch richtig gewesen. Irgendwas stimmte hier nicht.

Womöglich war es tatsächlich sein Instinkt gewesen, der ihn in dieser Nacht wach gehalten hatte. Als er um 2 Uhr immer noch nicht in den Schlaf gefunden hatte, war er entnervt aufgestanden, hatte sich ins Auto gesetzt und beschlossen, kurz bei der Lämmle nach dem Rechten zu sehen. Eigentlich wollte er sich nur vergewissern, dass alles in Ordnung war. Und jetzt das!

Er parkte das Auto vor der Garage, bewaffnete sich mit der Taschenlampe aus dem Handschuhfach und drückte die Klinke des Gartentors leise herunter. Er musste ja zumindest mal ums Haus herumlaufen. Womöglich war das Auto der Lämmle lediglich in Reparatur und sie schlief gerade selig in ihrem Bett. Obwohl er das Gartentor nur so weit wie nötig öffnete, gab es dennoch ein leises Quietschen von sich. Irgendwie fühlte er sich wie ein Eindringling, ja beinahe wie ein Einbrecher, als er den dunklen Vorgarten betrat. Als ob er etwas Verbotenes im Schilde führen würde. Er drehte sich um und musterte das Nachbarhaus. War da jemand am Fenster? Schwer zu sagen in der Dunkelheit. Also wenn er selbst jemanden beobachten würde, der bei seinen Nachbarn mit einer Taschenlampe nachts ums Haus schlich, würde er ohne zu zögern die Kollegen rufen. Aber warum machte er sich überhaupt Gedanken? Er war schließlich Polizist. Er musste nicht … Himmel Herrgott noch mal! Bei diesem Licht erblindete man ja! Dank des Bewegungsmelders war die Treppe nun taghell erleuchtet.

Buckenmaier beschleunigte seinen Schritt. War ja wirklich nicht nötig, dass die Kollegen heute Nacht unnötig alarmiert wurden.

An der Haustür hing ein Herz aus aufgefädelten Steinen. *Willkommen* stand auf einem kleinen Holzschild darunter. Wo war denn die Klingel? Neben der Tür hing ein getöpfertes, rot lackiertes Namenschild mit einem Schaf, das sich plastisch abhob. *Uschi Lämmle* stand in schwarzen Buchstaben darauf. Jetzt erst entdeckte er die Kuhglocke, die am Türrahmen befestigt war. War das etwas die Klingel? Typisch Lämmle! Zaghaft griff er nach der Schnur, die daran befestigt war. Sollte er überhaupt klingeln? Zumindest gehörte sich das so, bevor man mit der Taschenlampe in fremde Schlafzimmer leuchtete. Kruzifix! Obwohl er nur ganz sachte an der Schnur gezogen hatte, erklang augenblicklich ein derart durchdringendes Gebimmel, dass Buckenmaier sich vor Schreck beinahe auf die Zunge gebissen hätte. Er wartete. Lauschte. Ein paar Sekunden vergingen. Nichts. Es rührte sich absolut gar nichts. Alles blieb dunkel.

Er ging ein Stück an der Hauswand entlang und leuchtete in das erste Fenster. Arbeitsplatte, Küchenschränke, mehr konnte er nicht erkennen. Das nächste Fenster gewährte ihm Einblick in eine Art Arbeitszimmer. Zumindest hatte die Lämmle einen Schreibtisch ans Fenster gerückt und darauf lagen kreuz und quer Bücher und Zeitungsausschnitte. Na, da hätte er der Dame aber etwas mehr Ordnungssinn zugetraut. Die Lämmle überraschte ihn stets aufs Neue. Was sammelte sie denn da für Zeitungsberichte? Neugierig lugte er durchs Fenster. Wölfe! Das waren alles Zeitungsberichte über Wölfe! Also doch! Die Lämmle ermittelte auf eigene Faust! Und vermutlich hatte sie sich heute Nacht mal wieder in irgendwas reingeritten und benötigte seine Hilfe. Er seufzte, bog um die Ecke und kontrollierte die restlichen Fenster. Das Schlafzimmer schien sich im oberen Stock zu befinden. Dann blieb ihm nichts anderes übrig, als nochmals Sturm zu klingeln.

Er ging zur Haustüre zurück und schlenkerte den Klöppel so energisch hin und her, dass das ohrenbetäubende Geläute ohne Zweifel im ganzen Talgang, der durch Albstadt führte, zu hören war. Die Reaktion blieb nicht aus. Buckenmaier hatte kaum den Klöppel losgelassen, da ging im Nachbarhaus das Licht an und ein älterer Herr im Pyjama schaute mit einer Mischung aus Empörung und Angst zur Haustüre heraus.

»Hallo? Was machen Sie denn da?«, rief er mit brüchiger Stimme. »Das ist nächtliche Ruhestörung! Ich rufe gleich die Polizei!«

Buckenmaier eilte den Fußweg entlang und trat auf die Straße.

»Entschuldigung!«, rief er und bemühte sich um einen vertrauenserweckenden, freundlichen Ton. »Es tut mir leid, wenn ich Sie gestört habe. Ich wollte zu Frau Lämmle. Ich …«

»Mitten in der Nacht?«, fiel ihm der Mann aufgebracht ins Wort.

Buckenmaier zog genervt die Augenbrauen hoch.

»Ich bin Polizist«, sagte er streng. »Ich wollte mal bei der Frau Lämmle nach dem Rechten sehen. Aber sie scheint nicht da zu sein. Haben Sie eine Ahnung, wo sie sein könnte?«

»Polizist, sagen Sie?«, fragte der Mann misstrauisch. »Können Sie sich denn ausweisen?«

Buckenmaier seufzte tief. Natürlich machte der Mann alles genau richtig. Trotzdem raubte der Typ ihm gerade den letzten Nerv!

Mit jedem Schritt, den er sich dem Nachbarn näherte, verkleinerte dieser den Türspalt. Bis Buckenmaier die Tür erreicht hatte, stand nur noch ein schmaler Schlitz offen, durch die er seinen Ausweis schieben konnte. Buckenmaier hörte, wie der Mann seinen Namen flüsternd erlas. Nach wenigen Momenten öffnete sich die Tür und der ältere Herr nickte zufrieden. Er sah erleichtert aus.

»Zur Frau Lämmle wollen Sie?«, vergewisserte er sich. »Also ich weiß nicht. Die ist schon gegen Mittag weggefahren. Wahrscheinlich nach Sigmaringen. Da fährt sie zurzeit öfters hin. Muss da irgendwelche Führungen im Schloss machen. Den Hund hat sie auch mitgenommen.« Er reckte den Hals und sah zu der leeren Garage hinüber. »Ja, komisch. Sie ist immer noch nicht da, gell? Also, ich weiß auch nicht. Denken Sie, dass Sie vielleicht einen Unfall gehabt haben könnte?«

»Davon ist mir nichts bekannt«, entgegnete Buckenmaier. »Aber wissen Sie was? Ich gebe Ihnen jetzt mal meine Karte und falls Sie mitbekommen, dass die Frau Lämmle wieder zu Hause ist, dann wäre ich Ihnen sehr dankbar, wenn Sie mir kurz Bescheid geben könnten.«

Der Mann nickte eifrig.

»Ja, natürlich. Das mache ich. Sobald ich sehe, dass ihr Auto wieder in der Garage steht, rufe ich Sie an.«

»Gut«, sagte Buckenmaier nun eine Spur freundlicher. »Dann bedanke ich mich und wünsche noch eine angenehme Nachtruhe. Und entschuldigen Sie nochmals die Störung!«

Er ging zu seinem Auto zurück und legte den Sicherheitsgurt an.

Sigmaringen. Was um alles in der Welt trieb die Lämmle noch um diese Uhrzeit in Sigmaringen?

Wie war sie hier nur reingeraten? In dieses Felsengrab? Wenigstens lichtete sich jetzt der Nebel etwas. Die Erinnerungen kehrten zurück, sie konnte wieder klarer denken. Sie legte ihren Kopf auf die verschränkten Arme, um sich kurz von der Anstrengung zu erholen.

Vermutlich hatte Lena sie in diesen Gang verfrachtet. Sie hatte sicher nie vorgehabt, zur Polizei zu gehen. Nein, sie war wohl gerade dabei, zu flüchten. Irgendwie war es Lena gelungen, sie außer Gefecht zu setzen. Uschi schniefte. Zumindest lebe ich noch, dachte sie beklommen. Schließlich war Lena eine Mörderin. Sie hätte auch zu anderen Mitteln greifen können, um eine gefährliche Zeugin aus dem Weg zu schaffen. Trotzdem, es gehörte viel dazu, einen wehrlosen Menschen in einen Felsengang zu schieben und dort einzuschließen. Lebendig zu begraben. Uschi schluckte. Lena war ein grausamer, skrupelloser Mensch! Mochte sein, dass sie ihre Hunde liebte. Aber ihren Mitmenschen gegenüber war sie eiskalt!

Und da sie nun hier in diesem Gang feststeckte, konnte sich Lena einen enormen zeitlichen Vorsprung sichern. Wie lange war sie wohl bewusstlos gewesen? Zwei Stunden? Drei Stunden? Oder womöglich viel länger? Bis sie endlich hier draußen war, hatte es Lena vielleicht schon außer Landes geschafft. Uschi stützte sich auf die Ellenbogen und schob sich mit neuem Elan rückwärts. Na warte! Wenn sie erst einmal draußen war, würde sie mit wehenden Fahnen zur Polizei eilen und Lena anzeigen. Die Polizei würde sie finden. Auch wenn sie schon im Ausland sein sollte. Lena war kein Profi. Sie würde Spuren hinterlassen. Und es würde ihr eine große Genugtuung sein, vor Gericht gegen Lena als Zeugin auszusagen und sie richtig reinzureiten!

Nanu? Warum ging es denn jetzt nicht mehr weiter? Uschi streckte die Beine. Hier war Ende. Uschi ließ erleichtert die Luft aus ihren Lungen entweichen. Sie hatte es tatsächlich geschafft! Sie war am oberen Eingang angelangt.

Sie drehte den Kopf. Mist! Auch hier war es stockdunkel. Kein Lichtschimmer war zu sehen. Und wie sollte sie sich nun drehen? Sie zog die Knie an, machte sich so klein wie möglich und versuchte, zu wenden. Wie eine Schnecke beugte sie ihren Rumpf, schob den Kopf vor und stieß im selben Augenblick mit der Schulter an die Felsdecke. Nein! So ging das nicht! Die Decke war zu niedrig. Ein Schlangenmensch hätte es geschafft. Oder ein Kind. Aber für sie war es ein Ding der Unmöglichkeit! Uschi entrollte sich wieder und blieb keuchend liegen.

Neue Variante! Sie drehte sich auf den Rücken und hob den Kopf. Und jetzt? Auf die Art ging es ja schon gar nicht! Es war zum Aus-der-Haut-Fahren! So wie es aussah, blieb ihr nichts anderes übrig, als mit den Füßen gegen das Plexiglas zu trommeln, um sich bemerkbar zu machen. Sie rutschte noch ein Stück weiter nach vorn, zog das Knie an und trat, so fest sie konnte, zu. Ein Scheppern ließ sie zusammenzucken. Das hatte sich so angehört, als ob … Uschi hielt vor Aufregung den Atem an und trat ein weiteres Mal zu. Ihr Fußtritt ging ins Leere. Oh mein Gott! Konnte das sein? War sie tatsächlich frei? Eilig drehte sie sich auf den Bauch und schob sich rückwärts. Vor lauter Eifer merkte sie gar nicht, dass sie sich dabei die Knie aufschrammte. Raus, war ihr einziger Gedanke. Raus!

Sie kroch über das Plexiglas, das nun auf dem Boden lag, hinweg und lag kurz darauf auf dem Fliesenboden im

Nebenzimmer des Shops. Zumindest hatte dieses Biest das Glas nur angelehnt. Kaum hatte Uschi diesen Gedanken zu Ende gedacht, dämmerte es ihr, dass Lena nicht beabsichtigt hatte, sie in diesem Tunnel lebendig zu begraben. Sie hatte sich dieses Martyrium in den Tiefen des Geheimgangs selbst eingebrockt. Durch eine einzige falsche Entscheidung. Sie hätte rückwärts kriechen müssen! Lena hatte sie ja direkt am Eingang abgelegt. Stattdessen war sie vorwärts gekrochen. Immer weiter in diesen Gang hinein. Frustriert presste sie die Lippen aufeinander. Trotzdem war Lena an allem schuld. Uschi rappelte sich auf und ging in den angrenzenden Museumsshop. Sie musste jetzt sofort die Polizei rufen! Hatte sie nicht hinter dem Tresen ein Telefon …

Huch! Was war das? Da leuchtete jemand mit der Taschenlampe durchs Fenster. War das etwas Lena? Kam sie zurück? Uschi japste und versteckte sich rasch hinter dem Tresen.

»Hallo?«, hörte sie eine tiefe Männerstimme rufen.

Uschi stutzte. Sie kannte die Stimme. War das etwa …?

»Frau Lämmle? Sind Sie da drin?«

Buckenmaier! Das war Buckenmaier!

Aufgeregt stürzte Uschi hinter dem Tresen hervor.

»Hier!«, schrie sie schrill. »Hier bin ich!«

Sie rannte zur Tür, riss die Klinke herunter und musste feststellen, dass sie eingeschlossen war. Oh herrje! Aber vielleicht konnte sie ja durchs Fenster klettern? Uschi rüttelte am Fenstergriff. Fehlanzeige. Er war ebenfalls mit einem Schloss versehen und ließ sich nicht öffnen.

Buckenmaier klopfte ans Fenster und winkte ab.

»Keine Sorge, Frau Lämmle. Ich hol Sie da raus!«

Uschi antwortete mit einem schwachen Nicken. Buckenmaier würde sich um sie kümmern. Erleichtert ließ sie sich auf den Bürostuhl sinken. Sie hatte es geschafft! Nun erst spürte sie, wie erschöpft sie von der ganzen Anstrengung war. Mit einem tiefen Seufzer schloss sie die Augen. Alles würde gut werden.

Die neue Spinnennetz-Hängebrücke verband die beiden Teile des Fürstlichen Parks miteinander, die bislang durch die Donau voneinander getrennt worden waren. Nun konnte man in kurzer Zeit vom Amalienfelsen zur Eremitage auf dem gegenüberliegenden Felsen gelangen. Uschi stoppte vor der Brücke und besah sich die Stahlkonstruktion. Das sollte einem Spinnennetz gleichen? Na ja … Aber zumindest machten die Stahlseile einen recht stabilen Eindruck. Über diese Brücke konnten sich auch ängstliche Gemüter wagen, ohne weiche Knie zu bekommen.

Obwohl Leopold eine robuste Natur besaß und meist recht forsch daherkam, sträubte er sich beim Betreten der Brücke und wollte Uschi unbedingt zum Umkehren bewegen. Für ihn stellten die Bodengitter, durch die man auf das strömende Wasser hinabblicken konnte, eine Herausforderung dar. Zum einen drückten die Stahlkanten des Gitters unangenehm in seine Ballen hinein, zum anderen musste er höllisch achtgeben, dass er nicht versehentlich mit einer Kralle hängen blieb. Bereits nach den ersten wackligen Schritten versuchte er umzukehren.

»Komm, Leopold!«, ermutigte ihn Uschi. »Du schaffst das. Das ist nicht schlimm. Wir sind gleich drüben.«

Leopold warf ihr einen missmutigen Blick zu und tapste in geduckter Haltung weiter. Als das Gitter unter seinen Füßen nun auch noch zu schwanken begann, geriet er in den Fluchtmodus. Nichts wie weg hier!

»Langsam Leopold!«, zeterte Uschi. Der Australian Shepherd war kaum noch zu halten. »Zieh nicht so!«

Je mehr Leopold zog, desto größere Schritte musste sie machen und desto stärker schaukelte wiederum die Brücke. Sie hatte keine Angst, aber der schwankende Untergrund beeinträchtigte ihren Gleichgewichtssinn. Zudem scheuerte die Schlaufe der Leine an ihrer Handinnenfläche, was äußerst unangenehm war, da sie sich beim Kriechen durch den Geheimgang an etlichen Stellen die Haut abgeschürft hatte.

Eine Hängebrücke hatte sicher mehr Abenteuercharakter als eine normale Brücke, dennoch war Uschi erleichtert, als sie schließlich die andere Uferseite erreicht hatten und sie wieder sicheren Boden unter den Füßen spürte. Sie hatte in letzter Zeit genügend Abenteuer erlebt.

Zwei Tage war es nun her, dass sie durch diesen Felsengang gekrochen war. Und noch immer schmerzten ihre Knie, ihre Unterarme und Ellbogen. Ach, es ärgerte sie nach wie vor, dass diese Schmerzen vermeidbar gewesen wären. Wenn, ja wenn sie sich einfach rückwärts geschoben hätte. Dann wäre sie sofort draußen gewesen. Vermutlich war dies auch Lenas Ansinnen gewesen. Lena …

Weit war sie nicht gekommen. An der Grenze zu Frankreich hatte die Polizei sie schließlich mitsamt ihren Hunden geschnappt. Bei ihrer Festnahme hatte sie behauptet, dass sie lediglich ihre Hunde bei spanischen Freunden unterbringen wollte und sich danach in Deutschland gestellt hätte. Das nahm ihr natürlich keiner ab. Sie würde sich für ihre Tat verantworten müssen. Die Polizei hatte ihren PC beschlagnahmt und konnte dadurch beweisen, dass sie zu Schuster Kontakt aufgenommen hatte. Hinzu kam noch die DNA von Artus an der Leiche. Vermutlich würde sie lebenslänglich hinter Gitter sitzen müssen. Wegen heimtückischen Mordes.

All das hatte ihr Buckenmaier gestern anvertraut, als er ihr sowohl das entwendete Handy als auch das Pfefferspray zurückgegeben hatte.

Uschi musste unwillkürlich lächeln. Eine Dreiviertelstunde lang hatte er durch das Fenster des Schlossshops beruhigend auf sie eingeredet, während sie gemeinsam auf den Schlüsseldienst gewartet hatten. Im Grunde seines Herzens war er eben doch ein liebenswürdiger Mensch. Er tat nur immer so barsch und abweisend.

Es hatte ihr wirklich gutgetan, nach dieser Tortur mit ihm zu sprechen. Und es war ihr ein Stein vom Herzen gefallen, als er ihr von dem Ergebnis der DNA-Analyse erzählt hatte. Sie stand definitiv nicht mehr unter Verdacht! Und Leopold ebenso wenig.

Der Weg zur Kapelle schraubte sich stetig in die Höhe, und da Leopold sie nach wie vor zu einem schnellen Schritt nötigte, war sie bereits nach kurzer Zeit völlig außer Puste. Sie vergewisserte sich, dass niemand in der Nähe war, und band sich dann die Leine kurzerhand um den Bauch. Die Leine schnürte ihr zwar den Bauch zu, aber dafür waren nun wenigstens ihre Hände entlastet. Dank ihrem Zugtier erreichten sie schließlich in Kürze den Gipfel.

Da war sie also, die sogenannte Eremitage. Irgendwie fand sie die Informationen über diese Einsiedelei verwirrend. Mal war von Teehaus die Rede, dann wieder von einem Fürstenhäusle und eigentlich handelte es sich hier doch um eine Kapelle. Was denn nun? Uschi machte Leopold von der Leine los und studierte das Schild neben der Kapelle, das über die Geschichte des Umlaufbergs aufklärte. Ach so war das gewesen! Ursprünglich hatte man hier oben 1817 ein Teehaus errichtet, das die Fürstin im Sommer als Gartenhaus genutzt hatte und deshalb auch Fürstenhäusle genannt worden war. Später war das Teehaus der Meinradskapelle gewichen.

Leider war die Kapelle heute geschlossen. Uschi umrundete den Holzbau, blickte kurz durch die Glasfenster im Eingangsbereich und hielt dann nach der gefleckten Fellnase Ausschau.

»Leopold?«

Wo steckte dieser Hund nur schon wieder?

»Leopold!«, rief sie lauter. »Hierher!«

Uschi vernahm ein Rascheln, das aus dem Gebüsch hinter der Kapelle kam. Was trieb er denn da? Uschi schob die Zweige auseinander.

Da war er ja! In Aktion. Wenige Meter entfernt buddelte er unter einer Hecke wie ein Besessener in der Erde herum und war so in Rage, dass er sie gar nicht wahrnahm.

»Leopold! Was machst du denn da?«

Für einen kurzen Augenblick hob er den Kopf und sah sie schelmisch an. Dann versenkte er seine dreckverkrustete Nase wieder in das Erdreich und grub weiter.

Uschi knetete sich die rauen Hände und beobachtete ihren Pflegehund irritiert bei seinem Treiben. Was mochte er da wohl entdeckt haben? Mit einem Mal verspürte sie eine latente Übelkeit. Ihr war nicht richtig schlecht, es war mehr so ein flattriges Gefühl. Hoffentlich lag hier nicht wieder eine Leiche begraben! Noch einmal würde sie das nicht verkraften!

»Komm jetzt sofort hierher!«, rief sie und bemerkte, dass ihre Stimme unverhältnismäßig schrill klang.

Doch Leopold tat so, als würde er nichts hören und grub unverdrossen weiter.

Uschi schüttelte verärgert den Kopf. Sie überlegte sich gerade, ob sie sich durchs Gebüsch zu ihm vorkämpfen sollte, da fiel ihr Blick auf ein steinernes Felsentor, das zwischen den Sträuchern herausragte. Hm. Darüber hatte sie doch kürzlich mal was gelesen … Richtig! Sie erinnerte sich. Man hatte hier einen vergrabenen Bronzeschatz aus dem 11. Jahrhundert entdeckt. War noch gar nicht so lange her. 2004, wenn sie sich recht erinnerte. Es war ein aufsehenerregender Fund gewesen. Da das Felsentor vor 3000 Jahren als Heiligtum verehrt worden war, ging man davon aus, dass die

Deponierung der bronzenen Erntegeräte einen kultisch-religiösen Hintergrund gehabt hatte. Vermutlich waren es Weihegaben gewesen.

Uschis Herzschlag beschleunigte sich. Womöglich hatte Leopold ja einen weiteren Bronzeschatz entdeckt! Dann würden sie und der Hund berühmt werden! Und vielleicht gab es sogar so etwas wie einen Finderlohn. So ein Schatz war gewiss eine Menge wert!

Uschi schob sich durch das Gebüsch, bog einige Brombeerranken zur Seite und drang schließlich zu Leopolds Grabungsstelle vor. Neugierig beugte sie sich über das Erdloch. Nun ja, obwohl das Loch bereits ungefähr 20 Zentimeter tief war, sah man bislang nur Erde. Ob sie ihm beim Graben helfen sollte? Sie trat etwas näher heran. Genau in diesem Moment löste sich ein Erdbrocken und darunter kam etwas Gekrümmtes zum Vorschein. Uschi hielt den Atem an. Konnte dies … konnte dies womöglich eine Sichel sein? Leopold packte das Fundstück mit den Zähnen und zog, so fest er konnte, daran. Uschi ließ enttäuscht die Schultern sinken. Der Gegenstand bestand nicht aus Metall. Das sah man auf den ersten Blick. Nein. Es war schlicht und einfach ein Knochen! Genauer gesagt eine Rippe. Uschi kniff die Augen zusammen, packte Leopold am Halsband und zog ihn mit einem Ruck zu sich heran.

»Zeig mal her!«, herrschte sie ihn an.

Hoffentlich, hoffentlich handelte es sich hier nicht um eine menschliche Rippe!

Leopold drehte den Kopf weg, seine Augen funkelten angriffslustig. Die Aussage war klar. Er würde sich seinen Fund nicht freiwillig aus dem Maul nehmen lassen. Das war auch nicht nötig. Uschi hatte längst erkannt, dass die Rippe so klein war, dass es sich unmöglich um eine menschliche Rippe handeln konnte. Die Rippe stammte mit ziemlicher Sicherheit von einem Tier. Vielleicht von einem Schwein.

Uschi atmete erleichtert auf. Vermutlich hatte ein Fuchs das Rippchen an einer Grillstelle gefunden und hier an dieser Stelle verbuddelt.

Schade! Kein Bronzeschatz! Kaum hatte sie Leopold losgelassen, trug er das Rippchen schwanzwedelnd davon. Ihm war sein Glück mehr als deutlich anzusehen. Für ihn war dies ein Schatz! Ohne Zweifel!

Uschi lächelte. Sie würde den umtriebigen Kerl vermissen.

Morgen Nachmittag würde Clara ihn abholen. Und dann wäre sie ihren treuen Begleiter wieder los. Ach, er war eigentlich mehr als ein treuer Begleiter. Er war ihr Lebensretter! Unter diesen Umständen wäre sie vielleicht gar nicht so unglücklich, wenn Clara sie irgendwann einmal erneut als Hundesitter engagieren würde. Diesen Gedanken würde sie ihrer Nichte gegenüber aber besser nicht laut äußern. So wie sie Clara kannte, würde der Aussie ansonsten jedes zweite Wochenende bei ihr verbringen. Und so süß Leopold auch war – auf Dauer wäre ihr dieses Temperamentsbündel dann doch zu anstrengend.

Es dunkelte schon, als sie die Rückfahrt antrat. Uschi hatte mit Engelszungen auf Leopold eingeredet, das alte Rippchen auf dem Parkplatz zu lassen. Sie hatte ihm sogar im Tausch dafür einen neuen Knochen versprochen. Doch der junge Aussie dachte gar nicht daran, sich seinen Schatz abnehmen zu lassen, und hatte ihre Überredungsversuche mit einem kehligen Knurren quittiert.

Während Leopold zufrieden auf der Rückbank an seinem Knochen nagte, drehte Uschi das Radio auf und hing ihren Gedanken nach. Sie war froh, dass ihre Arbeit im Sigmaringer Schloss nun beendet war. So nett die Kollegen dort auch gewesen waren – die Erlebnisse der letzten Tage hatten sie mehr mitgenommen, als sie sich im Moment eingestehen wollte. Sie musste jetzt erst mal zur Ruhe kommen und all das Erlebte für sich ordnen und verarbeiten. Und dann würde ja auch wieder die Arbeit auf der Burg weiter…

Huch! Zwei leuchtende Augen! Ihr Herzschlag beschleunigte sich augenblicklich. Bleib stehen, beschwor Uschi das Tier und trat auf die Bremse. Himmel! War das etwa – ein Wolf? Es war so schnell gegangen, dass sie nicht viel mehr als die Umrisse hatte erkennen können. Im Rückspiegel sah sie, wie das Tier im Dunkeln über die Straße huschte. Nein. Das war kein Wolf gewesen. Natürlich nicht! Es war ein Fuchs. Ein außergewöhnlich großes Prachtexemplar von Fuchs. Hm. Er hatte am Straßenrand so lange gewartet, bis sie vorbeigefahren war. Offenbar wusste er, dass von Autos Gefahr drohte. Und er hatte gelernt, mit dieser Gefahr umzugehen. Uschi drehte die Musik etwas leiser.

Vielleicht, dachte sie, würde es dem Wolf ja ebenfalls irgendwann gelingen, sich in diesem dicht besiedelten Land so zu bewegen, dass er nicht unter die Räder kam. Er musste lernen, sich von den Menschen fernzuhalten. Nur so hatte er eine Chance. Ob dies ausreichte, um in Deutschland auf mehr Akzeptanz zu stoßen, war eine andere Frage. Das Thema war so komplex… und die Meinungen dazu so widersprüchlich. Es fiel ihr schwer, klar Stellung zu beziehen. Dennoch gefiel ihr der Gedanke, dass sich in Zeiten, in denen immer mehr Tierarten ausstarben, eine ausgerottet geglaubte Tierart hierzulande wieder neu ansiedeln könnte. Und am Ende war es wie bei so vielen Dingen: Man musste einen Kompromiss finden. Der Weg der Mitte war meist der beste. Dies setzte aber eine gewisse Besonnenheit bei den Verantwortlichen voraus. Nur so konnte man doch eine Lösung finden, die diesem faszinierenden Tier gerecht wurde. Uschi wünschte es Isegrim von Herzen.

QUELLEN

»Der Dreiländerkreis Sigmaringen«
Ein Führer zu Natur, Wirtschaft, Geschichte und Kultur
Gmeiner-Verlag 2008, Hrsg. Landrat Dirk Gaerte
Redaktion Edwin Ernst Weber

»Die Hohenzollernstraße«
Uwe Kraus
DRW-Verlag 2004

»Schloss Sigmaringen«
Nikola Hild / Katharina Hild
Silberburg-Verlag 2008

https://hexenzirkel.fandom.com/wiki/Mond
www.hexen.org/hexenmondkalender.html
https://de.wikisource.org/wiki/Christliche_Symbolik/Teufel
https://chwolf.org/woelfe-kennenlernen
https://www.tierschutzbund.de/fileadmin/user_upload/Downloads/Broschueren/Die_Jagd.pdf

Isabel Holocher-Knosp

ist in Tübingen 1973 geboren und wuchs am Fuße der Burg Hohenzollern auf. Heute lebt sie in Albstadt. Wenn sie keine Krimis schreibt, unterrichtet sie an einer Grundschule und ist gleichzeitig Ansprechpartnerin für Hochbegabung am Schulamt Albstadt. Zudem ist sie Gründungsmitglied des Vereins »Spitzenklänge – Begabten Musikförderung Zollernalb«. In der Freizeit unternimmt sie gerne ausgedehnte Wanderungen mit ihrem Australian Shepherd über die Alb. Die Erste Staatsprüfung im Fach Deutsch/Literaturwissenschaft absolvierte sie erfolgreich zum Thema Krimi. »Tatort Teufelsbrücke« ist nach »Tatort Hohenzollern« und »Tatort Villa Rustica« ihr dritter Krimi mit der pensionierten Lehrerin Uschi Lämmle als private Hobbydetektivin, die bei ihren Ermittlungen auch immer wieder selbst in höchste Gefahr gerät.

Dieser Kriminalroman spielt an realen Schauplätzen.
Alle Personen und Handlungen sind frei erfunden.
Sollten sich dennoch Ähnlichkeiten mit lebenden oder verstorbenen Personen ergeben, so sind diese rein zufällig und nicht beabsichtigt.

Postfach 16 42 · 72706 Reutlingen

Titelbild: ©Ralf Vaas
Gestaltung: PMP Agentur für Kommunikation, Reutlingen
Lektorat: Elga Lehari-Reichling
Satz: Uhl + Massopust, Aalen
Druck und Bindung: CPI books GmbH, Leck
Printed in Germany
ISBN 978-3-96555-046-9

Uschi Lämmle arbeitet als Burgführerin auf der romantischen Burg Hohenzollern. Doch ihre Freude über den neuen Job währt nicht lange. Ihre völlig verängstigte Nichte Clara, ebenfalls Burgführerin, macht ihr Sorgen. Ist Clara in Gefahr? Plötzlich ereignen sich gehäuft mysteriöse Unglücke, die Clara beinahe das Leben kosten.

Von der Polizei enttäuscht, beschließt Uschi, die Ermittlungen selbst in die Hand zu nehmen.

Erleben Sie die spannendste Burgführung aller Zeiten!

ISBN 978-3-88627-577-9, 10,95 Euro

Was haben ein Römerschatz, ein Falke aus Westen und eine antike Fluchtafel mit dem Tod eines Alamannendarstellers beim Römerfest zu tun? Uschi Lämmle hat nur ein Wochenende Zeit, um dieses Rätsel zu lösen.

Sie mischt sich im Freilichtmuseum Hechingen-Stein unter Römer, Kelten und Alamannen und bietet Führungen durch die »Villa Rustica« an. Doch was als farbenfrohes, fröhliches Spektakel beginnt, entwickelt sich plötzlich zu blutigem Ernst. Schließlich gerät sie selbst in Gefahr.

Klirrende Schwertkämpfe, Furcht einflößende Gladiatoren und antike schwarze Magie halten Uschi Lämmle bei ihrem neuen Abenteuer in Atem und entführen den Leser in die spannende Welt der Römer.

ISBN 978-3-96555-008-7, 10,95 Euro